# „Kommissar Batdorj und die alten Helden von Chowd – Aimag"

### Kampf gegen Korruption und organisiertes Verbrechen in der Mongolei

## ein Thriller
## von Span Nungpur

AF145324

### deutsch von Volker Lindner
### Titel-Illustration von Johanna Lindner

bibliografische information der deutschen nationalbibliothek : die deutsche nationalbibliothek verzeichnet diese publikation in der deutschen national-bibliografie. detaillierte daten sind abrufbar unter http://dnb.d-nb.de
herstellung und verlag: bod-books on demand, norderstedt
copyright 2013 lindner-autor    isbn 9783732235124

1

*chowd-aimag ist eine provinz in der mongolei, die hauptstadt heißt chowd. der polizist kommissar batdorj wird in seiner heimat nicht als kommissar betitelt, in dieser geschichte aber zum besseren verständnis so benannt.*

*obwohl die regierung der mongolei seit über zehn jahren für alle amtlichen dokumente einen familiennamen verlangt, interessiert das die meisten mongolen nicht, es ist nur für das papier. ein mongole hat seit jeher nur einen einzigen namen, und mit dem wird er oder sie angesprochen, von fremden ganz genau so wie von verwandten.*

*selbstverständlich hat es korruption schon immer gegeben, das ist keine erfindung der neuzeit und keineswegs auf exotische länder beschränkt. die korruption, die es zu zeiten der sowjetunion gab, war eine zynische folge der kommunistischen unfähigkeit gewesen und bildete gleichzeitig ein system-internes fundament. demgegenüber ist die heutige korruption kein staatstragendes modul mehr, sondern nur rein kriminell. ein land, das sich selbst als echte demokratie begreifen möchte, muss also mit allen zur verfügung stehenden mitteln kämpfen gegen das organisierte verbrechen, und die korruption gehört in diese schublade der kriminalität.*

*wie intensiv der kampf betrieben wird, mag dahingestellt bleiben, so etwas ist von außen kaum wirklich zu beurteilen, und wie erfolgreich er verläuft, ist ebenfalls nicht so einfach zu erkennen, aber die heutige mongolei versteckt das thema immerhin nicht.*

Verdammt ! Batdorj hielt einen Moment inne. Er war völlig außer Atem, er konnte nicht mehr. Er stützte sich an dem wackligen Eisengitter, das ihn vom Abgrund trennte, so gut es ging, ab. Wenigstens ein bisschen aus-ruhen. Und er fluchte lautlos. Er fluchte sein ,*verdammt'* lautlos ganz genau so, wie er versuchte, nicht laut zu schnaufen. Er war ihnen ganz einfach in eine Falle getappt. Wenn er mehr Zeit hätte, würde er sich zu gerne Ge-danken machen darüber, wer in seinem Kommissariat der gekaufte Kolle-ge war, der Verräter, der Bestochene, das korrumpierte Schwein. Das Schwein, das, unwillkürlich schlossen sich seine Fäuste um das ver-schmierte Eisenrohr, das ihm gerade etwas Halt gab, das Schwein, das verantwortlich war für Jamars Tod. Und höchstwahrscheinlich auch für seinen eigenen, denn das Magazin seiner Pistole war leer. Die sechs Patronen, die darin Platz hatten, waren verschossen, waren sinnlos ver-schossen, sie hatten nicht den Tod des ihm untergebenen jungen Poli-zisten Jamar verhindert und sie hatten nicht seine Verfolger aufgehalten.

Und im Gegensatz zu ihm hatten diese Verbrecher ihre Taschenlampen noch, das bewies ihm das Flackern ihrer Lichter, das er in einiger Entfernung sehen konnte. Und das war auch hübsch das Einzige, was er groß sehen konnte in dieser unbeleuchteten Hofwüste der armseligen Betonplattenbauten aus der Zeit des sowjetischen Imperiums. Auch das letzte der wenigen Lichter, die heute Nacht in den Fenstern der drei Wohnblocks gebrannt hatten, war sofort verloschen beim Knallen der Schüsse - niemand hier wollte verständlicherweise in eine Angelegenheit mit hineingezogen werden, in der Argumente mit Pistolen ausgeteilt wurden. Und kein einziger, der hier hauste, ob er nun Miete an die Stadt zahlte oder ein ungebetener Bewohner war, kein einziger würde auf die Idee kommen, die Polizei zu rufen. Verdammt. Keine Puste mehr. Viel zu wenig Kraft. Er war über 50 und kein Action-Held aus dem Fernsehen. Verdammt. Sie kamen näher. Batdorj gab sich einen Ruck, er musste weiter, er gab sich einen Ruck und wollte ansetzen zum Weiterlaufen, da stolperte er über weiß der Teufel was, rutschte mit seinen Händen vom schmierigen Eisenrohr ab und fiel nach unten. Ins Nichts.

Komisch, was so die letzten Gedanken eines Menschen sind. Er dachte nicht an seine Frau, die seit einiger Zeit bei ihren Eltern in einer Nomadenjurte weiß der Kuckuck wo im Moment lebte, er dachte nicht an seine zwei bereits verheirateten Söhne, von denen der eine als Ingenieur für den Staat auf Raubzug nach Bodenschätzen war und der andere Polizist wie er, aber weit weg in Ulan Bator, in der Hauptstadt der Mongolei, er dachte nicht einmal an seine kleine süße Enkelin, die ihm immer ihre Ärmchen entgegenstreckte und ihn anlachte. Nein, seine letzten Gedanken hatten ein anderes Thema, nämlich das zur Zeit Wichtigste aus seiner Arbeit. Während er ins Nichts fiel, befriedigte ihn der Gedanke, dass seine Einschätzung, der junge Jamar sei nicht korrupt , absolut richtig gewesen war. Wenigstens das stand fest.

Im nächsten Moment schlug er auf, zu seiner Verwunderung aber bedeutete das Ende des Sturzes nicht im Mindesten auch das Ende seines Lebens. Er war auf einer alten dicken Matratze oder etwas ähnlichem gelandet. Mühsam richtete er sich auf und ihm wurde klar, wo er war. Als zu Sowjetzeiten diese elenden Wohnsilos errichtet worden waren, hatte man laut Bauplänen den Luxus gepriesen, dass man den Keller nicht nur von innen, sondern auch von außen, vom Hof her erreichen könne. Also waren damals feste, einbruchsichere Eisentüren an der Kellersohle eingebaut worden und davor ein gut drei Meter hoher Schacht. Weil aber der Beton hinten und vorne nicht ausgereicht hatte, falsche Planung oder wohl eher weil ein Teil wie im Kommunismus üblich unter der Hand verschoben worden war, also jedenfalls war an keinem Schacht ein Aufgang, eine Treppe betoniert worden. Die Kellertür war absolut sinnlos, der Schacht konnte nur vom Keller her betreten werden, was aber niemand machte, denn nicht einmal als Lagerraum konnte man den Schacht nutzen, es regnete und schneite ja von oben herein.

3

Batdorjs Gedanken rasten. Drei Meter senkrechte Betonwand, wenn auch ab und zu ausgebrochen, nein, da kam er niemals hinauf. Kurz lauschte er, ob er schon Schritte seiner Verfolger hören könnte, und wandte sich dann der Eisentür zu. Welch Wunder, eine Klinke war da und sie war im Dunkeln ganz einfach zu finden, aber, verdammt, wie konnte es anders sein, die Tür war natürlich verschlossen. Lächerlich, welcher Einbrecher würde drei Meter hinunter springen, vielleicht ein Vollidiot, denn welche Schätze hätten die Bewohner dieser Wohnblöcke, nämlich die Ärmsten, die Alten und die Arbeitslosen von Chowd, in diesen Kellern zu lagern. Scheiße, verfluchte Kamelscheiße, sie war aber zugesperrt. Hastig riss Batdorj seine letzte Waffe, sein altes Taschenmesser aus der Zeit der glorreichen Roten Armee aus der Hosentasche und versuchte, das Schloss zu knacken. Vor lauter Konzentration und Verzweiflung atmete er stoßweise und vor allem laut, doch genau in dem Augenblick, als er oben eilige Schritte hörte, Schritte von mehreren, mindestens von fünf, sechs Männern, ging die Tür auf.

Mit diesem Erfolgserlebnis strömte neue Kraft durch Batdorjs Körper, ein Rettungsweg war in Sicht. Sicher noch nicht ein endgültiger, aber für eine Weile war er in Sicherheit. So leise er konnte, schob er sich in den Keller und schloss die Tür von innen.

Als er sich umdrehen wollte, erstarrte er. Das, was sich in seinen Rücken bohrte, war die Mündung einer Waffe, dem Druck nach wohl ein Gewehr.

„Wenn du dich rührst," sagte eine harte Männerstimme, „dann brauchen deine Nieren den Weg zur Blase nicht mehr. Dann läuft alles schon weiter oben aus dir raus."

„Und glaub nicht, du könntest auf dumme Gedanken kommen," setzte eine andere, eine weichere Männerstimme hinzu, „wir haben Nachtsichtgeräte. Wir sehen auch im Dunkeln."

Und von etwas weiter weg, wohl am anderen Ende des Kellerraumes erklang ein Kichern. „Was für ein Trottel von Einbrecher bist denn du ? Das Gold von Dschingis Khan wirst du doch wohl hier nicht erwartet haben, oder ?"

Batdorj wagte kaum zu schnaufen, geschweige denn sich zu bewegen.

Kubilay saß mit unbewegter Miene auf dem Sofa und es sah so aus, als täte er nichts anderes als dem Vortrag der Ministerin zu lauschen. Tatsächlich aber, er konnte spielend beides, zuhören und beobachten, musterte er Gökhan, der neben ihm auf einem Sessel saß. Es war dieser eine abstoßende Gestalt, nicht nur, dass sein Gesicht verunstaltet war, hatten nicht Boxer eine solche eingedrückte Nase ? Nein, sein ganzes Wesen roch irgendwie nach, ja, nach was ? Kubilay wollte sich in der Beurteilung eines Mannes, den er gerade mal zwanzig Minuten kannte, nicht als voreilig erweisen, aber diese Figur roch nach Schleim, nach Un-

4

beständigkeit. Er konnte sich dessen beim besten Willen nicht erwehren, dieser Gökhan war ihm zutiefst unsympathisch, nein, halt, so weit durfte er nicht gehen in einer ersten Beurteilung, sagen wir also mal, diese Figur weckte Misstrauen in ihm, auf alle Fälle nichts Besseres als Misstrauen. Und Misstrauen, das war die Grundlage seiner Arbeit. Misstrauen, das war sein täglich Brot. Wie anders als mit Misstrauen konnte man ehrenhaft in einer Welt überleben, in der Bestechung und Korruption an der Tagesordnung waren. Selbst in seiner eigenen Abteilung, dem Büro zur Bekämpfung der Korruption, war es angebracht, niemals sorglos zu handeln und zu plaudern, sondern sich stets mit einem gehörigen Maß an gesundem Misstrauen abzusichern.

Die Ministerin, die bisher auf und ab gegangen war, lehnte sich nun an ihren wuchtigen, uralten Schreibtisch. In ihrer, für Kubilay seit einiger Zeit vertrauten, mehr als energischen Art hatte sie einen von ihr selbst entworfenen Plan vorgetragen, und Kubilay war sich sicher, dass außer ihm keine zwei, drei, ja nun, außer diesem Gökhan hier, also dass außer den hier Anwesenden kaum jemand davon informiert war. Und die Frage, die jetzt kam, hatte Kubilay erwartet, so energisch die Ministerin nämlich auch war, sie war weder eitel noch dumm. Im Gegensatz zu den meisten Politikern, die er kannte, war Ojuncaral sich nicht zu gut dafür, die Meinung und den Rat anderer zu erfragen.

„Irgendwelche Fragen?" Die Ministerin sah kurz auf Gökhan, dann zu Kubilay. „Finden Sie einen Fehler in meinem Plan? Oder sind Ergänzungen notwendig?"

Kubilay wartete einen Moment, aber sein Nachbar setzte weder zum Reden an noch schüttelte er den Kopf, er saß einfach nur da und lächelte ölig.

„Ja, zwei Fragen," meinte Kubilay und seufzte dabei, „ist Ihnen schon klar, wie begeistert der Polizeichef einer Provinz ist, wenn ein Besserwisser aus der Hauptstadt kommt und die dortige Polizei nach seiner Pfeife tanzen lässt? Im schlimmsten Falle blockiert er uns, wo's nur geht."

„Und im besten Fall ist er froh," lächelte die Ministerin, „dass er eine Möglichkeit hat, der, wie sagen die Menschen in westlichen Ländern, Mafia einen Schlag zu versetzen. Ich vertraue da ganz auf Ihr Fingerspitzengefühl, Kubilay. Und die zweite Frage?"

Kubilay räusperte sich. Dass die Ministerin nicht von selbst dazu etwas gesagt hatte? „Eine gelinde Schwierigkeit," brummte er, „sehe ich darin, dass ich mit jemandem zusammenarbeiten soll, dessen Hintergrund ich nicht kenne, der mich nicht kennt, und von dem ....."

Die Ministerin unterbrach ihn und sandte dabei einen tadelnden Blick. „Gökhan kommt vom Inland-Geheimdienst. Wer von Ihrer Abteilung käme denn in Frage? Ich meine, niemand."

Sie setzte einen etwas milderen Gesichtsausdruck auf. „Ich brauche Ihnen doch nicht zu sagen, dass Sie sich auf mich verlassen sollen, Kubilay. Gökhan ist der Richtige. Er wird seine Aufgabe zu Ihrer, zu meiner und zu aller Zufriedenheit erledigen. Er hat bereits einmal bei einem Auftrag des

Geheimdienstes auf einem Polizeiposten hier in Ulan Bator gearbeitet, er wird sich also mit Ihnen zusammen keine Blöße geben. Er wird ein Polizist sein, wie Sie ihn brauchen."

„Jawohl, Frau Ojuncaral."

Kubilay sah auf. Diese drei Worte waren die ersten, die er von Gökhan hörte, und sie klangen ebenso, wie dieser aussah : ölig.

Kubilay seufzte ein zweites Mal.

* * *

Battulga guaj, also *Herr* Battulga, legte großen Wert auf diese Art der Anrede. Sie besaß für ihn eine Art Distanz gegenüber seinen Untergebenen, sie war für ihn eine Ehrerbietung, die er auf Grund seiner Stellung strikt einforderte. Und niemanden hier gab es, der ihm dies verweigert hätte, selbst seine Feinde waren so vorsichtig, auf diesem Gebiet niemals seinen Zorn herauszufordern. Battulga guaj saß gerade mit einigen seiner Geschäftspartner bei einem seiner regelmäßigen Geschäftsessen, Außenstehende hätten wohl eher auf Untergebene getippt, so wie die Gäste von Battulga guaj behandelt wurden und als solche sah sie ja Herr Battulga auch an, sprach aber stets nur von Geschäftspartnern.

Sie saßen wie immer in einem luxuriös ausgestattetem Esszimmer um einen ovalen Tisch, Herr Battulga an dem einen Polende, während das andere Polende ihm gegenüber immer frei gehalten wurde. Dieses Luxuszimmer war eines von vielen in einer Villa, die von außen eine Ähnlichkeit besaß mit einem der vielen Tempel im Lande, was sich natürlich nur auf den Baustil bezog, nicht auf den Erhaltungszustand, da konnte keiner der mongolischen Tempel mit der Villa konkurrieren.

Und diese Villa war ironischerweise, oder sollte man besser makabrerweise sagen, gar nicht weit entfernt vom tristen, schmuddeligen Wohnsilopark Chowds mit seinen Bewohnern aus den untersten sozialen Kasten.

Nun, jeder hat das, was er verdient, pflegte Herr Battulga immer kurz zu bemerken, wenn jemand seinen Reichtum bewunderte. Beim Essen allerdings, also auch bei diesen Geschäftsessen, spielte Reichtum oder Armut keine Rolle, hier legte Herr Battulga sehr großen Wert darauf, dass Sitten und Essgewohnheiten eingehalten wurden wie man sie überall in der Mongolei bei einfachen Leuten, bei den Nomaden und auch in höheren Schichten seit Jahrhunderten pflegte. So gab es heute Buuz, das waren fleischgefüllte Teigtaschen und dazu zum Trinken gesalzenen Milchtee. Was bei den heutigen jungen Leuten seit einiger Zeit in Mode war, nämlich den Buuz mit Schafsfett zu frittieren, lehnte Herr Battulga strikt ab, in seinem Haus gab es diese Speise nur nach dem uralten Rezept des Dampfgarens.

Und noch ein zweites war niemals beim Essen auf dem Tisch zu finden. Bei vielen Mongolen gab es vor und nach dem Essen Wodka, was natürlich auf den russischen Einfluss über doch einige Jahrzehnte zurückzuführen war. Auch hier war Herr Battulga in seiner Meinung unerbittlich :

6

zum einen machte Schnaps einen Mann schwach und zum andern war Wodka nichts mongolisches. In diesem Haus gab es als Nachtisch wie es sich für Mongolen seit Jahrhunderten gehörte nur vergorene Stutenmilch. Niemand sprach ein Wort während des Essens, was zwar nicht mongolischer Sitte entsprach, aber jeder der Anwesenden wusste, dass diese Regel hier einzuhalten bis der Tisch abgeräumt war.

„So," begann der Hausherr und sah jeden einzelnen seiner Geschäftspartner an, bevor er weiterredete, „es gilt Vorsorge zu tragen in einer sehr heiklen Geschichte, die uns Kopf und Kragen kosten kann."

Die Gäste sahen ihn erwartungsvoll an, obwohl jeder wusste, dass Herr Battulga ausgerechnet so etwas nicht im Mindesten fürchtete.

„Mein Mann im Innenministerium in Ulan Bator hat mir von einem Plan der Ministerin," hier lächelte er mit überlegener Miene, „berichtet, der darauf abzielt, unsere Geschäfte zu stören. Nachhaltig zu stören," sein Lächeln gefror, „was immer das bedeuten könnte. Man will, ich gebrauche nun die Worte der Ministerin selbst, man will die Krake nicht am Kopf also in Ulan Bator selbst angreifen, sondern sich mit den Tentakeln in der Provinz befassen."

Herr Battulga lehnte sich zurück und sah wieder rund herum.

„Noch weiß ich nicht, auf welche Provinz die Ministerin abzielt, denn dazu hat sie sich noch vor niemandem geäußert, aber rechnen wir ruhig mal damit, es könnte uns treffen. Dann würde man also Spezialisten aus der Hauptstadt hier bei uns in Chowd einsetzen, die dann die hiesige Polizei anführen würden."

Als er sah, dass seine Geschäftspartner begannen zu lächeln, ja einer sogar zu lachen, hob er warnend den Finger.

„Ich weiß, was jeder hier denkt, ich weiß. Wir haben genug Polizisten auf unseren Gehaltslisten, wir können die Herren der Hauptstadt locker im Wüstensand herumirren lassen. Und doch möchte ich dieses Mal vorsichtig sein, mir schwebt etwas Zusätzliches vor."

Seine Gäste sahen ihn gespannt an. Herr Battulga lächelte.

„Wenn es denn unsere Provinz treffen sollte, dann übermittelt mir mein Mann im Innenministerium alle Namen und Personalakten der Spezialisten. Und wir wissen ja alle, einer ist immer dabei, der ......"

Den Rest ließ er unausgesprochen. Seine Gäste wussten auch so, was er meinte.

Batdorj wagte kaum zu atmen. Der Druck des Gewehrlaufes nahm nicht ab. Es blieb weiterhin dunkel und er sah nichts als die finstere Kellerwand, ja, er konnte nicht einmal Tür von Wand unterscheiden. Dann wurde er von oben bis unten abgetastet, wobei man seine Pistole natürlich sofort entdeckte, da er sie im Schulterhalfter stecken hatte. Das Geräusch, das er anschließend hörte, war ihm bekannt. Derjenige, der seine Pistole hatte,

hatte das Magazin entnommen, nachgesehen und offenbar wieder eingeschoben.

„Leer !" sagte der Mann, der vorhin noch am anderen Ende des Kellers gewesen sein musste . „Eine Polizeiwaffe. Eine Polizeiwaffe, die erst vor kurzem leer geschossen wurde. Söhnchen, du kommst mir vor wie ein Polizist auf der Flucht. Es wäre in unserem Kreis gut für dich, wenn du das beweisen könntest." Er kicherte wie vorhin. „Ich meine natürlich nicht, dass du beweisen sollst, dass du auf der Flucht bist. Das ist für uns klar. Aber wie steht's mit einem Nachweis darüber, dass du wirklich auf der richtigen Seite stehst ? Dass du einer der Guten bist ?" Und er kicherte wieder.

Batdorj konnte sich nicht vorstellen, wo er hier gelandet war. Doch was immer der Kreis war, von dem dieser Kicherer redete, irgendwas sagte ihm instinktmäßig, dass es sich kaum um Kriminelle handeln konnte. Allerdings die Waffen ? Nachtsichtgeräte ?

„Ich bin Kommissar Batdorj," sagte er, „mein Ausweis ist in der linken Innentasche meines Hemdes. Darf ich ihn rausholen ?"

Es dauerte ein Weilchen, bis die  Begutachtung seines Ausweises erfolgt war, denn dem verschiedenartigen Flüstern nach waren mehr Leute im Raum, und dann plötzlich änderte sich die Lage vollständig. Noch im Dunklen hörte Batdorj leise Schritte und dann, wie eine Türe geöffnet und kurz danach wieder geschlossen wurde, offensichtlich hatte jemand den Keller verlassen. Als kurz danach das Licht anging, drehte er sich, nachdem auch im gleichen Moment seine Nieren vom Druck der Gewehrmündung befreit waren, langsam um. Er rieb sich erstaunt die Augen, nicht nur, weil die jähe Helligkeit ihn überrascht hatte. Er hatte das Gefühl, sich mit einem Schlag im Keller des Polizeigebäudes zu befinden. Der Raum war riesig, offensichtlich waren irgendwann einmal Wände durchbrochen worden, und das Ganze war ein Trainingsraum mit Schießstand, der dem der Polizei verblüffend ähnelte. Was ihn aber, als er sich an das Licht gewöhnt hatte, noch viel mehr verblüffte, war die Tatsache, dass die etwa fünf Männer, die noch mit ihm im Raum waren, alles alte Männer waren. Also ja, gut, korrigierte er sich in Gedanken, alt ist ja relativ, jeder ist so alt, wie er sich fühlt und er selber fühlte sich im Moment nicht gerade wie zwanzig, aber die Herrschaften, die ihn hier in so profihafter Weise in Empfang genommen  und alle ohne Ausnahme die Nachtsichtbrille über die Stirn geschoben hatten und Waffen in den Händen hielten, die waren alle ganz sicher im Rentenalter.

„Da schaust du, Söhnchen," grinste einer, den er an der Stimme als den Kicherer erkannte, „da möchtest du jetzt gern wissen, wer wir sind. Aber da gibt es jetzt erst mal Wichtigeres. Erschrick' nicht, wenn wir jetzt das Licht noch mal ausmachen, dir passiert nichts. Du bist bei uns in besten Händen. Wir brauchen aber noch mal Dunkelheit, weil wir die Tür aufmachen müssen, sonst hören wir nicht, was draußen vor sich geht." Er wies mit der Hand rundum. „Du siehst ja selbst, wegen all dem hier ist der Keller ziemlich stark gedämmt."

Das Licht ging aus und einer der Alten öffnete die Kellertür. Batdorj hatte sein Zeitgefühl noch nicht wieder in der Reihe, aber so an die fünf Minuten dauerte es wohl, dann hörte man einen kurzen trockenen Knall, wie er typisch war für das berühmte russische Sturmgewehr, wie als Antwort darauf einige wilde Pistolenschüsse, deren Hall im Hof der Plattenbauten mehrmals echote und dann wieder in kurzem Abstand zwei Gewehrschüsse, kurz und trocken wie der erste. Danach war Ruhe.

„So, Söhnchen," das Licht ging wieder an und der Alte an der Kellertür schloss diese, „wer immer dich verfolgt hat, jetzt brauchst du weder zu rennen noch in tiefe Kellerschächte zu springen."

„Ich bin nicht gesprungen," brummte Batdorj, „ich bin im Dunklen hinuntergefallen."

„Söhnchen, Söhnchen," kicherte der Alte, „dann kam dein Fehltritt zur richtigen Zeit. Wenn wir nämlich mit unseren Schießübungen fertig sind, holen wir die Matratzen wieder rein." Er wurde ernst. „Und wer ist hinter dir her ? Wo ist deine Verstärkung ? Deine Pistole ist leer, also ist was schief gegangen, oder ?"

„Milde ausgedrückt ja," nickte Batdorj, „wir sind in eine Falle gelockt worden. Und wenn ...."

In diesem Moment ging am anderen Kellerende eine Tür auf. Batdorj riss die Augen auf. Unwillkürlich fasste er sich mit einer Hand am Kopf und kratzte am schon etwas spärlich werdenden Haar. In was war er hier hineingeraten ? Da stolperte ein Mann, dem man die Augen verbunden hatte und der die Hände im Genick verschränkt hielt, so wie Batdorj es auch vor langer langer Zeit in seiner Rekrutenzeit in der Roten Armee gelernt hatte, wie es aber im Polizeidienst niemals angewendet wurde, herein und wurde an die Wand geschoben. Hinter dem Mann kamen zwei von dieser Sorte Alte mit auf die Stirn hochgeschobenen Nachtsichtbrillen und mit je einem Sturmgewehr.

„Zwei Gegner eliminiert, einen," sagte der vorderste und wies auf den Mann an der Wand, „einen erwischt. Der Rest, drei oder vier Mann, abgehauen."

„Gut," nickte der Kicherer, offenbar war er der Häuptling, „sperr ihn drüben ein," und wandte sich an Batdorj, „so Söhnchen, jetzt kann aus deiner Flucht noch eine Erfolgsgeschichte werden. Ach, warte mal, bevor ich weiterrede, sollen wir deine Pistole wieder füllen ? Damit du dich wieder als vollwertiger Polizist fühlst ?" Er kicherte und gab einem der anderen Alten ein Zeichen. Der ging zu einem Schrank, holte ein kleines Päckchen und gab es Batdorj.

Batdorj murmelte verlegen „Danke !" und lud seine Pistole, es war genau die Munition, die auch von der mongolischen Polizei verwendet wurde, dann schob er sie in den Schulterhalfter. Eigentlich blöd oder zumindest aber beschämend, wie sich ein Mann plötzlich wieder stark und sicher fühlt, hat er nur kaum sein Schießeisen wieder funktionsfähig am richtigen Platz. Oder andersrum, dachte Batdorj, was bist du als Polizist für eine lächerliche Figur ohne deine Waffe. Jedenfalls war es an der Zeit, den Mund aufzumachen.

„Ich sag mal auf alle Fälle danke für," jetzt wurde er doch wieder verlegen, „na ja, also für meine Rettung. Klingt es dann recht undankbar, wenn ich frage, wer ihr seid ? Und," er räusperte sich und sah demonstrativ rund um, „und was ihr hier so macht."

„Du meinst außer ab und zu Polizisten zu retten vor ihren Verfolgern ?" Das war der mit der unangenehmen, der harten Stimme.

„Lass gut sein, Jamar," winkte der Kicherer ab, „keine Angebereien jetzt."

„Mein Kollege," murmelte Batdorj, „ein ganz junger, der, der's nicht überlebt hat, hieß auch Jamar."

„Tut mir leid, Söhnchen," der Kicherer zuckte mit den Achseln, „tut mir echt leid, aber damit muss man in Berufen wie dem deinen und dem unseren rechnen. Nicht alle kehren im Einsatz heil zur Basis zurück."

Basis ? Diese Ausdrucksweise war eindeutig. „Ihr habt was zu tun mit Militär ?" fragte Batdorj.

„Hatten, hatten," und wieder ein Kichern, „wir waren einmal die Helden der ruhmreichen Sowjetarmee. Ein Sondereinsatzkommando, wenn man so will. Spezialisten mit einer Ausrüstung, die andere nicht einmal kannten. Wir haben alle zusammen hier mehr Kampferfahrung und Kampfeinsätze in wohlgemerkt so genannten Friedenszeiten hinter uns, als du dir vorstellen kannst.

Als Moskau nichts mehr zu sagen hatte in der Mongolei, da kümmerte sich zum einen kein russischer General mehr um mongolische Einheiten und zum andern wollten die Neuen, die jungen Demokraten nichts wissen von Spezialeinheiten wie wir es waren. Wir waren plötzlich die Unangenehmen, die, die nichts anderes konnten als morden, und wurden praktisch von einem Tag auf den andern auf die Straße gesetzt."

Jetzt kicherte er wieder. „Wir selbst hatten schon immer ein enges Zusammengehörigkeitsgefühl und standen zueinander, also haben wir damals zwei Lastwagen der Armee mit unseren Sachen beladen und uns auf die Suche nach einem neuen Heim gemacht."

Er kicherte schon wieder. „Die Lastwagen stehen übrigens immer noch in einer Scheune, tadellos in Schuss. Und wir," erneutes Kichern, nur diesmal etwas lauter, „wir sind auch noch nicht abgewrackt. Kam dir zugute, Söhnchen."

„Gulnaz," warf jetzt der mit der harten Stimme ein, „hältst du es für gut, ihm alles von uns zu erzählen ?"

Dieser Gulnaz, der Kicherer, war offenbar tatsächlich der Chef. Mit einer Stimme, die keine Widerrede duldete, meinte er nur knapp : „Dann hätten wir ihn nicht retten, sondern umlegen sollen. Besser er weiß was los ist, als dass er uns für irgendwelche Kriminellen hält."

\* \* \*

10

Kubilay musste sich arg zusammenreißen. So viele Stunden dicht neben dieser schmierigen Person sitzen. Über nichts wusste er sich mit dem Kerl zu unterhalten. Fragt man denn jemanden, den man absolut nicht leiden kann, aus nach seiner Familie ? Ob er verheiratet ist oder rundum uneheliche Kinder setzt ? Erzählt man jemandem, von dem man sich eigentlich lieber abwenden möchte, dass man ganz entgegen dem mongolischen Geschmack die klassische Musik Europas liebt ? Dass man, was niemand weiß, verheiratet ist und seine Frau praktisch an unbekannter Stelle versteckt, um sie nicht durch seinen Beruf zu gefährden ?

Kubilay seufzte unwillkürlich und Gökhan, der seit Beginn der Fahrt am Steuer saß, machte zum ersten Mal den Mund auf : „Sollen wir eine Pause machen ?"

Blöder Kerl. Sollen wir eine Pause machen ? Zu was ? Zum Pinkeln ? Oder ein Schläfchen halten ? Kubilay ärgerte sich, dass ihn dieser Kerl zu solch idiotischen Gedanken brachte. Zum x-ten Male musste er sich selbst mahnen, benimm dich wie ein Profi, denn das bist du ohne Zweifel, und diese jämmerlich ölige Figur muss auch einer sein, sonst hätte die Ministerin ihn nicht ausgesucht. Bring euren Auftrag nicht in Schwierigkeiten wegen persönlicher Animositäten. Reiß dich endlich zusammen !

„Ich weiß nicht," antwortete er deshalb und versuchte, seiner Stimme einen neutralen Klang zu geben, „mir persönlich wäre lieber, wenn wir bald ankommen. Ich hab's nicht so mit dem Autofahren. Aber wenn Sie eine Pause machen wollen, hab' ich natürlich nichts dagegen."

Gökhan schüttelte den Kopf. „Ist mir völlig recht, wenn wir durchfahren. Ich schätze so eineinhalb Stunden noch, dann sind wir da. Und, wenn wir schon im Gespräch sind, bis jetzt hab' ich nicht anfangen wollen, denn Sie sind der Chef, aber meinen Sie nicht, dass wir beide unser Wissen austauschen sollten ? Wir wissen schließlich nicht, wie's vor Ort aussieht. Vielleicht kommen wir in Chowd nicht groß zu Kommunikation ohne fremde Ohren."

Wieder ärgerte sich Kubilay, aber auch wieder über sich selbst. Natürlich hätte er diesen Dialog, dieses  Austauschen von was-weiß-ich-was-weißt-du schon längst von sich aus starten sollen. Um die Situation ein bisschen zu entspannen entschloss er sich deshalb, etwas zu sagen, das er eigentlich nicht sagen wollte, jetzt aber zwang er sich dazu so quasi, um seiner Abneigung gegen seinen verordneten Mitarbeiter eine Trennwand entgegenzusetzen.

„Mir hat natürlich gestunken," begann er seine  - wie sagen die amerikanischen Kollegen in den Filmen, Good-Will-Tour  - „dass ich nicht einen von meinen bisherigen ständigen Mitarbeitern mitnehmen durfte. Ich kann da nicht so groß einen Vorteil darin erkennen, wenn zwei bei einem solch heiklen Auftrag zusammenarbeiten, die sich überhaupt nicht kennen."

Gökhan erwiderte etwas, mit dem Kubilay überhaupt nicht gerechnet hatte. „Ein spritziges Gefährt, unser Karren, was ? Die bauen schon tolle Autos, die Japaner, bei solch einem Dienstwagen könnte ich bleiben. Bessere

11

Wagen bauen eigentlich nur die Deutschen, aber die kosten ja auch um einiges mehr. Kriegt unsereins nie."

Wie um seine Worte zu unterstreichen, gab Gökhan Gas und ließ das Auto einen Satz nach vorn machen. Kubilay überlegte kurz, ob er sich zum Thema Auto äußern sollte und entschloss sich, es zu ignorieren.

„Was Ojuncaral vorgetragen hat," fuhr er fort, „das entspricht voll und ganz meiner Erfahrung. Wie weit unsere Zielgruppen untereinander vernetzt sind, können wir ja nur ahnen, aber dass sie stets gut informiert sind, weist ja nicht nur darauf hin, dass genug in unseren Reihen auf den Lohnlisten der großen Bosse stehen, sondern auch, dass sie untereinander gut Kontakt halten."

„Wenn man, wie Sie so schön sagen ‚unsere Leute', wenn man die nicht so mies bezahlen würde, dann wäre die Versuchung sich bestechen zu lassen, weitaus geringer," warf Gökhan ein.

Kubilay schnaubte. „Die Mongolei gehört ja bisher nicht zu den reichen Staaten. Natürlich würde ich auch lieber mehr verdienen, aber um auszuteilen muss erst mehr da sein. Und ganz abgesehen davon, hatten wir Mongolen nicht immer schon den besonderen Ruf, Ehre zu besitzen ? Wo ist denn die geblieben bei den Kollegen," er spuckte dieses Wort fast aus, „die sich kaufen lassen ? Ja, also, noch mal zum Thema, ich teile Ojuncarals Meinung, dass wir einige Schläge oder Bisse oder was immer man sagen will, dass wir das mal auf unterer Ebene probieren. Wenn wir auch nur zu, sagen wir mal vorsichtig, nur zu 30 Prozent Erfolg haben, hat sich der ganze Aufwand gelohnt. Dann wird man schon eine gewisse Auswirkung bis Ulan Bator spüren. Und wer weiß – darauf hoffe ich natürlich speziell – vielleicht tun sich ein paar Fäden Richtung Hauptstadt auf, die wir dann aufnehmen und verfolgen können."

„Hui, hui, hui," sagte Gökhan und schnalzte mit der Zunge, „haben Sie den gesehen, der uns da gerade mit einem Affentempo entgegenkam ? Nicht ? Das war ein deutsches Auto, so ein Flitzer, ein Mercedes, das wär meine Kragenweite, so was hätte ich gerne unterm Hintern."

Kubilay seufzte, aber nur innerlich. Sich zusammenzureißen, das bedeutete allmählich unmenschliche Anstrengung, oder war das nicht vielleicht die Gelegenheit, eine Spitze in die richtige Richtung zu schmeißen ?

„Wenn ich Sie jemals mit solch einem Superauto rumfahren seh'," meinte er, „dann weiß ich wenigstens, dass Sie auch auf zwei Gehaltslisten stehen."

„Ah ja, Gehalt," erwiderte Gökhan ungerührt, „mein Gehalt beim Geheimdienst unterscheidet sich übrigens nicht allzu sehr von dem eines Polizisten. Ich wär schon froh," er klopfte auf das Lenkrad, „wenn ich mir so einen Japaner leisten könnte. Meine Abteilung befasst sich übrigens ganz genau so wie die Ihre mit den Problemen, die uns Mafiosi liefern, nur können wir niemanden verhaften, dafür tun wir uns viel leichter mit Telefonüberwachungen oder Durchsuchungen." Er setzte wieder sein öliges Grinsen auf. „Wir brauchen keinen richterlichen Beschluss für solche Sachen. Natürlich bin ich jetzt nichts anderes als ein Polizist, solange ich mit Ihnen arbeite, kann ich auf diese Verbindungen nicht zurückgreifen."

Ohne richterlichen Beschluss ! Will mich der Kerl eigentlich ärgern ? Ohne richterlichen Beschluss ! Kubilay starrte durch die Windschutzscheibe. Wie oft schon musste er einen aus diesem professionellen Lumpenpack laufen lassen, weil ihm der Richter einen Durchsuchungsbefehl verweigert hatte. Und solch eine Type konnte .....

„Anders wird die Geschichte natürlich aussehen," fuhr Gökhan fort, „wenn wir unser Unternehmen in Chowd erfolgreich abschließen können. Wenn ich nach unserer Rückkehr in die Hauptstadt wieder in meiner eigenen Dienststelle bin, stehe ich Ihnen mit Vergnügen mal zur Verfügung, wenn ein Staatsanwalt oder ein Richter Sie lahm legen will. Ich kann gerne mal eine für Sie nicht erlaubte Durchsuchung durchführen oder was weiß ich, mal eine dringende Abhöraktion."

Statt durch die Windschutzscheibe starrte Kubilay nun seinen Nachbarn an. Er war sich nicht im Mindesten im Klaren darüber, was er antworten sollte.

* * *

„Jetzt lassen Sie sich doch nicht so gehen, Mann !" Der Polizeipräsident von Chowd-Aimag lehnte sich in seinem Sessel zurück und musterte Batdorj fast väterlich. Er war schon über 60, hatte mit seiner Leibesfülle kaum Platz auf dem Polster und wartete wie ein Buddha sitzend auf seine Pensionierung, kam also nur in äußerst dringlichen Angelegenheiten aus seinem Büro. Für einen Kommissar war mit ihm als obersten Vorgesetzten gut arbeiten, denn er mischte sich kaum noch ein, zudem hielt Batdorj aus langjähriger Erfahrung heraus ihn für sauber, also nicht korrumpiert.

„Mann, Batdorj, so schlimm ist das doch auch wieder nicht. Dass ihr Besuch aus der Hauptstadt nicht mögt, das weiß ich doch, aber die sitzen uns doch auch nicht ewig im Nacken." Er musterte den vor seinem eleganten Schreibtisch Sitzenden noch einmal mit Sorge. „Man könnte ja fast Angst haben, dass Sie anfangen an den Fingernägeln zu kauen, Batdorj. Wieso erschüttert Sie denn die Aussicht darauf, mit Spezialisten aus Ulan Bator zu arbeiten, derart ? Oder sind Sie etwa krank ?"

„Nein, danke der Nachfrage," antwortete der Kommissar, der keineswegs gekränkt war wegen dieser Ansage, gilt doch ein Mann, der Nägel kaut, in der Mongolei heute noch als geisteskrank, „ich versichere Ihnen, Timur, ich bin kerngesund."

Dank der alten Helden von Chowd, von denen du nichts ahnst, denn sonst wäre hier die Hölle los, dachte Batdorj, genau so, wie keiner je erfahren wird, dass die zwei Gangster nicht von mir erschossen wurden. Kein Staatsanwalt würde die Obduzierung zweier Verbrecher anordnen, die kurz vor ihrem Tod einen Polizisten erschossen hatten, hier war alles klar und ging ruck-zuck, die Aussage eines Kommissars genügte völlig, also würden die beiden Gangster mit ihren Gewehrpatronen im Kopf beerdigt werden. Kein Schaden. Weder für die Menschheit noch für ihn. Doch Kopfzerbrechen, na ja, und zugegeben, etwas Bauchweh machte der Gedanke an Zukünftiges schon, wie soll man denn verfahren mit diesen Helden ? Sie in Ruhe lassen, also offiziell, und dann ihr Angebot, zu helfen wo nötig, annehmen ? Kleine Killertruppe im Hintergrund ? Leibgarde des Kommissars Batdorj Khan ?

„Na also," nickte der Polizeipräsident erfreut, „Sie können ja schon wieder lächeln. Glauben Sie mir, Batdorj, so schlimm sind die Leute aus Ulan Bator nicht, nicht alle sind Rechthaber und Besserwisser. Und wer weiß, vielleicht kommen welche, mit denen Sie sich verstehen ? Und egal wie sie sind, wir haben ja doch das gleiche Ziel, nicht wahr ?"

Batdorj nickte. Lass ihm seinen Wunsch nach Harmonie, steht ihm doch zu vor der Pensionierung, dachte er. „Geht schon in Ordnung, ich werd' mich bemühen. Und wann, sagten Sie, ist mit den Hauptstadt-Spezialisten zu rechnen ?"

Die Frage war dem Polizeipräsidenten sichtlich unangenehm. „Nicht meine Schuld," sagte er und machte eine Geste, als wenn er um Entschuldigung bitten müsste, „ganz sicher nicht meine Schuld, Batdorj, die kommen heute noch."

Er rutschte auf seinem Sessel hin und her, dass Batdorj fast erwartete, dieser würde zusammenbrechen unter dem Gewicht, so ächzte er. „Die Ministerin hat mich erst heute Mittag angerufen."

„Angerufen !" Der Kommissar schüttelte den Kopf. „Dann können wir also sicher sein, dass die Gegenseite Bescheid weiß. Na ja, wie immer halt. Und wann und wo darf ich die Hauptstadt-Kollegen in Empfang nehmen ?"

Auch diese Frage bereitete Timur keine Freude. Er hob beide Hände hoch, was auf Grund seiner Masse sehr beeindruckend war und eher aussah, als wolle er Batdorj segnen, und meinte : „Das hat sie mir gar nicht gesagt und," jetzt sah er äußerst verlegen aus, „Sie müssen mir verzeihen, Batdorj, ich hab' vergessen danach zu fragen. Ach Batdorj, Sie sind doch kein Anfänger, tun Sie mir den Gefallen und ärgern Sie sich nicht. Sie werden schon zurecht kommen, oder ?"

„Ich frag' mal am Bahnhof an, wann ein Zug aus Ulan Bator kommt," nickte Batdorj, erhob sich und verließ nach einer kurzen Verabschiedung den Raum.

Wieder in seinem eigenen Büro zurück, setzte er sich wie immer sehr vorsichtig auf seinen angeknacksten Drehstuhl, starrte zum gegenüberliegenden Fenster hinaus und versuchte, seine Gedanken zu ordnen. Während die zwei großen Fenster des Raumes vom Polizeipräsidenten nach vorne auf die Hauptstraße blickten, war seine Sicht arg beschränkt. Man sah in den Hinterhof, also besser gesagt, man sah über den Hinterhof an die verkommene alte Wand des seit Jahren ungenutzten Teiles der ehemaligen Landmaschinenfabrik, an der der Putz an weiten Stellen schon so abgebröckelt war, dass man die eingebrachten Putz-Schilfmatten sehen konnte, und die damals, als die jungen Leute begeistert die westliche Mode des

Graffiti-Sprühens aufgegriffen hatten, nichts davon abbekommen hatte. Klar, wer würde sich das schon trauen in einem Hof, in dem reges Kommen und Gehen an Polizisten herrscht. Batdorj hatte sich in den vielen Jahren, in denen er schon in diesem Raum war, richtig daran gewöhnt, dass er fest davon überzeugt war, besser denken zu können, wenn er auf dieses triste Bild schaute, denn diese dunkle, fleckige Öde lenkte niemals ab.

Gut also, soweit im Moment nötig war die Geschichte von gestern Nacht erledigt, er musste sich ja nicht jetzt sofort entscheiden, wie er sich in Bezug auf diese alten Kämpfer verhalten sollte. Außer ihm wusste niemand davon und außerdem hatten sie beide, Gulnaz und er, Handy-Nummern ausgetauscht. Gut. Vorläufig weniger wichtig. Dann zu den Besuchern. Hilfe zu bekommen bei der Arbeit gegen das organisierte Verbrechen war ja in Ordnung. Nur sollte es diesmal, wenn er Timur richtig verstanden hatte, umgekehrt sein, er sollte die Hilfe leisten, und die Herren aus der Hauptstadt brächten einen fertigen Plan mit. Batdorj schüttelte unwillkürlich seinen Kopf. Würde er sich je erdreisten, einen Plan für einen Einsatz in Ulan Bator zu erstellen? Wie denn auch, man muss sich doch vor Ort auskennen, muss Gegebenheiten mit einberechnen und dortige mögliche Risiken abschätzen. Und die Herren Kollegen aus der Hauptstadt kamen nach Chowd und konnten dies? Wie auch immer, er griff zum Telefon und tippte die Null. Die Sekretärin aus dem Eingangsbereich meldete sich.

„Solongo, hier ist Batdorj, sei doch so nett und erkundige dich, wann heute ein Zug aus Ulan Bator ankommt."

„Ach," antwortete sie spitz, „kommt deine Frau zu dir zurück?"

„Viel schlimmer," seufzte Batdorj, „hoher Besuch."

„Na gut, ich frage nach. Kommst du heute Abend zu mir oder fahren wir zu dir?"

Batdorj hob den Kopf und starrte einen Moment aus dem Fenster, bevor er antwortete. „Solongo, warum hörst du nicht auf damit? Du weißt doch, ich bin fast zwanzig Jahre älter als du."

„Na und? Falls du dich nicht mehr erinnern kannst, sag ich's dir noch mal, was einmal geklappt hat, geht auch öfter. Außerdem kann ich mit Grünzeug nichts anfangen, reifes Obst ist mir lieber."

„Reifes Obst hat aber den Nachteil, dass es auch schon angeschlagen sein kann."

Kurz hörte er ihr helles Lachen, dann legte er auf.

Auf dem Weg zum Bahnhof überlegte er kurz beim ersten Stopp an einer roten Ampel, ob er mit Blaulicht fahren sollte, verwarf aber gleich wieder diese Überlegung, sollten doch die Hauptstadt-Kollegen ruhig ein bisschen warten. Hier war Chowd und nicht Ulan Bator. Die würden sowieso dumm schauen, denn ihre Koffer würden sie auf die Knie legen müssen. Kofferraum? Batdorj musste grinsen. Ist nicht. Mit ruhiger Hand fuhr er seinen

15

Dienstwagen, einen alten dunkel-grünen Lada Niva, ein elender Bock ohne jeglichen Luxus, doch durch seinen robusten Allradantrieb besser als alles andere für einen Kommissar, der zuständig war für solch ein Riesengebiet. Na gut, die Bremsen. Am besten sollte man schon fünf Minuten vorher in die Pedale steigen, bevor es dringend nötig wurde zum Stehenbleiben, aber Erfahrung und Gewohnheit und Glück. Na ja. Als Timur vor drei Jahren einen neuen Dienstwagen, so einen flotten schicken Japaner, bekommen hatte, war er tatsächlich so nett gewesen und hatte Batdorj seinen alten angeboten, nicht schlecht und gut gehalten, bisschen Luxus wie Servolenkung und Zigarettenanzünder, aber Batdorj hatte abgelehnt. Wog man Luxus gegen Allrad auf, dann machte auch ein Zigarettenanzünder die Schafsmilch nicht fetter. Außerdem rauchte er gar nicht, hatte er noch nie gemacht in seinem Leben.

Vor dem Bahnhof sah er kurz auf die Uhr, na also, noch zehn Minuten Zeit, parkte den Lada und ging in die Vorhalle. Batdorj, dem in seinem langen Polizistenleben ein genaues stetes Beobachten seiner Umwelt in Fleisch und Blut übergegangen war, fiel ziemlich rasch das Fehlen von Gegenspielern auf. Also davon konnte man ausgehen, dass die Fädenzieher des organisierten Verbrechens über den Besuch Bescheid wussten und dann hätten sie ihre Beobachter stationiert. Aber nirgends war jemand zu sehen, der für so etwas gehalten werden konnte. Batdorj verließ die Vorhalle und schaute sich nach einem Streifenbeamten um. Wo waren die Kerle denn ?

Drei, vier Mann mussten doch stets im Bahnhofsbereich Wache schieben, hatten den Auftrag präsent und zwar deutlich sichtbar zu sein. Verärgert zog er sein Handy aus der Jackentasche, doch im selben Moment kam ein junger Beamter ums Eck, Huy, einer, den er als zuverlässig einschätzte.

„Huy," sagte Batdorj, „was ist los, ich sehe außer Ihnen niemanden von den Kollegen, und von unseren Kunden ist im Bahnhof auch niemand zu sehen."

Der junge Polizist hob die Schultern. „Ich habe vor einer Viertelstunde meinen Dienst angetreten, hab mich auch gewundert, dass sonst keiner da ist, Kommissar, hab ich aber schon an die Zentrale durchgegeben. Und ja, in der Vorhalle hab ich auch keinen von dem Gesindel gesehen. Ist was Besonderes los ?"

Batdorj winkte nur ab und ging zu seinem Auto. Offensichtlich kamen die Hauptstadtkollegen nicht per Bahn, blieb noch Flugzeug, einen kleinen Flughafen hatte Chowd, aber das konnte er sich bei aller Liebe nicht vorstellen, für so was gab's kein Geld von oben. Also kamen die den weiten Weg mit einem Auto ? Was bedeutete, so schnell wie möglich zur Zentrale zurück.

Diesmal also mit. Er klappte in der Mitte des Armaturenbrettes das Blaulicht hoch, startete den Motor und schaltete das Blaulicht ein. Sein Lada Niva mochte uralt sein, immerhin war es der einzige zivile Polizeiwagen in Chowd-Aimag mit solch einem modernen. Früher hatte er wie die anderen eins fürs Dach, ein magnetisches mit langem Kabel, das an der Lichtanlage angeklemmt war und nur gleichzeitig mit dem Abblend- oder Fernlicht funktioniert und außerdem ein geöffnetes Fenster erfordert hatte, was naturgemäß im Winter zur Folter ausgeartet war, aber sein Sohn hatte ihm aus Ulan Bator ein amerikanisches, eben eins, das man aus- und ein-klappen konnte, mitgebracht und auch noch eingebaut.

Zuerst hatte er genörgelt, weil er fürchtete, so ein modernes Ding würde außerhalb vom Auto niemand sehen, aber es war genau umgekehrt, alle vor ihm Fahrenden und sonstige Verkehrsteilnehmer erkannten ihn viel besser als Polizist, denn die ganze steil stehende und längst zerkratzte Frontscheibe des Lada blinkte und blitzte blau mit.

Als er in den Hof hinter dem Polizeigebäude einfuhr, sah er sofort das fremde Auto, denn es stand auf seinem Parkplatz.

Mit eiligen Schritten kam er durch den Hintereingang und wollte gleich am Rande der Vorhalle die Treppe hoch in den 1. Stock, aber Solongo schien ihn schon erwartet zu haben, sie winkte ihn zu ihrem Pult, den sie ja wegen der Telefonanlage nicht verlassen durfte, und sagte : „Schon da, dein Be-such. Sind vor zehn Minuten gekommen. Ich hab Tüti angerufen und die hat sie vor fünf Minuten rauf zu Timur gebracht."

Batdorj nickte ihr dankbar zu, Solongo hatte mitgedacht und mit Tüti eine seiner Stellvertreterinnen, intelligent und seiner Meinung nach ganz sicher nicht korrumpiert, die Gäste in Empfang nehmen lassen. Tüti hatte sicher-lich rasch reagiert und sich nicht anmerken lassen, dass sie nicht über den Besuch informiert war.

Er wollte gerade an Timurs Bürotür klopfen, da ging sie auf und Tüti kam heraus. Im Vorbeigehen zog sie fragend eine Augenbraue hoch, aber er schüttelte leicht den Kopf. Bin auch nicht besser informiert als du. Ein seltener Anblick bot sich ihm drinnen. Timur war tatsächlich zur Begrüßung der Hauptstadt-Kollegen aufgestanden und unterhielt sich mit ihnen im Ste-hen. Als er sah, dass Batdorj da war, unterbrach er das Gespräch und stellte alle vor.

„Und das hier ist Kommissar Batdorj, Leiter der Abteilung Organisierte Kriminalität, mein bester Mann hier."

Na danke. Ob das Hauptstadt-Polizisten imponiert ? Als sie sich alle in die Ledergarnitur im Zimmereck setzten, musterte Batdorj kurz die Angekom-menen. Der ältere, so ungefähr in seinem Alter, wie hieß er, ach ja, Kubilay, war früher mal ein häufiger Name, also der schien nicht ohne zu sein. Irgendwie auf einer Ebene mit ihm selber. Aber der junge, für sein Aussehen kann ja keiner, aber der war so, also so devot, wenn man es höflich umschreiben wollte. Würde mich nicht wundern, wenn ihm gleich der Speichel aus dem Mundwinkel läuft, schon komisch, dass man man-chen Menschen gleich vom ersten Moment an misstraut. Kenn' doch weder den einen noch den andern näher, aber meine Erfahrung sagt mir Vorsicht.

\* \* \*

17

Herr Battulga war es nicht gewöhnt, nervös zu werden. Aber diese Trottel brachten ihn doch tatsächlich in eine Lage, in der er begann, unruhig zu werden und sich Sorgen zu machen. Dieser unsägliche kleine sture Kommissar hätte seit gestern aus dem Weg sein sollen, Kopf frei und Weg frei um sich mit den von der Ministerin geschickten Spezialisten befassen zu können, statt dessen !

Ein Hinterhalt, von dem der Kommissar nichts geahnt hatte, sechs Mann gegen nur zwei Polizisten ! Und das Ergebnis ? Die drei, die zurückgekommen waren, waren Hals über Kopf geflohen, zwei tot, einer wie vom Erdboden verschwunden, und die drei wussten nichts Gescheites zu berichten, der Kommissar müsste Verstärkung erhalten haben. Dass dies nicht so war, wusste Battulga von seinem Gewährsmann in der Polizei-Zentrale. Ganz im Gegenteil, der Kommissar war ja allein, nachdem gleich am Anfang sein Begleiter erschossen worden war. Allein, und erschießt in der Dunkelheit zwei Gegner, mit Kopfschuss wohlgemerkt, beide genau zwischen die Augen, auch das hatte der Gewährsmann berichtet. Zwischen die Augen ! Im Dunklen ! Mehr als merkwürdig. Und dann, wo war der Verschwundene ? Auch erschossen ? Aber was hätte es für die Polizei denn nur für einen Sinn, einen dritten Toten zu verstecken und zu verschweigen ? Wenn es überhaupt so war, denn da wusste sein Gewährsmann nichts davon.

Wenigstens war der Mann im Ministerium sein Geld wert, er hatte bereits die Personalakten der beiden Spezialisten gefaxt.

Trotz seiner beginnenden Nervosität lächelte Herr Battulga überheblich. Nur zwei Mann. Eigentlich müsste er es nach mongolischem Ehrenkodex als Beleidigung empfinden, dass er für die Ministerin nicht mehr wert war als zwei Spezialisten, aber er wusste ja auch, dass über die Konten des Ministeriums erheblich weniger Gelder liefen als über seine.

Einer der beiden musste auszuhebeln sein.

Er blätterte die Personalakten nochmals durch. Der ältere war wohl so ähnlich wie der Kommissar, ungefähr im selben Rang und in Ulan Bator mit dem gleichen Arbeitsgebiet, früher bei der normalen Ordnungspolizei und seit die Ministerin ihr Büro gegen Korruption gegründet hatte, dort als stellvertretender Leiter. Merkwürdigerweise keine Angaben über seine Familienverhältnisse, wahrscheinlich gelöscht, seit er der Ministerin unterstand. Er verdiente ungefähr so viel, wie einer von Battulgas einfachen Sicherheitsleuten. Der andere, wesentlich jünger, ebenfalls von der Ordnungspolizei und jetzt abgeordnet zur Ministerin, also musste er schon irgendwo was geleistet haben, ah ja, da stand es ja : unter seiner Führung war ein Drogenring ausgeräuchert worden. Aber das sagte gar nichts. Gerade die jungen, ehrgeizigen Polizisten waren anfällig für Luxus, für die Absicherung ihrer Karriere und sonst was.

Herr Battulga nickte vor sich hin, legte die Personalakten beiseite und erhob sich aus seinem Sessel. Man wird sehen. Sobald ihm sein Mann aus der Polizei-Zentrale Bescheid geben würde, wo die beiden Spezialisten untergekommen wären, könnte man einhaken. Instinktiv tippte Herr Battulga auf den Jüngeren als potentiellen Ansprechpartner.

Vielleicht sollte man dem erst einmal ein hübsches Weibchen anhängen, mal sehen, wie er so auf Luxus steht, nicht allzu direkt am Anfang, später mehr. Man wird sehen.

\* \* \*

Ein bisschen gequält sah Kubilay am nächsten Morgen Batdorj an, als dieser ihn mit seinem Auto am Hotel ‚Kubilay-Khan' abholte.

„Schlecht geschlafen," erkundigte sich der Kommissar grinsend, „womöglich wegen des berühmten Namens ? Wir hätten ja noch eins mit dem Namen *Dschingis*-Khan, aber das ist draußen am Flughafen, und Timur bestand darauf, Sie in der Nähe zu behalten."

Kubilay äugte misstrauisch ins Wageninnere und stieg dann vorsichtig ein. „Ich schlafe überall gut, außer in meinem Büro, ich bin nur kein Auto-Fan, also nicht nur das, ich verstehe auch nichts davon. Aber um ehrlich zu sein, hier bezweifle ich sogar als Nichtfachmann, dass es sich noch um ein Auto handelt."

„Das mit dem Ihr junger Kollege unterwegs ist," meinte Batdorj vergnügt, „das ist sicher etwas neuer. Aber keine Angst, das Ding fährt, wenn auch zugegebenermaßen recht hart und unbequem. Und wenn's darauf ankommt," er strich über's Armaturenbrett als wenn er einen Hund streichelte, „ich sag Ihnen, wenn's drauf ankommt, dann kann ich mich auf meinen Lada verlassen. Sein Allradantrieb ist mir lieber als jeder Luxus."

Er startete den Motor, der nicht gleich ansprang und Kubilay ein weiteres Gesichtsverziehen ablockte, fuhr los und fragte : „Warum eigentlich ist der junge Kollege, wie heißt er gleich, ach ja, Gökhan, warum ist der eigentlich allein unterwegs ?"

„Der Plan der Ministerin sieht vor, dass er sich erst mal selbst ein Bild vor Ort machen soll," antwortete Kubilay. „Und Gegenfrage : Wo fahren wir denn hin ? Ich dachte, heute Morgen starten wir erst einmal mit einer Besprechung."

Aha, dachte Batdorj, sind wir wieder bei dem Punkt, ich hätte von den Gegebenheiten in Ulan Bator null Ahnung, aber der junge Kollege scheint bei uns Bescheid zu wissen, glaub' ich zwar nicht, hab' dem seine Visage noch nie hier gesehen, und die vergisst ja wohl keiner, der sie mal gesehen hat.

„Die Besprechung findet hier statt," erklärte er, „die einzige Möglichkeit um ein Abhören hundertprozentig auszuschließen ist der Rumpelmotor meines Autos. Wir fahren ein bisschen rum, ich zeig Ihnen Verschiedenes, und wir können unbesorgt reden."

„Ich verstehe," Kubilay lächelte, „dann nehme ich alles zurück, was ich über dieses Auto gedacht und gesagt habe." Er streichelte demonstrativ wie vorher Batdorj über das Armaturenbrett. „Bitte um Entschuldigung, du nimmst mir meine Unkenntnis hoffentlich nicht übel. So was," seine Stimme bekam einen anerkennenden Ton, „so was bräuchte ich in Ulan Bator, wir arbeiten immer noch mit der nervigen Radio-Lautstärken-Aufdreherei, damit unbefugte Ohren nicht zu viel hören."

Dann wurde er wieder ernster. „Und selbstverständlich misstrauen Sie mir auch, wir kennen uns nicht und wissen beide nicht, ob der andere sauber ist."

Kubilay seufzte laut. „Eine verrückte Situation zwischen Polizeibeamten. Keiner von uns beiden kann dem andern mit Brief und Siegel oder per eidesstattliche Versicherung beweisen, dass er nicht auf der Gehaltsliste unserer Gegner steht. Ich persönlich gehe nach meiner Erfahrung, nach meiner Menschenkenntnis. Ich glaube, wir beide gehören zu der Sorte Polizist, an der sich die anderen die Zähne ausbeißen, ich kann also im Moment nichts anderes anbieten, als Sie zu bitten, mir zu glauben : Ich halte Sie für sauber, und ich selber bin's auch. Wollen wir also uns vorerst schon mal vertrauen ?" Er schüttelte den Kopf. „Klingt blöd, aber wie sonst soll's geh'n ?"

Batdorj nickte, doch bevor er antworten konnte, klingelte sein Handy. „Kleinen Moment," sagte er zu Kubilay, lenkte das Auto an den Randstreifen und nahm das Handy.

„Ach Gulnaz, was gibt's ?"

Wie Batdorj es erwartet hatte, kicherte der Alte erst. „Ich hab' was für dich, Söhnchen, etwas, das dich schwer interessieren dürfte."

Batdorj fiel ihm ins Wort. „Nichts Genaues am Telefon !"

„Keine Angst, Söhnchen, ich bin doch kein Plappermaul. Aber was unser gemeinsamer Gast erzählt hat, das solltest du besser wissen, dann lebt's sich länger." Gulnaz kicherte wieder.

Diesmal seufzte Batdorj und im gleichen Moment verschluckte sich der Motor und starb ab. „Wie kommt der dazu, euch was Wichtiges zu erzählen ?" Ihm kam eine sehr unangenehme Ahnung.

„Ach, der ist ganz kooperativ." Kichern. „Wir haben ihn befragt und er hat uns was erzählt." Kichern.

Batdorj schnaufte tief durch. „Ihr habt ihn befragt ? Du meinst, ihr habt ihn gefoltert ?"

Längeres Kichern. „Söhnchen, Söhnchen, was seid ihr Polizisten doch für sensible Wesen. Du weißt doch, wir sind Militärs und keine Polizisten, wir sind nicht ganz so freundlich wie ihr." Kichern. „Und wir," Kichern, „wir sind noch ganz gut in Schuss."

Batdorj fühlte einen unangenehmen Druck in der Magengegend. „Aber foltern ?" fragte er etwas ratlos.

„Jetzt mach' dir nicht in die Hose," ausnahmsweise kein Kichern, „mach dir nicht in die Hose, Söhnchen. Unser Gast war dabei, als ein Polizist getötet wurde, wer weiß, vielleicht war er es sogar selber. Er ist kein Verdächtiger, dem man seine Tat erst noch nachweisen muss. Er ist entweder ein Mörder oder ein Beteiligter. Dein Mitleid ist fehl am Platze." Jetzt kam endlich das gewohnte Kichern. „Also, wann und wo, Söhnchen ?"

„Ich ruf dich zurück," sagte Batdorj mit einem Seitenblick auf Kubilay, „so schnell wie es geht." Dann legte er auf.

Kubilay sah ihn erstaunt an. „Wenn ich richtig mitbekommen habe, und ich hab seitdem der Motor aus ist alles gehört, dann arbeitet ihr hier mit dem Militär zusammen ?" Er schüttelte ungläubig den Kopf. „Wie um alles in der Welt geht denn das ? Wissen dann nicht viel zu viele um was es geht ?" Stirnrunzeln. „Und welcher Militär sagt zu einem Kommissar ‚Söhnchen' ?"

„Äh," meinte Batdorj und überlegte, was er antworten sollte, da brach Kubilay in Lachen aus.

„Lassen Sie den Motor an," er wischte sich Lachtränchen aus den Augen, „dann sag ich Ihnen was."

Batdorj startete den Motor, sah kurz in den Rückspiegel und fuhr los.

„Wissen Sie," amüsierte sich Kubilay, „irgendwie ist das schon lustig oder ich bin einfach ein besonderer Idiot. Wie oft kämpfen wir vergeblich darum, dass ein Verbrecher nicht wieder laufen gelassen wird und solche Sachen, Sie wissen schon, von was ich rede. Jetzt hat mir vor kurzem ein Mann vom Inneren Geheimdienst angeboten, mir mal zu helfen, denn die dürfen Hausdurchsuchungen und Abhöraktionen durchführen ohne richterliche Genehmigung, haben Sie das gewusst ? Während ich hin- und herüberlege, ob ich das überhaupt in Erwägung ziehen kann, erfahre ich, dass Sie offenbar mit dem Militär zusammenarbeiten. Hab' ich da was falsch gemacht in meiner bisherigen dreißigjährigen Polizistenkarriere ?"

Batdorj schüttelte den Kopf.

„Das ist keine Zusammenarbeit. Ich bin da, ja wie soll ich sagen, also ich hab' seit dem Ende meiner Rekrutenzeit keinerlei Kontakt mit irgendeinem Militär gehabt, also das ist ein bisschen schwierig zu erklären, der, mit dem ich gerade telefoniert habe, den kenne ich auch erst," er überlegte kurz, ob er es sagen sollte und entschloss sich dann dazu, „von dem her, was Sie meinen, bin ich schon auch ein Idiot, also den kenn ich auch erst seit vorgestern."

Kubilay wiegte anerkennend den Kopf. „Erst seit vorgestern, aha. Und schon erzwingt er für Sie Geständnisse per Folter."

„Hören Sie, Kubilay," sagte Batdorj und wich geschickt einem Betrunkenen aus, der eine Wodkaflasche schwenkend vom Gehweg auf die Fahrbahn torkelte, „das ist eine Geschichte, die kann ich nicht so mir nichts dir nichts erklären. Sie möchten, dass ich Ihnen vertraue und ich sage ich tu's. Aber Sie müssen mir auch vertrauen. Sollte die Sache mit dem Militär für unsere gemeinsame Arbeit relevant werden, dann weihe ich Sie ein. Sehen Sie die Tatsache, dass ich Sie beim Anruf habe mithören lassen, als eine Art Vertrauensvorschuss."

Kubilay schwieg einen Moment und antwortete dann : „Akzeptiert. Also einigen wir uns darauf, dass wir beide eine besondere Sorte von Idioten sind und uns also damit auf hübsch gleicher Ebene bewegen. Müsste dann eine prima Zusammenarbeit werden."

Batdorj wies mit der Hand an Kubilays Gesicht vorbei nach rechts.

„Dann wird's Zeit, dass wir unsere Besprechung beginnen. Hier ist übrigens die Sporthalle von Chowd. Hier war die Geschichte mit Can-Khan vorigen Monat."

Kubilay überlegte und schüttelte dann den Kopf. „Sagt mir jetzt nichts, ich glaube, ich hab den Namen schon gelesen, aber in welchem Zusammenhang? Fällt mir jetzt nichts ein."

„Unser Sumo-Meister," erklärte Batdorj, „der, der letzten Monat gegen den Japaner hätte antreten sollen."

„Ja, richtig," jetzt erinnerte sich Kubilay, „da war in den Nachrichten die Rede von Krawallen gewesen."

In der Mongolei ist das Sumo-Ringen genau so beliebt wie in Japan, dem Land, aus dem diese wuchtige Sportart kommt. Im letzten Monat hätte der Star und unumstrittene Meister von Chowd-Aimag antreten sollen gegen einen der bekanntesten japanischen Ringer, die Sporthalle war restlos ausverkauft und auch ein anständiges Kontingent an japanischen Fans angereist gewesen, da meldete sich Can-Khan krank. Der mit Spannung erwartete Wettkampf fiel kurzfristig aus und die Japaner warfen dem Sumo-Ringer von Chowd-Aimag Feigheit vor, was in der Folge Krawalle nach sich zog, die in Straßenschlachten ausgeartet waren, denen die hiesige Polizei völlig hilflos gegenübergestanden war, da zu wenig Personal und keinerlei Erfahrung mit so was. Keine schöne Sache.

„Ich hatte in der Nähe in einer Angelegenheit mit unseren Kunden zu tun," berichtete Batdorj, „und mein Wagen war genau dort geparkt, wo das Ganze übersprudelte, Schaufenster eingeworfen, japanische Autos umgekippt oder angezündet, aber meinen alten Lada rührte niemand an. War ich richtig erleichtert, überrascht, aber erleichtert. Ich stieg ein und fuhr heim."

Er rüttelte am Blinkerhebel, aber der hing irgendwie fest, also schaute er kurz in den Außenspiegel und bog dann ohne zu blinken nach links ab.

„So," meinte er, „wie sieht denn nun der Plan aus Ulan Bator aus?"

* * *

Die südliche Grenze der Provinz Chowd-Aimag ist gleichzeitig Landesgrenze zum großen Nachbarn China. Zur Zeit des Sowjet-Imperiums schon war Schmuggel an der Tagesordnung gewesen, aber das hielt sich in Grenzen damals, sowohl was die Qualität als auch die Quantität der geschmuggelten Ware betraf, das war überschaubar und die Grenzorgane hielten sich oft zurück, denn zu Zeiten des sowjetischen Kommunismus half der Schmuggel ja sogar, hier einen eklatanten Mangel auszugleichen oder dort ein zu einer Reparatur notwendiges Teil ins Land zu bringen, das man im Lande nirgendwo bekommen konnte. Heute aber war die Situation eine gänzlich andere. Wer am Kapitalismus teilhat, dem steht grundsätzlich gesehen alles zur Verfügung, Probleme wirft hier nicht ein Mangel an Waren auf, sondern die Frage, was zu bezahlen ist für die Ware. Interessant wird für den Käufer die billigere Ware, und wenn der Verkäufer trotzdem noch gut daran verdienen will, dann muss er die Ware eben noch viel billiger einkaufen. Und ebenso phantasiereich, wie der sowjetische Normalbürger sich durch den Mangel manövrierte, genauso phantasiereich durchsuchen Kriminelle im kapitalistischen Jetzt die Möglichkeiten, viel Geld herauszuschlagen aus dem Wunsch nach billiger Ware. Kurz gesagt, was früher einfacher, kleiner Schmuggel war, ist heute in riesigen Ausmaßen vorhanden, meist versteckt in Handelsbeziehungen. Und ein Mann wie Herr Battulga saß am Ende eines weit ausgebreiteten Netzes und dirigierte und profitierte.

An einem der größeren Grenzübergänge saß der Chef des Zollamtes, Ilhan, an seinem Schreibtisch, der so vor dem großen Glasfenster positioniert war, dass er die beiden Spuren zwischen seinem und dem chinesischen Grenzhaus von oben her einsehen konnte. Wie in jeder Dienststelle gab es auch hier nicht genügend Personal, also hatte ein Schlaumeier in der obersten Zollbehörde eine Anordnung erlassen, die verhindern sollte, dass eine Stichproben-Routine Schmuggel erleichtern würde. An jedem Grenzübergang sollte der Chef jeden Morgen eine neue Stichprobenreihe anordnen, also Montag zum Beispiel zwei kontrollieren, der dritte durch, danach drei kontrollieren, der vierte durch, und ähnliches. So nutzte es keinem Zöllner etwas, sich im Vorhinein bestechen zu lassen, denn er konnte nie vorhersagen, welchen Wagen er kontrollieren musste und welchen nicht. Diese Stichprobenreihung kannte nur der Chef selbst.

Also war es für Ilhan ein Leichtes, als nach dem Frühstück zur festgesetzten Zeit das Telefon läutete und ihn jemand fragte, wie er geschlafen habe, zu antworten : „Drei Stunden ganz gut, aber die vierte lag ich wach." Damit war der Anrufer auf der sicheren Seite, er brauchte die Grenze nur kurz zu beobachten und sich mit seinem Lastwagen so einreihen, dass er der vierte war in einer Kolonne. Und Ilhan konnte sich darauf verlassen, dass der ausgemachte Betrag dafür jedes Mal in seinen Geldbeutel kam, auf der sicheren Seite war er sowieso, solange er Chef des Grenzüberganges war. Im Grunde genommen hatte also der Schlaumeier in der obersten Zollbehörde mit seiner Anordnung einen narrensicheren Weg für Schmuggel geöffnet.

Selbstverständlich erwischte man mehr oder weniger regelmäßig Auto- und Lastwagenfahrer, die versuchten, zu schmuggeln, mal auf eigene Rechnung, mal für einen größeren Auftraggeber, also Erfolgsmeldungen nach oben hatte Ilhan genügend. Wer hinter den Lastwagenlieferungen, die dank Ilhans ‚Schlafberichte' in größerer Menge unkontrolliert über die Grenze kamen, steckte, davon wusste Ilhan nichts. Gar nichts.

Herr Battulga schon.

Prostitution gab es vor 3000 Jahren bei den Ägyptern, später dann bei den Griechen, bei den Römern, danach im Mittelalter in ganz Europa, also eigentlich schon immer. Aber die Tatsache, dass es sie gab und gibt, war und ist nicht der springende Punkt. Die Ägypter behaupteten, es wäre eine religiöse Pflicht, die Römer wiederum gaben armen Mädchen damit die Möglichkeit, sich Geld genug für eine Hochzeit zu erwirtschaften. Als die Mongolei noch unter der Fuchtel des Sowjet-Imperiums war, da war die Prostitution offiziell verboten, natürlich gab es sie trotzdem, allerdings hatte es sogar einige Fälle gegeben, in denen Zuhälter zum Tode verurteilt und tatsächlich hingerichtet worden waren. So professionell allerdings, wie heute die Bordelle betrieben werden, laufen Zuhälter und Bordellbesitzer kaum Gefahr, in irgendeiner Weise belangt zu werden, auch in der Mongolei haben die ganz großen Bosse ihre Beziehungen zu staatlichen Stellen und ihre Hände über fast der gesamten Prostitution. Zuhälter und Bordellbesitzer verdienen sich also eine silberne Nase. Herr Battulga eine goldene.

Als in der Mongolei wie überall in der Sowjetunion die kommunistischen Funktionäre das alleinige Sagen hatten, da war eine Auftragsvergabe für einen öffentlichen Bau, zum Beispiel Bau einer Schule, neue Landebahn für den Flughafen, Neuerrichtung einer viel befahrenen Brücke oder sonst etwas, da war das keine zwei Minuten Diskussion wert. Es spielte ja auch keine Rolle, wer den Auftrag bekam, denn diese Firmen waren ja alle in staatlichem Besitz, hier bot sich nur wie immer bei solchen Sachen das Verschieben von Baumaterial oder Baugerät an, manch eine neue Schule hatte dann nur in jedem zweiten Zimmer eine Heizung, manche Startbahn zeigte bereits nach dem ersten Winter schon wieder Frostaufbrüche, in mancher Brücke war – was man aber nicht sah – nur halb so viel Betonstahl verbaut als im Plan vorgesehen, dafür besaß das Haus des Vorsitzenden der allmächtigen Partei in dieser Provinz einen neuen Vorbau, einen schönen Wintergarten oder eine frisch geteerte Zufahrt.
Die Demokraten, die nichts mehr vom Kommunismus wissen wollten, führten für die vielen neu aufgeblühten Privatunternehmen eine vom westlichen Ausland übernommene Regelung ein : Ein geplanter öffentlicher Bau wurde ausgeschrieben, jede Firma hatte das Recht, sich darum zu bewerben und konnte ein Angebot abgeben. Diese Angebote wurden von zum Beispiel staatlichen Ingenieuren geprüft, das günstigste wurde angenommen, die betreffende Firma bekam den Auftrag. Von Experten aus dem Westen wurde gewarnt, man müsse darauf achten, dass die Firmen sich nicht untereinander absprechen, also wurden solche Absprachen gesetzlich verboten und für den Fall eines Verstoßes sehr strenge Strafen angedroht. Doch die Gerichte mussten sich nicht mit derartigen Verstößen beschäftigen, solche Absprachen wurden so gut wie nie festgestellt.
Sie waren in der Provinz Chowd-Aimag auch nicht nötig. Bei den wirklich großen, wichtigen Bauvorhaben bekamen die Firmen im Vorhinein schon den Betrag, den Preis festgesetzt, mit dem sie sich zu bewerben hatten. Und der Billigste war völlig ohne jede Absprache immer wieder eine andere Firma, den mongolischen Staat, also hier die Steuerzahler von Chowd-

Aimag, kostete allerdings auf diese Weise jeder öffentliche Bau um einiges mehr als notwendig.

Der, der den Betrag festsetzen ließ und damit die ausführende Firma bestimmte, verdiente am meisten. Und streng nach dem Buchstaben des Gesetzes hatte Herr Battulga damit nicht einmal etwas Unerlaubtes gemacht.

In den über vierzig Jahren kommunistischer Regierung war es allen Menschen dort in Fleisch und Blut übergegangen, dass man ohne Beziehung und ohne Bakschisch nichts erreichen konnte. Das begann bei der Ausbildung – Intelligenz war gegenüber verwandtschaftlichen Beziehungen zu höheren Funktionären nichts wert – und ging durch den gesamten Alltag bis hin zu einer dringend notwendigen Operation, bei der man am besten dem zuständigen Arzt etwas zukommen ließ. Kurz, um etwas zu erreichen nutzte man besser Beziehungen oder Bakschisch, und auf der anderen Seite waren die Bakschisch-Empfänger, die ihre Beziehungen oder Möglichkeiten auf diese Weise verkauften. Wie gesagt, das war in Fleisch und Blut übergegangen. Infolgedessen war es nach der politischen Wende für viele Beamte und Angestellte im öffentlichen Dienst sehr schwer, plötzlich ein Unrechtbewusstsein dafür zu entwickeln, dass das bisher Gewohnte jetzt nicht mehr Bakschisch, sondern nur noch hart Bestechung hieß und unter Strafe stand. Noch dazu verdienten diese Leute ja heute nicht mehr als früher, bekamen aber im Fernsehen in all den Filmen aus dem Westen vorgeführt, wie toll ein großes Auto ist, dass man ohne die neueste Generation von Handy ewig ein Außenseiter bleibt, dass man im Winter nicht wie bisher die Lebensmittel in der Plastiktüte aus dem Fenster hängt, sondern dafür einen Kühlschrank mit eigenem großen Gefrierabteil und Super-Isolierung ohne FCKW – was immer das sein mochte - braucht.

Selbstverständlich ist damit nicht einmal der Ansatz von Bestechlichkeit entschuldigt, und selbstverständlich gibt es diese kriminelle Untugend in westlichen Staaten ebenfalls, versteckter, wahrscheinlich nicht so häufig. Unbedingt entscheidend ist, dass ohne Ausnahme jede Gesellschaft alles nur irgend Mögliche tun muss, um Bestechung und Korruption in öffentlichen Organen zu erschweren, solange der Idealfall, nämlich gänzliche Ausrottung, nicht herbeizuführen ist.

Solange es Korruption gibt, ist die Frage auch, wie die Schuld hierfür gewichtet wird, wie viel davon liegt beim Bestochenen, wie viel bei dem, der zahlt. Dazu müsste man nachrechnen können, was der Korrumpierte daran verdient, und welch riesige Gewinne ein Herr Battulga durch solches Verhalten einstreicht.

* * *

Es war ein verdammt langer Tag geworden. Am Vormittag mit Kubilay hatte sich Batdorj Zeit gelassen bei dieser Besprechungs-Besichtigungs-Tour, hatte mit ihm dann im Restaurant des Hotels zu Mittag gegessen, und am frühen Nachmittag waren sie zur Einsatz-Planung mit Tüti und seinem

25

anderen Stellvertreter, der von seinem russischen Vater her Sergej hieß, in Batdorjs Büro gesessen. Hier war dann auch Gökhan dazugestoßen, hatte sich aber nur ruhig hingesetzt und zugehört.

Eine geschlagene Stunde hatte alles gedauert, und anschließend hatte der junge Hauptstadt-Kollege darum gebeten, mit ihm nochmals eine solche Besichtigungstour zu machen.

Batdorj hatte Mühe gehabt, seine Gesichtszüge zu beherrschen. Verflucht noch mal, was hatte der Kerl denn bloß am Vormittag gemacht ? War der was Besonderes oder musste ab jetzt alles zweimal gemacht werden ? Unwillkürlich hatte er Kubilay angesehen und erstaunt bemerkt, dass der auch große Anstrengungen unternahm, um nicht loszubrüllen. Ich blick' immer weniger durch, Batdorj schüttelte unmerklich den Kopf. Ist denn jetzt Kubilay der Chef dieses Widerlings oder nicht ? Außerdem hatte er nach dem Essen, als Kubilay kurz auf sein Zimmer gegangen war, mit Gulnaz telefoniert und Termin und Treffpunkt ausgemacht gehabt.

Geendet hatte das Ganze damit, dass diese Tour tatsächlich wiederholt wurde, wobei Batdorj allerdings darauf verzichtete, die Fahrt nochmals mit Anekdoten und Erzählungen auszuschmücken, man unterhielt sich während der Fahrt also nur rein dienstlich, und bei passender Gelegenheit hatte er Gulnaz nochmals angerufen und den Zeitpunkt geändert.

Und jetzt war er endlich allein. Auf dem Weg. Hoffentlich hatte Gulnaz nichts gar so Unangenehmes. Batdorj betrat den Kiesweg zum Park hinter dem riesengroßen Tempel, der fast im Zentrum von Chowd lag. Um diese Zeit waren garantiert keine Touristen mehr hier, und die wenigen Einheimischen, mit denen man im Park rechnen musste, waren vorher im Tempel gewesen und saßen meist auf den Bänken und meditierten. Ja, da saß schon ein älterer Herr auf der ersten, in sich versunken, eine kleine Mütze auf dem Kopf und die unvermeidliche Plastiktüte zum Einsammeln von Fundgegenständen auf dem Schoß. Batdorj lächelte, dieser hier hatte offenbar heute viel Glück gehabt, die Tüte schien voll zu sein.

Obwohl sich der Kiesweg durch den Park schlängelte, konnte man ziemlich gut weit nach vorn sehen. Kurz vor dem ersten Rondell mit einer Buddha-Figur erblickte er eine Person, die bei seinem Anblick von der Bank aufstand und ihm winkte. Gulnaz. Batdorj beschleunigte seine Schritte, der Kies knirschte leise unter seinen Schuhen. Gulnaz verbeugte sich zur Begrüßung. Als er sich wieder aufrichtete, konnte Batdorj ganz kurz Schreck in dessen Gesicht ablesen, bekam von dem Alten einen kurzen aber kräftigen Stoß und, als er nach links taumelte, einen eigenartigen Schlag – war da nicht auch ein Knall in der Luft ? - auf den Kopf. Dann war alles dunkel um ihn. Ausgeschaltet wie ein Fernseher ohne Strom.

Als Batdorj wieder aufwachte, juckte der Haaransatz über dem rechten Ohr so ekelhaft, dass er ganz automatisch hinfassen und kratzen wollte, doch seine Hand wurde festgehalten.

„Nicht, Söhnchen," kicherte Gulnaz, „lass den Verband mal schön in Ruhe. Du hast Riesenglück gehabt, dass es nur ein Streifschuss war, aber trotzdem," er kicherte erneut, „trotzdem wäre kratzen nicht so gesund."

Er ließ Batdorjs Hand auf das Bett sinken. Bett ? Was für ein Bett ? Batdorj sah sich vorsichtig um. Das sah aus nach ....

„Ja, Söhnchen," kicherte der Alte wieder, „ja, ja, du liegst in einem Krankenhaus. Um ein Haar wärst du im Keller gelandet. Aber," Kichern, „du hast ja uns." Langanhaltendes Kichern. „Wir spezialisieren uns jetzt wohl tatsächlich auf die Rettung von Kommissaren, hi hi hi."

Batdorj sah den Alten an und sammelte seine Gedanken. Es ging. Schien also alles unverletzt zu sein im Oberstübchen.

„Streifschuss ?" fragte er. „Weil du mich beiseite gestoßen hast, hab' ich recht? Sonst hätte es mich voll erwischt, was ? Wer war's ? Du hast ihn doch hoffentlich gesehen, oder ?"

„Deine Rübe ist also wirklich nur angekratzt," freute sich Gulnaz, „schön, schön, Söhnchen, dann können wir vernünftig miteinander reden." Er wies mit der Hand im Zimmer rundum. „Hab' ich alles untersucht, während du noch geschlafen hast, wir können ruhig reden, hier wird nichts abgehört. Also, vollständiger Bericht. Den Kerl selbst hab' ich nicht gesehen, aber das metallische Blinken hinter dir, dass das von einer Waffe kam, war mir klar, und auch, dass sicher nicht ich das Ziel war, sondern du. Meine Reaktion ist nicht schlecht, was, hi hi. Ich hab' deine Wunde erstversorgt und einen Krankenwagen gerufen. Und für die hier, vergiss das nicht," Gulnaz hob den Zeigefinger und zeigte auf sich selbst, „für die hier bin ich dein alter Vater, den du ein bisschen spazieren geführt hast." Kichern.

„Scheiße," knurrte Batdorj, „so eine Scheiße, dass du nicht gesehen hast, wer's war."

„Nicht doch, Söhnchen, nicht doch," mahnte Gulnaz und grinste dabei, „mach mal langsam. Was glaubst du, warum wir in unserem Job überlebt haben ? Warum wir so lange Zeit Helden waren ? Wir haben niemals ohne Sicherung gearbeitet. Niemals. In jedem Einsatz gab es Deckung oder Entsatz. So was geht einem in Fleisch und Blut über. Wenn du denkst, ich war allein im Park, dann bist du auf dem Holzweg. Niemals ohne Absicherung. Alte Regel, sehr gut für die Gesundheit."

Er kicherte wieder. „Ich bin ja auch noch nicht mit meinem Bericht fertig. Selbstverständlich haben wir den Kerl." Kichern. „Du hast ihn erschossen. Mit deiner Pistole." Langes Kichern. „Wird dir eine Belobigung einbringen. Und war außerdem Notwehr, wie man an deinem Kopf deutlich sieht. Und noch dazu," jetzt lachte Gulnaz laut, „noch dazu war dein alter Vater als Zeuge dabei."

Langsam. Batdorj machte kurz die Augen zu. Langsam. Ich hab' *was* ? Ich hab' meine Pistole doch gar nicht angerührt. Hatte ja gar keine Zeit dazu. Hab' ja nicht einmal mitgekriegt, was los war. Dann kamen ihm verschiedene Gedanken auf einmal, wie mit einem Schlag. Der Alte auf der ersten

Bank ! Leibgarde des Kommissars Batdorj-Khan ! Mit meiner Pistole erschossen ! Mein Handy wird abgehört !

„Wie und vor allem warum habt ihr das gemacht ?" fragte er Gulnaz. „Wie und warum ? Mit meiner Pistole ?"

Diesmal kicherte Gulnaz nicht, er seufzte. „Söhnchen, ich schreib' mal deine Begriffsstutzigkeit der Tatsache zu, dass du doch ordentlich was an den Kopf gekriegt hast. Natürlich hast du ihn nicht erschossen, das war Batu, meine Sicherung. Verstehst du ? Batu konnte ja schließlich nicht wissen, ob der Kerl auf dich oder auf mich geschossen hatte, denn ich bin ja mit dir zu Boden gegangen, also hat er ihn, als der sich umdrehte und weglaufen wollte, kampfunfähig gemacht."

„Hoffentlich nicht wieder genau zwischen die Augen," Batdorj sah Gulnaz bittend an. Der grinste.

„Davon kannst du ausgehen, Söhnchen, hi, hi. Auf Nummer sicher gehen ist eine der Regeln, die uns überleben lassen hat. Keine halben Sachen. Vergiss nicht, wir waren die Besten der Besten. Und wir treffen auch mit der Pistole dort, wo wir hinzielen. Und Pistole ist klar, ein Gewehr schleppt man ja nicht mit sich rum in der Stadt, das fällt zu sehr auf. Und danach hab ich mit deiner Pistole einmal ins Gebüsch geschossen, damit eine Kugel fehlt. Kaliber haben wir ja das gleiche."

Batdorj starrte den Alten an. Wieder mitten zwischen die Augen. Mit einer Pistole ! Wie sollte er das bloß Timur erkl ....

Die Tür ging auf und eine offensichtlich fröhliche, sehr kräftig gebaute Krankenschwester rauschte herein. Sie sah Batdorj an und rief dann laut aus : „Na wunderbar ! Wir sind ja schon wieder wohlauf ! Draußen wartet eine Polizistin. Die kann ja dann wohl rein, oder ?"

Statt seiner antwortete Gulnaz : „Immer herein, immer herein. Je mehr da sind, desto lustiger wird's." Er kicherte, dann wandte er sich zu Batdorj. „Hübsches Weibchen, was ? Hast du ein Glück. Von so was würde ich mich auch gerne mal umsorgen lassen, hi hi hi."

Batdorj nickte der Krankenschwester zu, machte ein Zeichen mit der Hand, dass der Besuch willkommen wäre und meinte in dem Moment, als Tüti zur Tür herein kam, etwas zögernd zu Gulnaz : „Wolltest du nicht sowieso gerade gehen – äh, Väterchen ?"

„Keine Spur, Söhnchen," meckerte Gulnaz kichernd und musterte Tüti von oben bis unten, „keine Spur. Wir hätten nämlich noch was zu besprechen, du weißt schon, was wir ja eigentlich im Park machen wollten."

„Bleiben Sie nur," sagte Tüti freundlich, „ich werde Batdorj nicht lange belästigen, ich bin gleich wieder weg. Also, Batdorj, das Ganze ist ja durchaus übersichtlich, das Protokoll erstellen wir, wenn du wieder im Büro bist. Auch für den Staatsanwalt ist klar, dass es Notwehr war, es eilt also nichts. Sollen Sergej und ich was Besonderes für dich erledigen ?"

Batdorj überlegte kurz. „Wie lange liege ich denn schon hier, ich meine, wie spät ist es denn ?"

Beide antworteten gleichzeitig, Tüti sagte : „Es ist gleich 22 Uhr," und Gulnaz rief : „Keine zwei Stunden liegst du hier."

„Dann kümmere dich bitte nur darum, Tüti, dass der Kollege aus Ulan Bator, der Kubilay, Bescheid weiß, dass ich morgen etwas später bei ihm im Hotel erscheine."

„Mach ich," Tüti zweifelte aber ein bisschen, „meinst du denn, dass du morgen schon wieder fit bist ?"

„Hä hä hä," meckerte Gulnaz laut, „Söhnchen ist hart im Nehmen. Der ist schon in ganz andere Gruben gefallen und hat's überlebt." Sein Kichern klang, als ob er sich verschluckt hätte. „Und immer, wenn's Not tut, ist Väterchen da und hilft ihm weiter, hi hi hi."

„Na gut," Tüti verabschiedete sich, indem sie leicht mit der Hand winkte und Gulnaz zulächelte, „dann sehen wir uns morgen. Schön, wenn man so ein Väterchen hat."

Gulnaz hob ebenfalls die rechte Hand und kicherte zur Verabschiedung.

Als Tüti die Tür hinter sich geschlossen hatte, richtete sich Batdorj auf.

„Schön, wenn man so ein Väterchen hat ! Teufel, wenn die wüsste. Na klar bin ich froh, dass ihr mich schon wieder aus der Patsche gezogen habt, aber allmählich komm ich mir vor, als wenn ich, ja als wenn ich bloß eine Figur bin, die rumgeschoben wird, als wenn ich nichts mehr zu sagen hab'."

„Lass nur, Söhnchen Kommissar," tröstete ihn Gulnaz, „das ändert sich schon irgendwann mal wieder. Sei froh, dass du nicht ganz stumm geworden bist. So, und jetzt zum Wichtigen, bevor noch jemand kommt. Also, was unser Gast erzählt hat, dass das stimmt, das hast du jetzt erlebt. Da hat es nämlich jemand auf dich abgesehen, du bist jemand Wichtigem im Weg."

„Hat er einen Namen genannt ?" fragte Batdorj.

Gulnaz nickte. „Er sprach von einem *Herrn* Battulga. Dem bist du irgendwo zu nahe gekommen. Jemand aus dem Kreis, den ihr Mafia nennt, was ?"

„An den komm ich so leicht nicht ran," Batdorj schüttelte den Kopf, zuckte aber gleich zusammen und hielt ihn wieder ruhig, „ich bring ihn mit so allerhand in Zusammenhang, ich bin schon lang hinter ihm her, aber wirklich richtig was beweisen, das kann ich nicht. Dazu hat der Kerl zu gute Beziehungen."

Eine Weile war es ruhig zwischen den beiden. Dann meinte Batdorj mit bitterem Unterton : „Weißt du, der hat sogar seine Leute bei uns. Ich weiß eigentlich nicht, wem ich wirklich trauen kann. Bei einer Besprechung mit meinen Leuten erfährt der Kerl vermutlich ziemlich bald alles davon. Außerdem, fürchte ich, wird mein Handy abgehört, wie sonst hätten die wissen können, dass ich um diese Zeit im Tempelpark bin, gesagt hab ich's niemand."

„Weißt du," Gulnaz legte Batdorj die Hand auf den Arm, „weißt du, Söhnchen, was du brauchst ? Du brauchst jemanden, der auf dich aufpasst. Jemanden, auf den du dich hundertprozentig verlassen kannst."

Er kicherte. „Und da kommen nicht viele in Frage. Hättest du was gegen uns ? Dass wir in der Lage sind dazu, das hast du erlebt. Und ehrlich gesagt, uns würde es großen Spaß machen, noch einmal aktiv zu werden. Noch mal loszulegen auf unsere alten Tage." Kichern. „Du weißt ja, wir sind noch gut in Schuss, hi hi. Und, hi hi, und wer mit dir zusammenarbeitet, Söhnchen, hi hi, dem wird nicht langweilig."

„Leibgarde des Kommissars Batdorj-Khan," murmelte Batdorj.

Der Alte klatschte in die Hände. „Besser hätt' ich's nicht ausdrücken können, Söhnchen. Das gefällt mir. Also das gefällt mir wirklich richtig gut. Und, wird's was ? Ich meine, wenn du überleben willst, dann wäre das vernünftig. Und wenn du an diesen Battulga rankommen willst, dann doppelt."

Er kicherte ausgiebig. „Denn ohne uns, als Erschossener, kannst du den Namen Battulga nicht einmal mehr aussprechen."

Batdorj seufzte. Gulnaz kicherte.

* * *

Er hatte diesen mickrigen Kommissar offensichtlich total unterschätzt. Was hatte sein Gewährsmann in der Polizei-Zentrale berichtet ? Obwohl er durch den ersten Schuss verletzt gewesen war, nur ein Streifschuss, hieß es, hatte er denn nur Versager unter seinen Leuten, also obwohl der Kommissar verletzt gewesen war, platziert er seine Kugel wiederum mitten zwischen die Augen. Unvorstellbar. Ein Meisterschütze ? So ein normaler wenn auch nerviger Polizist ? Der Gewährsmann konnte nichts dergleichen bestätigen, zum Beispiel vom Schießtraining, dort hatte der Kommissar niemals Spitzenergebnisse erzielt. Ein verkappter Meisterschütze ?

Und dann - mit einem Mal lief es Herrn Battulga kalt den Rücken herunter, ein Gefühl, das ihm bisher wirklich fremd gewesen war, wollte ihm dieser unbedeutende kleine Polizist etwa drohen ? Schau gut her, so geht's meinen Gegnern, so in der Art ? Ich erschieße deine Leute nicht nur irgendwie, sondern eben auf diese Weise, damit du weißt, irgendwann bist du dran, auch ein kleines Loch im Hirn, sauber abgezirkelt zwischen beiden Augen, so in der Art ?

Gut, dann nehmen wir dich ernster. Herr Battulga überlegte. Das nächste Mal muss alles anders geplant werden, nämlich eben geplant. Man kann offensichtlich bei solch einem Menschen nicht einfach irgendwelche Leute beauftragen, ihn aus dem Weg zu räumen, nein, hier muss ein richtiger, durchdachter Plan her. Eine Falle, die keinen Ausweg zulässt. Und dann braucht man Männer dazu, die Erfahrung haben, die sich nicht so anstellten wie die, die jetzt im Leichenhaus lagen.

Herr Battulga setzte sich in seinen Lieblingssessel, schenkte sich ein Glas chinesischen Reiswein ein und überlegte. Nein, nichts übereilen, er musste seine Geschäftspartner für morgen einbestellen, damit sie gemeinsam sich dieser Angelegenheit annahmen. Einem solchen sicheren Schützen, mitten zwischen die Augen, das muss man sich mal vorstellen, nein, einem solchen Schützen durfte man beim nächsten Mal keine Gelegenheit mehr geben, die Waffe überhaupt noch ziehen zu können.

Ja, Herrn Battulga wurde wieder etwas wohler, das war der springende Punkt, das war es, wo man beim Planen ansetzen musste. Der Kommissar musste in eine Situation kommen, in der es ihm unmöglich war, die Waffe zu benutzen. Vielleicht ein Ablenkungsmanöver ? Na ja, man wird sehen.

* * *

Am nächsten Morgen saß Batdorj gerade beim Frühstück - der Arzt war gar nicht begeistert gewesen, ihn schon zu entlassen, zwei, drei Tage Ruhe wären notwendig - und kaute gerade die letzten Bissen, da ging die Tür auf und die fröhliche Schwester trat ein.

„So, Herr Kommissar," rief sie, „brav aufgegessen ? Na, wenigstens das. Hier, Ihre Kleider, damit Sie nicht im Nachthemd losrennen."

Sie legte ihm alles aufs Fußende des Bettes und wandte sich zur Tür, denn es hatte geklopft. Es war Kubilay, Batdorj schaute ihn erstaunt an.

„Tüti hat mir erklärt, wie ich Sie finde," sagte er, „ich halte es nämlich nicht für eine gute Idee, wenn Sie sich jetzt schon ans Steuer Ihres hoppelnden Ziegenbocks setzen."

Er musterte Batdorj und fuhr fort : „Drunten wartet Gökhan, wir fahren mit unserem Wagen. Da werden Sie nicht so durchgeschüttelt. Ach ja, und hier," er hielt Batdorj eine Plastiktüte hin, „das hat mir Tüti für Sie mitgegeben. Ich soll dafür sorgen, dass Sie Ihren Kopf ein bisschen polstern."

Es war so eine ähnliche Mütze, wie sie der Alte im Park aufgehabt hatte. Batdorj beäugte die Mütze und Kubilay lachte.

„Ich weiß, was Sie denken. Aber in diesem Falle tun Sie gut daran, Schönheit einmal außer acht zu lassen. Setzen Sie mal auf, das dürfte den Verband etwas verstecken, ja, so, vielleicht ein bisschen weiter nach unten rechts, ja, genau. Na also, sieht gar nicht mal so unvorteilhaft aus, und der Verband ist auch kaum zu sehen. Ich warte dann mal draußen im Flur, ziehen Sie sich in Ruhe an, es eilt gar nichts."

Zehn Minuten später saß Batdorj in dem weißen Wagen der Hauptstadt-Kollegen, der ihm vorkam wie eine kleinere Ausgabe von Timurs Auto, auf alle Fälle bot er natürlich mehr und vor allen Dingen bequemeren Platz als sein Lada.

„Sie scheinen an einem üblen Fall dran zu sein," meinte Kubilay, „wenn man Sie auf diese Weise aus dem Weg räumen will. Haben Sie wenigstens eine Ahnung, aus welcher Richtung der Anschlag kommt ?"

„Und vor allem," der Widerling am Steuer gab Batdorj gar keine Zeit zu antworten, „was mich interessiert, Sie handhaben ja Ihre Pistole auf fabelhafte Weise. Würde ich mir wünschen, so reagieren zu können, wenn mich mal einer anschießt. Waren Sie in Ihrer Militärzeit Scharfschütze ?"

In Batdorjs Ohren klang dies, als wenn dieser schleimige Gökhan in Wirklichkeit nicht daran glauben würde, dass er selbst geschossen hätte. Und obwohl der damit ja Recht hatte, also falls er so dachte, trotzdem ärgerte sich Batdorj. Also antwortete er nur auf Kubilays Frage.

„Aus welcher Richtung das kommt, ist mir klar. Ich versuche seit einigen Jahren verzweifelt, dem großen Boss in Chowd-Aimag näher zu kommen, aber Ihnen brauch ich ja nicht erklären, warum und wieso das nicht leicht ist."

„Sie reden von Battulga." Das war keine Frage, das war von Seiten Kubilays eine Feststellung.

Und wieder, bevor er antworten konnte, redete Gökhan dazwischen. „Von *Herrn* Battulga."

Einen Moment war Batdorj überrascht, aber wirklich nur einen kleinen Moment. Klar, Hauptstadt-Spezialisten, wäre ja dumm anzunehmen, dass die ohne jegliches Vorwissen hier einsteigen.

„Fahren wir eigentlich nicht," erkundigte sich Batdorj, denn der Motor lief seit er eingestiegen war, „oder bleiben wir hier ?"

„Besprechung," lächelte ihn Kubilay an, „wir halten eine abhörsichere Besprechung. Gökhan hat nämlich gestern etwas herausgefunden und wir würden gerne gleich heute die erste Aktion starten."

Batdorjs Gedanken stritten miteinander. Die eine Seite dachte, na klar, der Kerl ist einen einzigen Vormittag unterwegs und weiß schon mehr als ich, auf zur Aktion, endlich passiert was in Chowd-Aimag. Blödmann, angeberischer. Die andere Seite forderte ihn praktisch auf, zufrieden zu sein, hat also doch was Nützliches gemacht, ist unsympathisch, aber arbeitet vielleicht doch effektiv.

Er entschied sich für die zweite. „Dann lassen Sie mal hören."

„Unsere Zielrichtung geht heute Richtung Schmuggel," erklärte Kubilay, „wir glauben zu wissen, wie der Warentransport läuft, und zwar in Ajün. Und dazu brauchen wir Ihre Leute plus möglichst viel Personal vom Zoll."

„Da hab ich aber keine Kontakte," Batdorj schüttelte vorsichtig den Kopf, „ich kann schon, offiziell, aber wenn ..."

Kubilay lächelte. „Das mit dem Zoll ist geregelt, das läuft über Ulan Bator. Ich hoffe, dass es bei Ihnen keine großen Probleme gibt, wenn wir so kurzfristig .... ?"

„Ich kann die fünf aus meiner Abteilung und dazu natürlich meine beiden Stellvertreter auf der Stelle losmarschieren lassen," fiel ihm Batdorj ins Wort, „das Problem ist, dass ich nicht weiß, wer in der Zentrale das korrumpierte Schwein ist. Gefällt mir nicht die Vorstellung, dass es womöglich sogar einer meiner Leute ist, aber ausschließen kann ich es nicht, also darf niemand außer uns vom Ziel erfahren. Ob das aber funktioniert beim Zoll ? Noch dazu mit der Umleitung über Ulan Bator ?"

Kubilay winkte ab. „Der Zoll geht auf meine Kappe. Wenn von denen aus was schief geht, dann bleibt das an mir hängen, nicht an Ihnen."

„Sie haben also die Einsatzleitung," fügte Batdorj an. Und bevor Kubilay antworten konnte, setzte er hinzu : „Bevor's losgeht, muss ich mir schnell noch ein Handy kaufen, irgendein billiges, ist völlig egal, aber das alte kann ich nicht mehr hernehmen, wird abgehört."

Gökhan langte ins Handschuhfach, drehte sich zu Batdorj um und sagte : „Hier, können Sie haben, wenn Sie wollen, wir haben drei Stück. Sind neue, Sim-Karte steckt drin, Nummer steht innen in der Schachtel, hört Sie die nächste Zeit garantiert niemand ab."

Batdorj nahm die kleine Schachtel, sagte : „Und wer bezahlt dafür ?" und ärgerte sich im selben Moment über diese Frage.

Gökhan zuckte nur gleichmütig mit den Schultern. „Ist in unserem Etat mit drin."

Hauptstadt-Polizisten ! Haben Telefone mit im Etat. Um nicht das Gefühl zu haben, dankbar sein zu müssen, nahm sich Batdorj vor, dieses Handy wirklich nur dienstlich zu benutzen, auf keinen Fall privat. Dafür blieb ihm ja sein eigenes, und wer immer dann seine Ohren dazwischen hatte, würde nicht mehr viel Interessantes hören. Er stieg aus, wählte mit seinem alten Handy die Zentrale an und beorderte Tüti und Sergej und den Rest seiner Mannschaft mit vollgetankten Autos hierher, danach schickte er Gulnaz mit dem neuen Handy eine kurze SMS, damit dieser seine neue Handy-Nummer hatte.

Während der Fahrt instruierte Kubilay Batdorj über alles Geplante, es klang durchdacht und logisch, nur eins blieb unklar. Batdorj wartete eine Weile, ob er eine Erklärung erhalten würde, und als nicht, fragte er direkt.

„Wie sind Sie denn diesem Grenzer auf die Spur gekommen ? So was kann ich mir nur mit Abhören vorstellen, aber auf bloßen Verdacht hin kriegen Sie doch von keinem Richter eine Erlaubnis ?"

Im Rückspiegel sah er, dass der Unsympath zu ihm hersah und wieder so ölig lächelte.

„Ich hab da," sagte Gökhan kurz, „meine Beziehungen."

Aha. Beziehungen. Genaueres braucht mir der ja nicht zu sagen. Batdorj schaute zu Kubilay, aber der sah nur starr nach vorne durch die Windschutzscheibe. Aha. Mehr braucht ein kleiner Kommissar vom Land ja auch nicht zu wissen. Die tüchtigen Kollegen aus der Hauptstadt, die wissen schon, wie man durchgreift. Nett, dass ich wenigstens dabei sein darf. Im nächsten Moment spürte er, dass sich in seinem Kopf leichte Schmerzen ausbreiteten dadurch, dass er sich ärgerte. Also nahm er sich vor, ruhig zu bleiben. Sollte ihm doch egal sein, wie die das gemacht hatten. Er lehnte sich ganz nach hinten in das Polster, der Wagen hatte sogar hinten Kopfstützen, das war jetzt angenehm, schloss eine Zeit lang die Augen und versuchte, an etwas anderes zu denken. An etwas, das nichts mit seiner Arbeit zu tun hatte. Zum Beispiel an Solongo. Sofort ebbte der Schmerz ab.

Ein paar Kilometer vor Ajün wartete ein Mannschaftswagen vom Zoll. Sie hielten dahinter an und Kubilay stieg aus, Batdorj ebenfalls, denn Kubilay hatte ihm vorher bereits erklärt, dass sie beide mit dem Chef der Zöllner eine letzte kurze Besprechung abhalten müssten. Diese war tatsächlich kurz und die Instruktionen waren klar : Batdorj sollte mit seiner Mannschaft den Grenzer Ilhan kaltstellen und den Rest an Grenzern überwachen, am besten er und Sergej von oben durchs Fenster und Tüti mit den anderen unten direkt vor Ort. Der Mannschaftswagen würde - von der chinesischen Seite her nicht zu sehen - hinter dem Zollgebäude die Landstraße so blockieren, dass jedes an- und abfahrende Fahrzeug über den Parkplatz musste, und dort sollte drei Stunden lang jeder fünfte Lastwagen, der aus dem Nachbarland kam, zur genauesten Kontrolle angehalten werden. Für gründliche Untersuchungen sowie einen etwaigen Erfolg, mit dem Kubilay fest rechnete, stand neben dem Parkplatz eine größere Halle und darin war auch eine Arrestzelle.

Ilhan, Chef dieses Grenzhauses und ein Mann in den beginnenden Vierzigern, sah erstaunt auf, als die Tür aufgerissen wurde und zwei Männer hereinstürmten. Einer hielt ihm einen Ausweis vor die Nase.

„Sonderkommission aus Chowd. Ilhan, Sie sind vorübergehend festgenommen. Kommen Sie, hierher !"

Batdorj zog den Mann vom Stuhl hoch, ließ an seinem rechten Handgelenk eine Handschelle einschnappen, schob den Mann, bevor der sich besinnen konnte, ans Ende des Heizungsrohres und befestigte dort das andere Teil.

„Setzen Sie sich auf den Boden und rühren Sie sich nicht weiter," befahl er, „es wird ein paar Stunden dauern, bis wir nach Chowd fahren."

Ilhan hatte sich etwas gefasst. „U u um was geht es denn ?" fragte er stotternd.

„Korruption," antwortete Sergej scharf an Batdorjs Stelle, denn der beobachtete bereits durch das Fenster das Geschehen unten, „alles weitere erfahren Sie schon noch. Und jetzt setzen Sie sich gefälligst hin, wie Ihnen befohlen wurde !"

Heute herrschte reger Verkehr. Es dauerte keine Stunde, da war bereits dreimal der jeweils fünfte LKW ausgesondert worden, und alle drei Kontrollen erwiesen sich als voller Erfolg. Bis unter das Dach waren sie mit Elektronik verschiedenster Art beladen und hatten in den Papieren nicht einmal ein Zehntel dieses Inhalts ausgewiesen, als Ziel hatten alle drei Chowd, laut Papiere allerdings verschiedene Empfänger. Danach wurde der Verkehr so dicht, dass innerhalb von kaum zwanzig Minuten zwei weitere LKW mit ebensolchem Ergebnis angehalten wurden, und danach wiederum brach der Erfolg mit einem Schlag ab.

„Irgendwie ist jetzt doch was durchgesickert," meinte Kubilay, als er zu Batdorj hoch kam, „ich glaube, wir können die Aktion beenden. Der Zoll übernimmt die Ladungen, der Mannschaftswagen bringt uns die Fahrer nach Chowd. Lassen wir sie ein bisschen schmoren, vielleicht über Nacht, und vernehmen sie dann morgen."

* * *

Zurück in Chowd trödelte Batdorj erst einmal eine Zeit lang in seinem Büro herum. Er wusste, Timur wartete auf seinen Bericht und zwar auf seinen mündlichen Bericht, wenn etwas schief gegangen war, dann genügte der schriftliche, aber wenn es Erfolgsmeldungen gab, wollte er daran teilhaben und in aller Ausführlichkeit hören, wie, was und warum. Batdorj hasste diese Gespräche, er kam sich dann vor wie ein Märchenerzähler, stets war man versucht, Ausschmückungen vorzunehmen oder sich in Details zu verlieren, die Timur zwar interessierten, denn er war derjenige, der alles an die Presse weitergab, die aber immer zu viel Zeit verlangten und in sich die Gefährlichkeit besaßen, dass man ins fabulieren kam.

Schließlich saß er aber doch einem Polizeipräsidenten gegenüber, der sich freute wie ein kleines Kind, dass er endlich wieder einmal grandiose Erfolge an die Presse melden konnte.

„Oder gibt es, Batdorj," fragte Timur, „gibt es irgendwelche Hinderungsgründe, die Pressefritzen damit zu füttern ? Müssen wir etwas unter der Decke halten, vielleicht wegen weiterer Kontrollen ?"

Batdorj schüttelte den Kopf, mittlerweile spürte er die Wunde so gut wie gar nicht mehr. „Nein, nein, kann alles raus. Ist mir sogar ganz recht, wenn Battulga alles nicht nur von seinen Leuten erfährt, sondern es noch mal in der Zeitung nachlesen kann. Ärgert er sich wenigstens."

„Gut." Timur machte sich ein paar Notizen, was Batdorj ein Lächeln entlockte, denn er wusste, dass der Präsident ein hervorragendes Gedächtnis besaß.

„Und jetzt zu Ihnen." Timur reckte sich etwas und sah seinen Kommissar besorgt an. „Wie schaut's denn mit der Wunde aus ? Hätten Sie nicht etwas länger Ruhe gebraucht ?" Er wies mit der Hand auf Batdorjs rechte Seite. „Müssen Sie die Wunde warm halten ?"

Batdorj verstand nicht gleich. Was meinte Timur mit warm halten ? Er langte mit der Hand vorsichtig zum Verband und war verblüfft. Da hatte er sich im Laufe des Tages doch tatsächlich so an diese Mütze gewöhnt, dass er nicht im Mindesten gemerkt hatte, dass sie noch auf dem Kopf war.

„Die Mütze, ach so," er musste über sich selber lachen, „die hat mir Tüti besorgt, damit der Verband nicht so auffällt."

„Nicht übel," schmunzelte Timur, „nicht übel, Sie sehen damit aus wie einer dieser alten Rentner, die auf den Straßen alles aufklauben."

Dann wurde er ernst und fragte neugierig : „Und, Batdorj, jetzt sagen Sie doch mal, wieso Sie bis heute verheimlicht haben, dass Sie ein solch exzellenter Schütze sind. Mitten zwischen die Augen ! Sehr medienwirksam, muss ich schon sagen, aber ich hab' ja gar nichts von Ihrem Können gewusst bis heute."

Batdorj wand sich ein wenig. „Also, ehrlich gesagt, ist es mir gar nicht recht, wenn jemand denkt, ich wäre, äh, ein Meisterschütze. Das waren eher so, na ja, so Zufallstreffer. Ich kann da gar nichts dafür, äh, wenn ich so sagen darf, äh..."

„Sie wollen da nicht drüber reden," Timur glaubte zu verstehen, „ja, na, wie Sie wollen, ist auf alle Fälle, wie gesagt, sehr medienwirksam. Meinen Sie denn, dass Sie mit weiteren Anschlägen rechnen müssen ?"
Batdorj zuckte mit den Schultern. „Ist nun mal unser Beruf."
„Ja, ja, wir Polizisten," Timur klang so, als ob er auch in höchstem Maße gefährdet wäre, „kein leichter Beruf. Ich hoffe, Sie passen auf sich auf."
Keine Sorge. Hab eine Leibgarde. Lauter alte Knaben, die hundertmal besser schießen als ich. Was soll ich da noch selber aufpassen. Auf was hab' ich mich da bloß eingelassen. Batdorj seufzte, aber nur innerlich.

* * *

Zwei Gruppen in der mongolischen Gesellschaft sind, auf alle Fälle in den Städten, stets sichtbar, und zwar aus ähnlichem Grund. Es sind dies die Bettelmönche und, bis auf ganz wenige Ausnahmen, die Rentner. Gemeinsam haben beide Gruppen die Armut, wobei die einen diese selbst gewählt haben und die anderen sie unfreiwillig erleben. Ähnlich ist bei beiden Gruppen auch der tägliche Kampf gegen diese soziale Not, sie spielt sich nämlich eben in der Öffentlichkeit ab. Die Bettelmönche erbitten, wie schon ihr Name verrät, Essen und Almosen von der Bevölkerung und erhalten dies auch jederzeit, denn jede Gabe wird im Jenseits vergolten. Ein Einsammeln von weggeworfenen, noch einigermaßen brauchbaren Dingen käme für die Mönche niemals in Frage, das würde gegen die religiöse Ehre verstoßen. Über neunzig Prozent der Rentner müssen mit einem kargen monatlichen Betrag auskommen, ein Überleben sichert zum einen vielleicht die Familie oder ein Anbau essfähiger Pflanzen im eigenen Garten oder manchmal sogar in Ecken von öffentlichen Parks, betteln kommt aus Gründen der Ehre nicht in Frage. Fast jeder Rentner hat stets eine oder zwei dieser modernen Plastiktüten, die es seit einigen Jahren in allen Kaufhäusern gibt, dabei und sammelt auf Straßen, Wegen und in Parks und Höfen alles ein, was andere weggeworfen haben aber noch nach Brauchbarkeit aussieht, manches kann man selber verwenden, anderes kann man tauschen. Für Bettelmönche und Rentner ist außerdem noch etwas Wichtiges gemeinsam, dass nämlich niemand in den Städten an ihnen Anstoß nimmt, beide Gruppen gehören zum Alltag, niemand wird als störend empfunden.
Auch für einen Herrn Battulga war es völlig normal, einem Bettelmönch, der ihm den Teller entgegenhielt, eine milde Gabe zukommen zu lassen, oft sogar mehr als eine milde, denn auch für ihn war dies niemals sinnloses Tun, würde doch die Opferbereitschaft dereinst im Jenseits nach ihrer Höhe gegengerechnet werden. Der Anblick von Rentnern, die ein paar Schritte machten und sich dann nach etwas bückten, war gleichfalls Normalität, keiner, der in die Nähe seiner Villa kam, wurde verjagt, im Gegenteil, seine Sicherheitsleute schenkten auf Herrn Battulgas Anweisung hin dem einen oder anderen ab und zu großzügig eine Zigarette oder wiesen

auf lohnenswerte Fundstücke hin. Sowohl für Mönche als auch für die suchenden Rentner war die Nähe einer Villa, das Gebiet von reicheren Leuten also besonders interessant.

Und so fielen die beiden Alten, die momentan in der Gegend herumsuchten, genauso wenig auf wie alle anderen, allerdings hatten sie in ihren großen Plastiktaschen nicht nur ein Päckchen passender Munition zu der im Hosenbund unter der Jacke steckenden Pistole, sondern auch jeder ein Funkgerät, mit dem sie jedes Mal, wenn sie sich bückten, Nachrichten durchgaben wie zum Beispiel : „Am Tor zwei Personen, bewaffnet mit Pistole im Schulterhalfter," oder „Im Hof nur unregelmäßig Wachen zu sehen," und dergleichen mehr. Da das Schicksal offenbar einen Sinn für gewisse Ironie besitzt, hörten Herrn Battulgas Sicherheitsleute von diesen Meldungen nichts, gar nichts, nicht ein Wort. Denn zum einen waren die Funkgeräte der beiden Alten nicht nur ebenfalls sehr alt, sondern besaßen sogar eine viel größere Bandbreite als alle anderen früher genutzten Geräte, und zum anderen waren Herrn Battulgas Männer selbstverständlich mit teuren digitalen Funkgeräten ausgerüstet, die mit den Geräten von vor über zwei Jahrzehnten weder kompatibel waren noch irgendetwas von ihnen empfangen konnten.

Und ohne, dass es jemand aus Herrn Battulgas Nähe mitbekam, waren so den ganzen Tag über immer wieder wechselnd alte Männer da, die alles beobachteten und alles registrierten. Selbstverständlich auch die Kennzeichen aller ankommenden und wegfahrenden Autos. Besonders fiel ihnen ein Lieferwagen einer Lebensmittelfirma auf, denn Fahrer und Beifahrer mussten vor dem Einfahren am Tor zu Herrn Battulgas Heim bei den Sicherheitsleuten etwas abgeben, das einer der Alten deutlich als Gegenstände erkannte, die man beim Liefern von Lebensmitteln nicht braucht, vielleicht eher, wenn man vorhat, eine Bank zu überfallen.

Wie die alten Helden von Chowd-Aimag es aus ihrer früheren Tätigkeit her gewohnt waren, arbeiteten sie natürlich gründlich. Sie beobachteten nicht nur und gaben alles, was relevant sein durfte, per Funk weiter, sondern sie sondierten auch die Umgegend, als es begann, dunkler zu werden, genauer und damit also auch so nahe es ging bis an Herrn Battulgas Villa heran. Sie kontrollierten und vermerkten alle Arten des Zuganges. Dabei stellten sie fest, dass es nicht nur eine zweites Tor, ein kleineres, mit zwei Schlössern an dicken Ketten versperrtes Gittertor am südlichen Ende des Grundstückes gab, an dem keine Sicherheitsleute postiert waren, sie fanden auch eine ziemlich leicht zu überwindende Stelle, nämlich den Übergang von Eisenzaun in eine dichte Hecke. Hier würde sogar eine kleinere Astschere genügen, um einen auf Anhieb fast unsichtbaren Durchgang für einen Menschen zu schaffen.

Als die Nacht hereingebrochen war, saßen die Alten mit Gulnaz, der alle Funksprüche schriftlich festgehalten hatte, zusammen und erarbeiteten gemeinsam eine Auswertung. Wie sie es gewohnt waren, eine militärische. Wie viele Leute, welche Waffen würde man brauchen, um die Sicherheitsleute auszuschalten, mit welcher Art von Sicherheitsanlagen würde man im Grundstück und direkt an Herrn Battulgas Haus zu rechnen haben, welche Ablenkungsmanöver würden sich anbieten, welche Ausrüstung, welche Bewaffnung müssten die Aktiven dabei haben, welche Zeit für welche Aktion, wie wird Rückzug gesichert und anderes mehr.

„So," meinte am Schluss Gulnaz, es war schon fast Mitternacht, „und jetzt noch die beiden mit dem Lieferwagen."

Der Alte, der die Übergabe der Waffen genauer gesehen hatte, nickte.

„Wer seine Waffen am Tor abgeben muss, gehört also nicht zu Battulga, es sind demzufolge Besucher. Sicher gleiche Kategorie, aber eben Besucher."

„Ist es möglich," fragte Gulnaz, „dass noch andere dieser Kategorie gekommen sind ? Ein Treffen von Kriminellen, ihr wisst schon, was ich meine, so Besprechung von Revieraufteilungen und ähnliches ?"

„Definitiv nein," Jamar, der mit der harten Stimme, „das war das einzige Fahrzeug, aus dem Waffen abgegeben wurden. Eine Besprechung mit Leuten unterschiedlicher Ränge kann ich mir nicht vorstellen, die einen mit und die anderen ohne Waffen. Nein, da ging es nur um diese zwei im Lebensmittelwagen."

Gulnaz überlegte laut. „Wenn ich meine Waffe abgeben muss, dann stelle ich also eine potentielle Gefahr dar, der Gastgeber will kein Risiko eingehen. Auf der anderen Seite braucht er mich, sonst würde er mich gar nicht erst einlassen."

„Wenn ich die eigenen Leute aus irgendeinem Grund nicht einsetzen kann oder will," meinte Jamar, „dann hole ich mir fremde. Dieser Battulga hat was vor mit den beiden, wenn es da um unseren Schützling geht, dann wäre klar, was."

„Und dann wäre es gut," bekräftigte Gulnaz, „wenn Söhnchen Kommissar die Auto-Nummer überprüft, und zwar vor allen anderen. Ich red' mit ihm. Inzwischen bleiben wir an Battulga dran."

Batdorj lehnte sich ins Polster zurück. Er war wiederum mit Kubilay und Gökhan in deren Auto mitgefahren, hinter ihnen fuhr Sergej mit weiteren zwei Mann. Das Verhör der Lastwagenfahrer am Morgen hatte, und darauf hätte er schon im Vorhinein wetten können, hatte also nichts erbracht. Keiner von denen hatte eine Ahnung, wäre ja auch blöd von den Verantwortlichen, simple Fahrer einzuweihen. Vergeudete Zeit. Natürlich hatte sich Battulga herausgestellt als Besitzer der verschiedenen Firmen bzw Geschäfte, an die die Waren adressiert waren, aber was bewies das schon. Na ja, immerhin war offiziell Schmuggel festgestellt und Konterbande beschlagnahmt worden, schön für Timur wegen Presse und so, in echt war's natürlich nur ein Rempler für Battulga, kein vernichtender Schlag. Gut, man kann sagen, immerhin. Interessant war einzig die Tatsache gewesen, dass sich dieser Gökhan nicht im Mindesten an den Verhören beteiligt hatte, also er war schon dabei, redete aber kein Wort. Nicht eine Silbe. Überließ alles Kubilay und ihm. Merkwürdig. Gerade bei Verhören konnte doch ein Junger zeigen, was er drauf hat, besser machen als die alten Polizisten, geschickter was entlocken oder so. Der Kerl wurde ihm kein Pelzhärchen sympathischer. Merkwürdig auch, dass Kubilay seinen Untergebenen nicht ein einziges Mal aufgefordert hatte, eine Vernehmung zu übernehmen, es war, als hätte er ihn bei dieser Arbeit schlichtweg ignoriert. Eigenartige Zustände bei diesen Hauptstadt-Kollegen. Batdorj nahm sich vor, beim nächsten Besuch das mal bei seinem Sohn anzusprechen.

Sie bogen in die erst vor kurzem neu geteerte Straße ein, die zu dem Viertel von Chowd führte, in der das Leben sichtbar teurer und offensichtlich angenehmer war, und in dem auch das Anwesen des Battulga guaj lag. Die sauber geschnittenen Zierbäumchen und Sträucher wurden mehr und auch die Zahl an wandernden Mönchen und suchenden Rentnern nahm hier zu.

Die Einfahrt ging in großzügigem Bogen in das Grundstück, so dass kein Auto an der Straße parken musste. Die eisernen Tore mit den geschmiedeten, in der Sonne glänzenden Spitzen waren geschlossen, es war niemand zu sehen. Auf einen Wink Batdorjs hin stieg Sergej aus und läutete. Es tat sich nichts. Sergej hob die Hand nochmals und blieb mit dem Daumen so lange auf der Klingel, bis sich die Sprechanlage rührte. Batdorj sah, dass sich eine längere Diskussion entspann, in deren Verlauf Sergej seinen Ausweis zog und ihn vor die kleine Videokamera über der Sprechanlage hielt, er machte sich aber nicht die Mühe, das Fenster aufzukurbeln, um zuzuhören. Mit einem Blick zu Kubilay erkannte er, dass auch dieser wusste, dass es sich um Anfangsgeplänkel handelte, um eine kleine erste, wenn auch lächerliche Demonstration, den Ankommenden zu zeigen, wer hier der Herr war.

Und obwohl an der Mechanik deutlich sichtbar war, dass diese Tore elektrisch zu öffnen waren, mussten sie nochmals warten, bis drei Männer den Weg von der Villa bis zu ihnen herunterkamen, zwei in einfacher Kleidung, die jeder langsam und umständlich je einen Torflügel aufwuchteten, sowie ein dritter in sehr eleganter westlicher Kleidung.

Batdorj wies einen Polizisten aus Sergejs Auto an, hier bei den Wägen zu bleiben und schnauzte dann die beiden einfach Gekleideten an : „Sie haben offensichtlich beide Pistolen. Waffenschein ?"

„Aber, aber, Herr Kommissar," der Mann im modischen westlichen Anzug schnalzte mit der Zunge, „Sie befinden sich hier auf Privatgebiet. Ich muss Sie doch nicht belehren, dass Herr Battulga das Recht hat, sich auf seinem eigenen Grund und Boden zu schützen ?"

„Wer sind Sie ?" fuhr ihn Batdorj an.

„Ich bin Rechtsanwalt Dschamts," antwortete der Mann in weiter ruhigem, überlegenem Tonfall, „ich vertrete Herrn Battulga in allen Angelegenheiten." Er wies mit der Hand einladend in Richtung Haus. „Sie wollen Herrn Battulga selbst sprechen ? Dann darf ich Sie bitten ?"

An der prunkvollen Eingangstür zur Villa wartete die nächste Demütigung. Herr Battulga selbst stand im Türrahmen und sagte als erstes : „Eine ganze Kompanie der Chowder Polizei rückt an. Sagen Sie, Dschamts, haben die Herren etwa einen Durchsuchungsbefehl für mein Heim oder warum überfällt man mich mit so vielen Leuten ?"

„Nein, Battulga guaj," der Rechtsanwalt schüttelte den Kopf, „der Kommissar hat offenbar, wenn ich richtig verstanden habe, nur ein paar Fragen. Es geht wohl um die falsch gesendete Ware."

„Aha," Herr Battulga blieb mitten in der Tür stehen, wo er war, „aha, dann muss ich doch sicher nicht die ganze Heerschar einlassen, oder, Herr Rechtsanwalt ?" Dabei sah er gar nicht diesen an, sondern Batdorj.

„Nein, sicher nicht," Rechtsanwalt Dschamts lächelte maliziös, „ zwei Beamte dürften sicher genügen, das kann der Herr Kommissar bestätigen."

Bevor Batdorj etwas sagen konnte, setzte Battulga noch eins dazu.

„Und diese beiden Herren," er wies auf Kubilay und Gökhan, „gehören nicht einmal zur Polizei unserer Provinz. Muss ich überhaupt Fremde auf meinem Grund und Boden dulden ?"

„Ich bin schwer beeindruckt, wie gut Sie informiert sind," Batdorjs Stimme klang jetzt so, als wenn sie mit einem Rasiermesser geschärft worden wäre, „das erspart mir, dass ich Kubilay und Gökhan vorstellen muss. Und genau diese beiden werden mit mir die Befragung durchführen. Und wenn ich Ihren Rechtsanwalt verbessern darf, es geht keineswegs um Falschlieferungen, sondern um die Beschlagnahme von Konterbande."

Offensichtlich hatte Herr Battulga genügend Abneigung demonstriert, denn mit einem Mal änderte er sein Verhalten.

„Wo hab' ich nur meine Manieren," Herr Battulga schüttelte theatralisch den Kopf, „das werd' ich mir nie verzeihen können. Was ist nur aus den alten Sitten der Gastfreundschaft geworden."

Er trat drei Schritte zurück. „Bitte kommen Sie doch alle drei herein, Batdorj, und selbstverständlich auch Sie beide, Kubilay und Gökhan. Ich hoffe, es stört Sie nicht, wenn mein Rechtsanwalt unser Gespräch weiterhin begleitet. Wir wollen doch Regierungs-Angestellte aus unserer Hauptstadt bei ihrer Arbeit in jeglicher Weise unterstützen."

Die Befragung verlief völlig vorhersehbar. Ohne dass sie sich vorher abgesprochen hatten übernahm Kubilay nun den Part des freundlichen, höflichen Polizisten, so, wie es überall auf dieser Welt bei Verhören und Befragungen schon tausende und abertausende Male durchgespielt wurde und unermüdlich weiter durchexerziert wird und trotzdem immer wieder funktioniert, hier der ruppige, rücksichtslose und daneben der nette, stets verständnisvolle Beamte. Batdorj mischte sich allerdings nun kein einziges Mal mehr ein, bemühte sich nur recht grimmig in die Gegend zu schauen und stellte zu seiner tiefen Befriedigung fest, dass Kubilay haargenau so vorging, wie er es selbst auch getan hätte, er verwickelte Battulga dreimal in Widersprüche, wobei zweimal der Rechtsanwalt dazwischen ging und Kubilay sich sofort entschuldigte, und beim dritten Mal die Unklarheit so im Raum stehen ließ, als hätte er sie gar nicht bemerkt. Geschickt, nickte Batdorj für sich innerlich, hätte ich nicht besser machen können, auch dass sich Gökhan wiederum völlig herausgehalten hatte, war dieses Mal natürlich in Ordnung, zumal er mit seiner widerlichen Fratze den Hausherren ununterbrochen durchdringend angestarrt hatte. Ganz sicher war er sich nicht, aber Batdorj meinte doch, dass Battulga ziemlich nervös geworden war.

Bei der Fahrt zurück zur Zentrale herrschte zunächst Schweigen. Dann sagte plötzlich Gökhan : „Sie gehen doch davon aus, Batdorj, dass in Battulgas Auftrag auf Sie geschossen wurde. Warum hat er Sie nicht auf Ihren Verband am Kopf angesprochen ? Ich an seiner Stelle hätte versucht, Sie damit zu verunsichern."

„Ich hab eigentlich so was erwartet," meinte Batdorj nachdenklich, „wundert mich auch, vielleicht hat er's vergessen, weil er nervös geworden ist."

Kubilay drehte sich zu ihm um. „Meiner Meinung nach war er wegen etwas anderem unruhig. Unsere Befragung kann ihm ja kaum zugesetzt haben, sein Anwalt hat ihm doch sicher vorher erklärt, dass wir in diesem Fall nicht viel gegen ihn haben. Verkehrte Papiere, schlampige Verladung in China, alles, was wir halt nicht widerlegen und echt gegen ihn verwenden können. Wahrscheinlich liefert sein Modefatzke von Rechtsanwalt ja sogar noch eine Beschwerde gegen Sie in nächster Zeit, Batdorj."

Batdorj winkte ab. „So was bügelt Timur mit links glatt, da stapelt er vor den Augen der Journalisten die beschlagnahmte Ware und redet so lange von Erfolgen, bis jeder eine etwaige Beschwerde vergessen hat oder für unwichtig hält. Was anderes, wie schaut's denn aus, hat Gökhan neue Informationen ? Gibt's demnächst eine weitere Aktion ?"

In diesem Moment meldete sich sein Handy, sein neues, dessen Nummer noch niemand kannte außer Gulnaz.

„Bist du allein, Söhnchen ?" fragte der Alte.

„Nein, das nicht," antwortete Batdorj, „aber ich bin unterwegs und sitze auf dem Rücksitz eines Autos, du kannst also reden, hört außer mir kein Mensch was."

Gulnaz kicherte.

* * *

Sie aßen in Ruhe im Restaurant des Hotels ‚Kubilay-Khan' zu Mittag, besprachen verschiedene technische Angelegenheiten ihres gemeinsamen Arbeitens und machten, als sie sich dann trennten, als Treff 17 Uhr in Batdorjs Büro aus.

Kubilay hatte mit Sergej für den Nachmittag vereinbart, in dessen Büro alles an Unterlagen zu sichten, was es bislang über Battulga gab, wobei Sergej bedauernd gemeint hatte, das würde wohl kaum nachmittagsfüllend sein.

41

Batdorj hatte mit Gulnaz ein Treffen ausgemacht, wobei er vorher noch in sein Büro an den Computer wollte, um herauszufinden, um welchen Lieferwagen es sich bei dem Auto handelte, von dem ihm Gulnaz am Handy das Kennzeichen durchgegeben hatte.

Der junge Gökhan hatte nur kurz gemeint, er werde sich noch ein bisschen umsehen, wurde dazu von Kubilay nichts gefragt und bekam keinerlei Order mit auf den Weg, worüber sich Batdorj nicht mehr wunderte und auch nur noch einen Anflug von Ärger verspürte.

Als die beiden älteren Kollegen sich auf den Weg gemacht hatten, begab sich Gökhan in die Bar des Hotels. Sie war so ungefähr zur Hälfte gefüllt, es sah fast überall nach Touristen aus, kaum westliche, ein paar Japaner und Chinesen, und die, die am großen Tisch in der Ecke mit vier angebrochenen Flaschen Wodka lärmten, das waren Russen. Gökhan verzog abfällig das Gesicht, was ihn noch unheimlicher aussehen ließ. Er war zwar zu jung, um noch das Sowjet-Reich erlebt oder Erinnerungen daran zu haben, aber noch hingen überall in der Mongolei alte, russische Schilder als Zeugen der Vergangenheit, verbeult und angerostet, noch erzählten die alten Mongolen von damals, und heute erlebte man oft genug die Russen wieder, die Neureichen, die mit ihrem Geld protzten und sich nach reichlich Genuss von Wodka dementsprechend aufführten. Allzu gut kam das jetzige Russland auch in den Medien, in Zeitungen und Fernsehen, nicht weg, es war schon überall zu spüren, dass die meisten politisch aktiven Menschen in der Mongolei eher auf den Westen ausgerichtet waren.

Gökhan schaute sich nach einem freien Platz um und entschied sich dann dafür, direkt an der Bar auf einem dieser unbequemen hohen Hocker zu sitzen. Er hatte kaum sein Bier bestellt, da setzten sich ein kurzes Stück neben ihm zwei junge Männer auf Barhocker.

Der Barkeeper schob Gökhan das Glas Bier hin und sagte mit leiser Stimme : „Das sind zwei, die ab und zu Herrn Battulga einen Gefallen erweisen. Die verdienen nicht schlecht dabei. Da kann ein einfacher Polizist zum Beispiel nicht mithalten, sein Leben lang nicht."

Na also, dachte Gökhan amüsiert, hat ja nicht lange gedauert, und so direkt, hab' ich nicht damit gerechnet.

Zum Barkeeper sagte er mit ebenso leiser Stimme : „Manche haben eben Glück. Man lernt leider im Leben nicht immer die richtigen Leute kennen." Er trank einen tiefen Schluck, sah den Barkeeper mit seinem öligen Grinsen an und setzte hinzu : „Wer von uns möchte nicht gern reich werden ? Ich jedenfalls hätte nichts dagegen."

„Ich mach' Sie gern mit den beiden bekannt," erwiderte eilfertig der Barkeeper, „da lässt sich sicher was machen."

Er nahm sein weißes Tuch vom linken Arm, wischte auf der Theke in Richtung der beiden Männer und flüsterte dann mit ihnen was. Daraufhin standen beide auf und kamen zu Gökhan her. Der eine setzte sich links, der andere rechts von ihm hin, und der Barkeeper stellte jedem ein Glas Bier vor die Nase.

„Na, Kollege," sagte der eine munter und gab Gökhan einen Klaps auf die Schulter. „so ganz allein ? Trinkst du mit uns ?"

Gökhan versuchte, überrascht auszusehen.

„Kollege ?" fragte er. „Ach, ihr seid auch Polizisten ?"

Der zweite, der schon unterm Trinken war, verschluckte sich und prustete los. „Was ? Wir ?"

„Nein, wir sind keine Polizisten," beeilte sich der andere zu sagen, „in der Branche, in der wir arbeiten, verdient man sein Geld leichter."

Er hob sein Glas und prostete Gökhan zu. „Und vor allem verdient man bei unserem Arbeitgeber mehr. Sehr viel mehr."

Auch der andere hob sein Glas. „So einer wie du und wir, der braucht auch mehr als die alten Trottel. Das Leben ist schließlich teuer genug. Lass mich mal raten : Du hast noch kein eigenes Auto ?"

„Nein," antwortete Gökhan, „von dem Gehalt, das man als kleiner Polizist kriegt, kann man sich ja nur eine neue Klingel für das Fahrrad kaufen, das man von Opa geerbt hat, mehr ist da nicht drin."

„Ha, ha," wieherte der, der sich vorher verschluckt hatte, „du verstehst genau, von was wir sprechen. Wenn dir aber jetzt, sagen wir mal, wenn dir die Möglichkeit geboten wird, ein bisschen mehr zu verdienen ?"

„Ein bisschen sehr viel mehr," bekräftigte der andere.

Gökhan überlegte. „Kommt drauf an, was man tun muss. Natürlich muss sich die Geschichte lohnen, wenn nicht, lass ich's bleiben."

Die beiden grinsten.

„Für zwei oder drei Auskünfte," sagte der erste mit einem lauernden Blick, „für nur zwei oder drei Auskünfte so viel, dass man sich einen schicken Japaner kaufen kann ?"

Gökhan verdrehte die Augen. „Nicht schlecht," antwortete er dann, „nicht schlecht, die Bezahlung. Aber was soll ich mit einem Toyota ? Wenn ich ehrlich bin, ich träume von einem Mercedes."

Der zweite Mann brüllte los vor Lachen, dass sogar die Russen kurz her sahen. Dann schlug er Gökhan auf die Schulter, aber so, dass dieser zusammenzuckte.

„Du bist nicht der Dümmste ! Einen Mercedes ! Weniger geht nicht, was ?"

Gökhan rieb sich die Schulter und wartete.

„Warum nicht ein Mercedes," meinte der andere, „kann sein, dass unser Arbeitgeber auch so was zahlt. Dann vielleicht noch eine Auskunft mehr, was weiß ich, da müssten wir mit ihm reden. Wir nehmen mit ihm Verbindung auf und geben dir Bescheid. Vielleicht schon in einer Stunde ?"

„In einer Stunde ?" fragte Gökhan zurück, „meint ihr, ich häng hier an der Bar eine ganze Stunde lang rum ?"

Der rechts neben ihm drehte sich zu einem Tisch, an dem noch ein paar junge Leute saßen und winkte. Ein ziemlich stark geschminktes Mädchen erhob sich, klaubte ihre Handtasche vom Boden auf und kam langsam zur Bar.

„Darf ich vorstellen," sagte der Mann, „das ist Zarina. Wenn du ein Stündchen in Ruhe auf deinem Zimmer unser Angebot abwarten willst, leistet sie
dir gerne dabei Gesellschaft."
„Ach ja," Gökhan nickte erfreut, „so wär ein Stündchen nicht schlecht. Aber
nur, wenn ihr mein Bier mit zahlt."
Ohne eine Antwort abzuwarten, nahm er das Mädchen an der Hand und
verließ mit ihr die Bar.

* * *

Batdorj war vom Hotel aus zum Krankenhaus gefahren. Er ließ sich zum
einen den Verband abnehmen und zum anderen alle Ermahnungen über
sich ergehen, Wunde müsse sauber bleiben und oh je, ohne Verband viel
zu große Infektionsgefahr und nicht aus Versehen mit Kamm darüber
fahren und auf keinen Fall irgendwo anstoßen, und was, schon wieder im
Dienst, nein, unverantwortlich, aber bitte, eigene Verantwortung, ich hab's
Ihnen gesagt und jammern Sie später nicht.
Er war froh, als er wieder aus dem Krankenhaus raus war und in seinem
Lada hinterm Steuer saß, nein, er fühlte sich hier drin sogar richtig wohl.
Um dieses Gefühl ein wenig zu genießen kurvte er ein bisschen herum,
kleiner Umweg macht Spaß, und fuhr dann zum Tempel. Wegen der vielen
Touristen in den letzten Jahren hatte die Stadtverwaltung davor einen
Parkplatz anlegen lassen, ein größerer Teil war für Busse reserviert und
ein kleiner für Personenwagen, auf letzterem suchte sich Batdorj einen
Platz und sah sich um. Als er am Rande des Parks die beiden Alten stehen
sah, der eine mit einer grün gemusterten, der andere mit einer rot gemusterten Mütze, so wie es Gulnaz am Telefon beschrieben hatte, stieg er aus.
Die beiden rührten sich nicht, als er an ihnen vorbei ging, aber der eine
nuschelte : „Bisher kein Gegner in Sicht. Gulnaz sitzt zweite Bank."
Batdorj tippte wie zum Gruß kurz mit dem Finger an die Stirn und betrat
den Weg, der in den Park führte. Auf der ersten Bank saß wieder der selbe
Alte wie beim letzten Mal mit seiner vollen Plastiktüte, wie hieß er gleich,
was hatte Gulnaz gesagt, ah ja, Batu, und schien zu schlafen, zumindest
rührte er sich nicht. Batdorj hoffte inständig, dass dieser Batu heute nicht
noch einmal Gelegenheit bekäme, seine Schießkünste zu beweisen. Auf
der zweiten Bank dann Gulnaz. Batdorj setzte sich zu ihm.
„Den Lieferwagen," fing er an, „den kann man nicht zuordnen, die Nummer
gibt es nicht. Bist du sicher, dass ihr nicht einen Zahlendreher reingebracht
oder nicht richtig gesehen habt ?"
Gulnaz schüttelte entschieden den Kopf. „Söhnchen, so was passiert uns
nicht. Definitiv nicht. Eine falsche, eine unsichere Beobachtung kann Kopf
und Kragen kosten. Die Nummer ist definitiv so, wie ich sie dir durchgegeben habe."
„Dann ist sie eine Fälschung," murmelte Batdorj, „ist ja auch kein echtes
Problem für Profis, sich so was zu besorgen. Ich könnte natürlich eine
Fahndung rausgeben, aber dann kann ich auch gleich Battulga anrufen.

Müssen wir also auf uns zukommen lassen, dass er irgendwo wieder auftaucht."

„Meine Leute halten die Augen danach offen," versprach Gulnaz, „und vor allen Dingen müssen wir sie über dich wachen lassen, Söhnchen, ich hab's so im Urin, dass dieser Battulga mal andere Kaliber auf dich ansetzen will, hi hi."

„Wie stellst du dir das vor ? Wenn ich mit dem Auto unterwegs bin, dann sitzen zwei von deinen Männern auf dem Rücksitz ? Mit Waffen, wo der Waffenschein schon längst abgelaufen ist ?"

„Nichts ist abgelaufen," protestierte der Alte, „du hast immer noch nicht ganz begriffen, wer wir waren, nichts läuft bei uns ab. Unsere Papiere sind auf Lebenszeit ausgestellt."

Batdorj überlegte. „Aber die stammen doch noch aus sowjetischen Zeiten, oder ? Gilt denn da eine solche Ausstellung auf Lebenszeit noch ?"

Gulnaz kicherte. „Söhnchen Kommissar, ich sag dir was. Das wurde nie geändert, denn das gab es ja nur bei uns. Das sind nach wie vor gültige Papiere, um so was hat sich in den letzten zwanzig Jahren kein Mensch gekümmert." Er kicherte erneut. „Und selbst wenn das käme, macht uns das nichts aus. Wir haben, hi hi, wir haben das gelernt, wie man ein solches Papierchen herstellt. Da findest du keinen Fehler."

Batdorj schnaufte tief durch. Vielleicht sollte er besser keine dummen Fragen stellen, solange er mit diesen Alten zu tun hatte, sonst erfuhr er bloß immer mehr, was offiziell nicht sein durfte. Aber schon fiel ihm die nächste ein. Und zwar siedendheiß.

„Habt ihr eigentlich euren, äh, Gast noch ? Ja ? Was machen wir denn mit dem ?

Gulnaz kicherte. „Wir können ihn laufen lassen, er kann aber gerne noch eine Zeit bei uns bleiben, kein Problem." Erneutes Kichern. „Das ist ja dann wohl deine Angelegenheit, Söhnchen Kommissar, da musst du entscheiden, was passieren soll, denn der wollte dir ans Ziegenleder, nicht uns. Hi, hi, hi."

Batdorj war versucht, das Problem noch ein wenig aufzuschieben und entschied sich auch dafür. Nicht für arg lange, bestimmt nicht, das nahm er sich fest vor, aber schon mal so lang, bis man klar sehen würde in der Angelegenheit Battulga–Hauptstadtkollegen. Beschweren konnte sich der Kerl ja inzwischen nirgends. Gut. Er seufzte und Gulnaz kicherte. Dann blieb es also vorläufig bei der Leibgarde für Batdorj-Khan. Er seufzte noch einmal.

* * *

Kubilay lächelte, als ihm Sergej den dünnen Stapel an kleinen Pappheftern auf den Schreibtisch legte und bedauernd sagt : „Mehr ist nicht. Und das, was wir haben, ist auch nicht viel wert. Wenn der Herr Rechtsanwalt diese

Papiere hier zu Gesicht bekommen würde, dann hätte er allen Grund, sich darüber aufzuregen."

„Ist schon in Ordnung," meinte Kubilay, „ich geh auch nicht mit der großen Erwartung auf Erleuchtung an die Geschichte ran. Es ist nur einfach so, man soll nichts auslassen, sagt meine Erfahrung, und wenn auch nur ein kleiner Zusammenhang mit dem, was wir wissen, zu finden ist, dann hat sich's schon gelohnt."

Er nahm dankend das Angebot auf eine kleine Tasse Kaffee an, setzte sich kerzengerade hin, was zwar nicht bequem, aber für sein Kreuz unabdingbar war, wollte er nicht nach einer Stunde Schmerzen und Ziehen im Rücken haben und begann, die kleinen Ordner durchzulesen.

Nichts von Bedeutung. Beobachtungen, Vermutungen, vorsichtige Schlüsse, aber wie schon Sergej gesagt hatte, nur Banales, das Battulgas Anwalt sofort gelöscht haben wollen würde, wenn er es denn je sehen könnte.

Und hier, Kubilay lächelte verstehend, hier hatte sich wohl Batdorjs Zorn einmal niedergeschlagen, ein kleines Strafmandat wegen Falschparkens.

Er überflog es kurz - und stutzte. Batdorj hatte die Papiere aller Insassen überprüft, die des Fahrers sowie die der beiden Mitfahrer, nämlich Battulga und ein weiterer Mann, der den amtlichen Namen Tsend Tunjin hatte. Seit die Regierung gesetzlich festgelegt hatte, dass dem Namen eines jeden Mongolen ein Familienname vorausgestellt werden müsse, nahmen die meisten einfach den Namen des Vaters als Familienname her, der eigene blieb dann der Vorname, kam aber im Mongolischen nach hinten. Und seit dieser Zeit war ein Namensvergleich schon wesentlich einfacher als früher für einen Polizisten, wobei die meisten Namen doch recht häufig waren. Immerhin, einen Tunjin, dessen Vater Tsend hieß, kannte Kubilay, dieser war ein höherer Beamter in der Regierungsverwaltung in Ulan Bator.

Eine Nachprüfung war auf alle Fälle lohnenswert, denn wenn sich herausstellen sollte, dass es sich um ein und denselben Tunjin handeln würde, zum Beispiel indem man sein Alibi für diese Zeit, Kubilay notierte sich rasch das Datum des Strafmandates, prüfen würde, wenn da Übereinstimmungen zu finden wären, dann war der Grund klar, warum Tunjin einen Battulga besucht hatte. Dann hätte man ganz sicher einen korrumpierten hohen Beamten erwischt. Dann Beobachtung, Überwachung und irgendwann zack.

Kubilay angelte sich seine Jacke, holte sein Handy heraus und wählte eine Nummer in Ulan Bator. Irgendwie hatte er das sichere Gefühl, eine Spur gefunden zu haben.

* * *

„Sehen Sie, Dschamts," sagte Herr Battulga zu seinem Rechtsanwalt, der an der anderen Seite des kleinen Tischchens mit den winzigen Beinchen am Boden saß, denn dieses Zimmer war bis ins letzte Detail genau so eingerichtet wie eine Jurte der Nomaden, übrigens ein Zimmer, das Herr Battulga vorbehalten hatte für seine engsten Freunde und wichtigsten Ver-

46

trauten, „sehen Sie, solch einen Aufwand treibt dieser Kommissar mit unseren Steuergeldern, obwohl er doch schon im Vorhinein weiß, dass er nichts erreichen kann."

Er hob sein Glas mit vergorener Stutenmilch und trank einen kräftigen Schluck. Der Anwalt, der eigentlich unbequem saß, da seine modisch eng geschnittene Hose nicht sonderlich geeignet war für das Sitzen in der Hocke, tat das Gleiche.

„Ein lästiges Subjekt," stimmte er zu, „ich verstehe voll und ganz, dass der Kerl Ihnen auf die Nerven geht. Ganz zu schweigen von der Zeit, die er stiehlt. Aber ich versichere Ihnen, dass er damit nichts, aber auch gar nichts erreichen wird. Falls, was ich mir aber überhaupt nicht vorstellen kann, falls er es tatsächlich schafft, die chinesische Polizei mit einzubeziehen, dann hat mir Herr Ho versichert, dass er auf der Stelle einen Schuldigen präsentieren kann für jegliche Fehlladung, aber wie gesagt, das kann ich mir nicht vorstellen, dazu hat dieser Batdorj viel zu wenig in der Hand. Von Schmuggel mit Vorsatz kann überhaupt keine Rede sein."

„Wissen Sie, was mich nervös gemacht hat ?" Herr Battulga stellte sein Glas ab und Dschamts sah ihn erstaunt an, von Nervosität hatte er bei seinem Auftraggeber noch nie etwas bemerkt. „Doch, ja, nervös ist schon der richtige Ausdruck. Dieser zweite Hauptstadt-Spezialist, der jüngere, der hat schon unheimlich ausgesehen. Wissen Sie, an was der mich erinnert ? Haben Sie die alten Bilder im Tempel schon einmal bewusst angeschaut ? Nicht ? Diese alten Krieger, die man auf vielen Bildern sieht, mit ihren aus zahlreichen Kämpfen verunstalteten Gesichtern, so sieht dieser Gökhan aus, wenn ich ein ängstlicher Mensch wäre, würde ich sagen, der sieht zum Fürchten aus."

Der Anwalt teilte diese Meinung nicht, zum einen interessierte ihn Tempel und Religion nicht im Mindesten und dann, der jüngere der Polizisten aus Ulan Bator sah einfach nur hässlich und abstoßend aus, fand er. Aber niemals würde er Herrn Battulga widersprechen.

„Was geschieht denn nun in Ajün," fragte er, „dieser Ilhan ist ja wohl unbrauchbar geworden für Sie. Er kann Sie zwar nicht belasten, wenn er auspackt, aber in sein Amt kommt er wohl kaum zurück."

Herr Battulga winkte ab. „Vorläufig werden wir diesen Grenzübergang nicht mehr nutzen. Und in vielleicht einem Vierteljahr, na, mal sehen."

Da klingelte das unter einem dünnen seidenen Schal liegende Haustelefon dezent. Herr Battulga lud seinen Rechtsanwalt mit einer Handbewegung ein, sich Stutenmilch nachzuschenken und nahm den Hörer.

„Aha," sagte er, hörte weiter zu, dann „wenn er genug liefert, bekommt er, was er sich wünscht," hörte nochmals eine Weile zu, nickte mit dem Kopf leicht vor sich hin und beendete das Gespräch mit den Worten „So können Sie's machen, ja, und dann geben Sie mir wieder Bescheid".

Er legte den Hörer auf und breitete den Schal wieder sauber über das Gerät, so dass man es nicht gleich sah und wandte sich an Dschamts.

„Die Sache scheint zu laufen," er lächelte zufrieden, „jeder auf dieser Welt ist käuflich. Manchmal ist der Preis etwas hoch, aber mal sehen, dieser hässliche Krieger," bei diesem Vergleichsbild lachte er laut, „ist wohl der, der uns die nächsten Informationen liefern kann. Wie ich vorhergesagt habe. Jeder ist käuflich."

Dschamts hob sein Glas und prostete ihm zu.

„Dann wollen wir mal sehen, Herr Battulga," sagte er, „was diese Hauptstadt-Spezialisten als nächstes für Unfug probieren."

Herr Battulga lächelte. „Ich denke, wir erfahren es rechtzeitig. Und dann kann der hässliche Krieger," bei diesen Worten musste er wieder lachen, „dann kann der zeigen, ob er seinen Preis wert ist."

\* \* \*

Als das Beste hatte sich früher stets erwiesen, einen gefährlichen oder zumindest potentiellen Gegner rechtzeitig auszuschalten, eine Bedrohung rechtzeitig aus dem Weg zu räumen. Es waren damals, als sie noch im aktiven Dienst waren, durch ihre Hände genügend Personen im Ausland unter offiziell unerklärlichen Umständen gestorben, weil sie für die Politik des Sowjetreiches eine Bedrohung dargestellt hatten. Im Falle Battulga kam das für die alten Helden nun heute aber nicht in Frage, denn zum einen bedrohte er ja nicht sie, er wusste und ahnte doch nicht einmal etwas von ihrer Existenz, und zum andern konnten sie schlecht vorhersagen, ob ein vorzeitiges Eliminieren dieses unbestritten wichtigen Mannes der kriminellen Szene für ihren Schützling von Vorteil war. Womöglich trat dann ein bisher Unbekannter an Battulgas Stelle, von dessen Fähigkeiten jetzt niemand irgendetwas wusste, und neue Schwierigkeiten würden sich auftun, unter Umständen könnte Batdorj dann auch in eine Lage kommen, die ihm seine Ermittlungen erschwerten, wie auch immer, das Beste ging im Moment nicht.

Das Zweitbeste war schon immer, eine Bedrohung unter Kontrolle zu halten. Logischerweise entschieden sich die Alten in ihrer Strategiediskussion also für diese Möglichkeit.

Die Nacht war schon so weit fortgeschritten, dass es richtig dunkel und auch sehr still war in dem Viertel, in dem Herrn Battulgas Villa stand. Natürlich waren die Reichen von Chowd, die Bewohner all der schönen Häuser in dieser Straße noch nicht alle im Bett, manche feierten mit Gästen bis in die Morgenstunden, manche sahen die halbe Nacht fern, aber selbstverständlich nahm man Rücksicht auf seine Nachbarn, man feierte im Partykeller und außerdem waren die Villen sowieso so solide gebaut, dass kaum etwas von innen nach außen drang und umgekehrt ebenso. Es war also still im ganzen Viertel.

Diese Stille störten die Schatten, die von hinten her an das Grundstück des Herrn Battulga heranhuschten, in keiner Weise. Sie ließen sich nicht beeindrucken von Wassergräben, dichten Sträuchern oder sonstigen Hemmnissen, sondern wichen geschickt aus und arbeiteten sich zielstrebig vorwärts. Es ging dies auch mühelos, da jeder der Schatten über ein Nachtsichtgerät verfügte.

Zwei umrundeten das Grundstück und postierten sich vorne so, dass man Straße und Zufahrt einsehen konnte. Sobald sie über ihre Funkgeräte Bescheid gegeben hatten, begannen die anderen hinten in das Grundstück einzudringen. Zwei bogen die Hecke links und rechts auseinander und ein dritter schnitt mit einer scharfen Astschere weit unten einen kleinen Durchgang, als er fertig war, kroch er zurück und ließ die beiden anderen erst einmal die Hecke an dieser Stelle zurück schwingen. Sie nickten mit den Köpfen, niemand würde den neu geschaffenen Durchgang so leicht entdecken. Dann blieb einer außerhalb der Hecke, setzte sich ins Gras und beobachtete die Umgegend. Die beiden anderen schlüpften auf dem gerade erst hergestellten Weg ins Grundstück.

Der Hausbesitzer machte es ihnen leicht, denn offenbar rechnete er nicht mit einem Einbruch oder dem Eindringen Fremder, im Garten war kein Sicherheitsmann zu sehen und auch am Haus weder Alarmanlage noch mit Bewegungsmeldern funktionierende Scheinwerfer, lediglich an vier Ecken des achteckigen Gartenpavillons brannten matte Lichtlein in Laternen aus buntem Glas. Geräuschlos und ungesehen kamen die beiden Schatten durch den Garten, inspizierten kurz die hölzerne Hintertür mit großem Glasfenster, die in einen gleichfalls nur matt beleuchteten Flur führte, öffneten sie ohne große Mühe und verschwanden im Haus.

Fast eine halbe Stunde waren sie im Gebäude beschäftigt, die ganze Zeit lautlos und ohne von jemandem bemerkt zu werden, das Sicherheitspersonal war offensichtlich nachts auf ein Minimum beschränkt. Als die beiden durch das Loch in der Hecke wieder nach außerhalb krochen, sprach der draußen Wartende kurz etwas in sein Funkgerät, daraufhin kamen die beiden, die Zufahrt und Straße beobachtet hatten, herbei und alle machten sich gemeinsam auf den Heimweg.

An fünf verschiedenen Stellen im Haus waren nun kleine Abhörmikrofone, die auf verschiedenen Frequenzen sendeten, angebracht. Das Abhören dieser Wanzen würde wohl zum größten Teil eine langweilige und stets zwei Mann beschäftigende Tätigkeit werden, aber mit ein bisschen Glück könnte man auf diese Weise Informationen erlangen, die eben wenigstens das Zweitbeste bedeuteten, Kontrolle der Bedrohung.

* * *

Für den nächsten Vormittag war die Pressekonferenz angesagt zum Thema großartiger Erfolg der Polizei von Chowd-Aimag im Kampf gegen Schmuggel. Große Fotos der beschlagnahmten LKW, meterlange Auflistungen der Konterbande, damit also Timurs Lieblingsbeschäftigung bis zum Exzess, er selbst vorne, gerne mit Tüti an seiner Seite, weil Frau macht sich bei Pressefotos immer gut, natürlich stets er in Fotomitte, ginge ja auch nie anders bei seiner Körperfülle. Null Interesse für so was bei Batdorj, null Bock auf Foto in Zeitung oder blöde Fragen beantworten müssen, manche Journalisten zeigten sogar Intelligenz, bohrten nach, ausgerechnet dort, wo nix gesagt werden soll, dann folgt immer rauswinden oder vertrösten oder schwindeln, zu mühsam für einen altgedienten Aktiven, zu frustrierend für einen Kommissar, der um den wirklichen Wert jeglicher Aktion weiß. Nein, danke, soll Timur nur, gerne mit Tüti als Ausschmückung.

Aber was passiert? Während des Frühstücks klingelt das Telefon.

„Hallo Batdorj,“ krächzt seine Stellvertreterin mit einer heiseren Stimme, dass er aufhören muss zu kauen, um überhaupt etwas verstehen zu können, „tut mir leid, du musst heute vor die Presse. Ich kann kaum noch reden, irgendein Infekt. Ich bleib im Bett.“

Und wie um das zu unterstreichen nieste sie anschließend gewaltig.

„Nein,“ versuchte Batdorj zu protestieren, obwohl er sehr genau ahnte, wie es für ihn ausgehen würde, „nein, bitte nicht. Tu mir das nicht an. Du kannst dich doch neben Timur setzen und bloß lächeln, das genügt doch, oder? Timur redet genug.“

„Spinnst du?“ Ihre Stimme schien immer leiser zu werden. „Wenn mich dann doch jemand was fragt, dann antworte ich dem in Taubstummensprache?“

Batdorj gab auf. „Verflucht noch mal, du weißt, wie ich diese Vorstellungen hasse. Also bleib im Bett, ich ruf dich morgen mal an, dass ich weiß, wie lang du ausfällst.“

Er wollte schon auflegen, da fiel ihm ein, so Anstand und so.

„Gute Besserung,“ sagte er also noch rasch, „bis morgen dann.“

Missmutig frühstückte er fertig, stand auf und holte sich sein neues Handy. So was Bescheuertes und Harmloses wie eine Pressekonferenz war's ja wohl nicht, wo er fürchten müsste, dass was passiert, aber wenn die alten Helden schon mitspielen wollten, dann war's egal, wann und wo.

Gulnaz schien nicht wie andere Rentner lang auszuschlafen, er war sofort am Apparat und ließ ihn, typisch Militär, Zeit und Ort zweimal wiederholen.

Pressekonferenzen begannen immer um 9 Uhr morgens, dann war die Chance, dass es zweimal berichtet wurde, einmal Abendnachrichten, einmal Zeitung nächster Morgen, und fand immer im Sitzungssaal vom Rathaus statt, Stühle waren bequemer und Saal imposanter, außerdem hatte die Polizei-Zentrale gar kein Zimmer, das so schön geschmückt war.

Pünktlich und fast zeitgleich mit Timur traf Batdorj ein, der eine in Hochstimmung, der andere ziemlich griesgrämig. Auch die Nachricht, dass Tüti heute ausfalle, änderte nichts an Timurs erwartungsvollem Frohsinn. Batdorj überließ ihm an der großen Rathaustür, an dem rund geschwungenen kleinen Treppchen dorthin, den Vortritt, und sah sich gewohnheitsmäßig auf der obersten Stufe noch einmal um. Als erstes fielen ihm sofort die beiden Alten mit genau den gleichen Mützen wie am Park auf, die auf der drüberen Straßenseite hinter einem Lieferwagen standen und miteinander redeten. Wie zufällig wies die Hand des einen in dem Moment, als Batdorj zu ihnen hinsah, auf das Nummernschild des Wagens. Alle Griesgrämigkeit fiel von Batdorj mit einem Schlag ab, doch gerade, als er sein Handy aus der Jackentasche nehmen wollte, steckte Timur seinen Kopf aus der Tür und rief : „Auf was warten Sie, Batdorj, jetzt aber schnell ! Rein mit Ihnen, Sie wissen doch, wir müssen vor den Pressefritzen Einigkeit demonstrieren und gemeinsam kommen."

Batdorj zögerte, aber wirklich nur kurz, wenn Timur eins nicht leiden konnte, dann, wenn ihm jemand einen Auftritt verpatzte. Er warf noch einen Blick auf Lieferwagen und Alte und sah gerade noch, als er zu Timur durch die Tür trat, wie der eine den Daumen leicht nach oben reckte, sozusagen keine Angst, wir kümmern uns schon. Wieso beunruhigte ihn das mehr als dass es ihn beruhigen würde ? Wieso sah er in seinen Gedanken ein noch verschwommenes, namenloses Gesicht, aber das Löchlein zwischen den Augen recht klar ?

„Mensch, Batdorj," sagte in dem Moment Timur, „machen Sie bloß ein anderes Gesicht. Sollen die von der Presse etwa denken, wir freuen uns nicht über unseren Erfolg ? Stellen Sie sich das Foto morgen in der Zeitung vor, ich fröhlich und Sie daneben grantig ! Lachen Sie, schließlich stelle ich Sie ja als verantwortlichen Kommissar für den Erfolg vor." Er überlegte kurz. „Ich glaube, ich könnte dazusagen, das ist unser Mann mit Zukunft. Also, Batdorj, das wär doch dann was, Foto mit Lachen und dann die Unterschrift unterm Bild, wie ich's gerade gesagt habe."

Jetzt musste Batdorj tatsächlich grinsen. Mann mit Zukunft.

Zu Timurs tiefster Befriedigung grinste er noch, als er ganz vorn neben diesem saß, auf einer kleinen Bühne, so ein halber Meter höher als die Journalisten, links neben ihnen die mongolische Fahne, rechts die von Chowd-Aimag und hinter ihnen eine üppige Blumendekoration. Mann mit Zukunft. Und selbige lass ich mir von meiner Leibgarde sichern, dachte er spöttisch, unter dem Foto müsste also stehen : Mann mit Zukunft, Batdorj-Khan.

Gut, dass die meisten Fotografen ihre Bilder gleich zu Anfang in den Kasten brachten, denn nach einer Weile verging ihm das Grinsen, und gut nur, dass Timur es jetzt nicht mehr merkte, denn sobald er das Reden begonnen hatte, achtete er nicht mehr auf seinen Kommissar.

Hinten im Saal stand im linken Eck Gulnaz und im rechten der mit der harten Stimme, Jamar, zwei Alte halt, die neugierig zuschauten und die keiner wegjagte, weil sie zum einen nicht weiter störten und zum andern so der Raum ja übervoll aussah, was sich immer gut macht bei Pressekonferenzen, großes Interesse und so. Dass jeder von beiden die rechte Hand in einer alten Plastiktüte stecken hatte, störte wohl auch keinen, interessierte niemand. Nur Batdorj, weil der sich ausmalen konnte, was die in Händen hielten, und weil ihn das und nicht die Blitzlichter zum Schwitzen brachte.

Hatten die beiden jemanden Bestimmten im Auge ? Schusswaffe in der Hand, das konnte doch wohl nicht bloß Beobachtung bedeuten.

Ganz automatisch schob Batdorj seine rechte Hand in die Jacke und knöpfte mit Daumen und Zeigefinger sein Schulterhalfter auf. Dann ließ er die Hand wie dieser Napoleon auf dem berühmten Bild in der Herzgegend ruhen, bereit, seine Waffe zu ziehen. Er versuchte ein leichtes Lächeln, um ja nicht aufzufallen, und sah sich wie gelangweilt um. Diese blöden Lichter, die auf die Bühne gerichtet waren, nein, die blendeten nicht wirklich, aber es gab Stellen im Saal, an denen er nichts Genaues sehen konnte eben wegen dem Licht. Und aufstehen und sich woanders hinsetzen, na ja also, das war unmöglich, Timur würde platzen. Wenigstens die beiden alten Helden konnte er ganz klar sehen, und so konzentrierte er sich darauf, zu reagieren, wenn ihm diese durch ihr Verhalten zeigen würden, dass was im Gange wäre.

Und dann ging es so schnell, dass keiner der Fotografen seinen Apparat rechtzeitig herumreißen und knipsen konnte, was Timur im Nachhinein, also dann, als alles vorbei war, mehr als bedauerte. Das wären Fotos gewesen, das wäre ein Aufhänger.

In der letzten Reihe erhoben sich zwei Männer, wie um Fragen stellen zu wollen, und richteten plötzlich jeder ein Gewehr mit verkürztem, vielleicht abgesägtem Lauf in Richtung Bühne. Beide konnten zwar den Abzug noch drücken, aber die Schrotkugeln pfiffen ein Stück über Timur und Batdorj hinweg in die wunderschöne Blumendekoration, besser hatten die zwei nicht zielen können, wer kann das schon, wenn ihm von hinten eine Patrone durch den Kopf gejagt wird. Für Timur waren die Kugeln sowieso absolut unschädlich, am nächsten war ihnen Batdorj, denn der war aufgesprungen in dem Moment, als er sah, dass Jamar und Gulnaz sich wie synchron bewegten. In der selben Sekunde, in der er hochsprang, hatte er auch schon seine Waffe in der Hand, sah nur noch die zwei mit den Gewehren und schoss noch im Sprung zweimal, auf jeden einmal.

„Was ist ....“ rief Timur erschrocken, kam kurz von seinem Stuhl hoch und ließ sich wieder zurück plumpsen. Im Saal brodelte es. Die Journalisten schrien durcheinander und nach und nach versuchte jeder, das Wichtige, die beiden toten Attentäter zu fotografieren.

Batdorj sah keine andere Möglichkeit, er schoss noch einmal, dieses Mal in die Decke, und als alle sich daraufhin duckten und kurz innehielten, schrie er aus voller Kehle : „Bleiben Sie sitzen ! Jeder bleibt an seinem Platz ! Weg von den Toten !“

In großen Sprüngen eilte er zu den Erschossenen und drängte die letzten beiden Fotografen, die ganz dicht Bilder machen wollten, beiseite. Dann zog er sein Handy aus der Tasche und alarmierte Sergej. Inzwischen war Ruhe eingekehrt bis auf allgemeines aufgeregtes Gemurmel. Batdorj steckte seine Pistole wieder ins Schulterhalfter und drehte sich um. Na klar, hatte er nicht anders erwartet, die zwei Alten waren natürlich weg und hatten auch noch hinter sich ordentlich die Tür geschlossen.

„Es bleibt jeder an seinem Platz,“ rief er den Journalisten drohend zu und ging, rundum mit grimmiger Miene herumschauend, zu Timur.

„Sind Sie in Ordnung, Timur ?" fragte er den verdattert Dasitzenden.

Timur war leichenblass geworden. „Die wollten mich erschießen," flüsterte er, „Batdorj, stellen Sie sich vor, ein Anschlag auf mich !"

Er richtete sich ein wenig auf. „Batdorj, Sie haben diese Kerle erschossen ! Sie haben mein Leben gerettet !"

„Na, na," Batdorj musste wieder grinsen, „so weit wollen wir mal nicht gehen. Nein, Timur," sagte er rasch zu ihm und legte die Hand auf seinen Arm, als dieser sich erheben wollte, „nein, Sie müssen auch sitzen bleiben. Sergej muss jeden Moment hier sein, und Sie sind doch der einzige, der alles von vorn gesehen hat. Hier zählt nur Ihre Aussage."

Und mit leiser Stimme fügte er hinzu : „Und danach werden sich die Herren Zeitungsschreiber alle auf Sie stürzen."

Timur dachte kurz nach, sagte : „Meinen Sie ?", wurde wieder etwas frischer im Gesicht und flüsterte ebenfalls leise : „Batdorj, Sie haben vollkommen recht, ich bin ja, außer Ihnen natürlich, bin ich der einzige, der alles von vorn gesehen hat. Oh je, da kommt was auf mich zu, die werden alle Exklusivinterviews haben wollen. Schrecklich." Allerdings passte sein nun glücklich strahlendes Gesicht nicht zur letzten Feststellung. Batdorj grinste.

Die Tür vom Saal wurde aufgerissen und Sergej stürmte mit fünf weiteren Polizisten herein. Timur hielt Batdorj, der von der Bühne herunter gehen wollte, am Ärmel fest.

„Sagen Sie, Batdorj, haben Sie den Kerlen wieder zwischen die Augen geschossen ?"

Der schüttelte bedauernd den Kopf. „Ich fürchte, diesmal nicht."

„Verstehe," Timur nickte gewichtig, „verstehe, mitten aus einem Sprung heraus, ja, verstehe, aber schade, hätte sich dann doch gut gemacht bei meinen Interviews, Sie wissen schon, medienwirksam, aber na ja."

Batdorj ging die Reihe zwischen den Journalisten, die jetzt wieder lauter wurden und ihre Kameras bereit hielten, hindurch zu Sergej und informierte ihn über alles. Über fast alles. Gulnaz und Jamar ließ er vorläufig weg. Sergej war allerdings natürlich nicht blind. Er hatte sich kurz hingekniet und die Leichen begutachtet.

„Chef," sagte er und ging etwas näher an Batdorj heran, damit sonst niemand etwas hören könne, „Chef, wenn Sie von dort vorn, da neben Timur, wenn Sie von dort aus geschossen und getroffen haben," er zeigte mit dem Zeigefinger auf den roten Blutfleck rund um das Einschussloch im Brustkorb, „wieso läuft dann den beiden Blut aus dem Hinterkopf ?"

* * *

Es gibt einige verschiedene Gründe, warum ein junger Mensch in den Polizeidienst geht. Da sind die, die sich eine Karriere im Staatsdienst oder zumindest einen auf Lebenszeit sicheren Arbeitsplatz erhoffen, dann suchen nicht wenige in der Uniform endlich Selbstbewusstsein und Geltung, sicher gibt es auch nach wie vor immer noch die Idealisten, die mithelfen wollen, dem Recht und der Gerechtigkeit Geltung zu verschaffen, und dann ist da nicht zu vergessen noch ein Motiv , nicht das schlechteste, erwähnenswert, nämlich die Rache.

Letzteres traf auf Yelda zu. Es war ihre private Telefonnummer gewesen, die Kubilay wegen Tunjin gewählt hatte. Ihr vertraute er blind, denn er wusste, was sonst niemandem bekannt war, und er kannte sie schon seit ihrer Kindheit. Hätte es in der mongolischen Sprache das Wort Onkel gegeben, so hätte sie ihn sicher so genannt, doch ist dieses Wort genauso wie das Wort Tante unbekannt, man weiß, diese oder jene Person ist ein Vaterbruder oder eine Vaterschwester, man redet sie aber stets mit dem Namen an. Der Vater Yeldas war Kubilays Freund seit Jugendzeiten gewesen, der zunächst in der Stadtverwaltung von Ulan Bator gearbeitet aber nie Interesse an einem Beitritt zur Kommunistischen Partei gezeigt hatte und nach dem Niedergang derselben von den neuen Demokraten mit der Führung einer ganzen Abteilung beauftragt worden war.

Bis heute hatte niemand in Erfahrung gebracht, warum und von wem er sich hatte bestechen lassen, jedenfalls musste es so gewesen sein, denn in seinem Abschiedsbrief nannte er dies als Grund für seinen Selbstmord.

Zu diesem Zeitpunkt war Yelda sechzehn Jahre alt und entwickelte einen Hass auf den oder die Unbekannten, die mit ihrem Tun den Vater in den Selbstmord getrieben hatten, einen solchen Hass, dass sie bisherige Wünsche und Ziele abrupt aufgab und einen neuen Lebensweg einschlug. Sie wollte Polizistin werden und Rache nehmen an allen Gesetzesbrechern. Kubilay, den sie dabei um Unterstützung bat, hatte sich mit der Mutter des Mädchens besprochen und beide waren der Meinung, dass dieses Hassgefühl das Wesen Yeldas so verändert hatte, dass es sicher besser wäre, die Geschichte kontrolliert zu begleiten statt ihr vom neuen Berufswunsch abzuraten. Yelda wurde also Polizistin und dazu noch keine schlechte.

Als Kubilay von der Ordnungspolizei wechselte und zum stellvertretenden Leiter des von der Ministerin neu gegründeten Büros gegen Korruption wurde und das Recht hatte, selbst weitere Mitarbeiter dazu zu holen, war Yelda die erste. Zum einen war sie inzwischen als sehr tüchtig bekannt, zum anderen war jemand, dem man wirklich vertrauen konnte, unbezahlbar, und zum dritten fühlte sie sich ab jetzt auf dem wirklichen Weg der Rache, wenn man es so nennen wollte, denn jetzt ging es ja in ihrer Arbeit um nichts anderes mehr als um Kampf gegen die, die sich Unrecht mit viel Geld erkauften. Noch träumte sie davon, eines Tages mit beteiligt zu sein, wenn man einem der großen Geldschmierer das Handwerk würde legen können.

Wie Kubilay nicht anders erwartet und sie deshalb gar nicht dazu aufgefordert hatte, befasste sich Yelda nicht nur sofort mit dem Thema Tunjin, sondern kniete sich auch derart hinein, dass sie vermutlich kaum zum Schlafen gekommen war in dieser Nacht, denn Kubilay war noch nicht ganz fertig mit frühstücken, da meldete sich sein Handy.

„Kubilay," sagte sie mit erregter Stimme, „du hast den richtigen Riecher gehabt. Unser gemeinsamer Bekannter war zur fraglichen Zeit tatsächlich auf einer Dienstreise, und ich brauche dir nicht sagen, wo. Kommt ihr an den Hintermann ran?"

„Wir machen ihn im Moment ein bisschen nervös," antwortete Kubilay, „und ich muss sagen, ich bin eigentlich mit unserem Tempo recht zufrieden."

„Freut mich. Wie sieht's denn da unten mit den Kollegen aus? Kommst du mit denen zurecht oder blockieren sie?"

Kubilay sah im Geiste Batdorj vor sich und musste lächeln. „Weißt du," sagte er, „du kannst dir das nicht vorstellen, aber ich arbeite mit einem Kommissar zusammen, der von der gleichen Sorte Bulle ist wie ich. Wir sind uns hübsch gleich und verstehen uns ganz gut. Dem geht's ganz genau so wie uns, er weiß nicht genau, wem er trauen kann und wem nicht, und vor allem, er muss bei der Gegenseite schon recht unbeliebt sein, hat vor kurzem einen Streifschuss abgekriegt."

„Wenn er so wie du ist," meinte Yelda, „dann hat er auch schon längst spitz bekommen, dass du ihm so einiges verheimlichst."

Kubilay nickte vor sich hin. „Hat er, hat er, aber das beruht auf Gegenseitigkeit, der hat auch was in der Hinterhand, aus dem ich noch nicht schlau geworden bin. Also dann, ich meld' mich wieder, sobald es was Neues gibt."

Er unterbrach die Verbindung, denn gerade kam Gökhan auf ihn zu.

„Und?" fragte er nur kurz, als dieser sich setzte.

Gökhan schüttelte den Kopf. „Noch nicht alles geklärt. Das wird, fürchte ich, noch bis zum frühen Nachmittag dauern. Aber ich glaube, es kann nicht schaden, wenn Sie inzwischen Batdorj Bescheid geben, dann kann er sich einrichten."

Er winkte der Bedienung und bestellte sich ein Frühstück.

Kubilay erhob sich. „Ja, gut, dann geh ich rüber zur Zentrale und rede mit ihm. Wir treffen uns am besten hier wieder zum Mittagessen, da kann man alles gut besprechen."

Vom Hotel aus waren es keine fünf Minuten zu Fuß, aber Kubilay ließ sich Zeit, schlenderte dahin und sah sich ein wenig um. Chowd war wie alle größeren Städte der Mongolei, man konnte fast jedem Haus seine Geschichte ablesen. Da waren die alten, zum Teil sehr prunkvollen Gebäude, prunkvoll natürlich zur Zarenzeit, jetzt grau in grau, verwitterte Fassaden, bröckelnder Putz, ab und zu mal schon ein bisschen wieder restauriert, und dann die bodenlos hässlichen Bauten aus der Sowjetzeit, hier in der Innenstadt waren es fast ausschließlich Einkaufs- und Handels- und Lagerhäuser, alle im selben Einheitskleid mit Flachdach, ungemütlich und unfreundlich, und dann im krassen Gegensatz dazu die modernen Niederlassungen von Restaurantketten und Supermärkten, ins Auge springend ob ihrer grellen Farben und Werbetafeln und doch wieder von eigenartiger Schönheit mit den verschiedenen Dachformen.

Die junge Polizistin in der Eingangshalle erkannte ihn sofort und winkte ihn zu sich her, Batdorj sei heute noch nicht im Haus gewesen, aber wenn es ihn interessieren würde, im Rathaus würde in knapp einer halben Stunde die Pressekonferenz zur Zollaktion beginnen.

„Ach, ist Batdorj dort dabei," fragte Kubilay erstaunt, „da hat er mir gar nichts davon gesagt?"

„Batdorj und Pressekonferenz," Solongo lachte, „ich glaube, da müsste man ihn an sein Allradauto binden und hinziehen. Aber ich kann Ihnen erklären, wie Sie zum Rathaus kommen, oder, nein," sie sah durch das Glasfenster hinter sich in den Aufenthaltsraum, „ich kann Sie auch hinfahren lassen."

Kubilay winkte ab. „Interessiert mich nicht im Geringsten. Ich setz' mich lieber hin und warte auf Batdorj, er wird ja wohl jeden Moment kommen."

Er nahm im Aufenthaltsraum, in dem ein paar Polizisten waren, die ihn gar nicht beachteten, Platz auf einem der unbequemen Holzstühle, unbequem, aber gut für sein Kreuz, und besah sich die verschiedenen Aushänge an den Wänden, nach draußen, in den Hof, konnte er nicht schauen, dazu waren die Scheiben der drei riesengroßen Fenster viel zu verdreckt. Er kannte diese Trostlosigkeit, die Tatsache, dass Putzfrauen in öffentlichen Gebäuden scheinbar sich für Fensterglas niemals zuständig fühlten, aus seiner früheren Arbeit bei der Ordnungspolizei in Ulan Bator, sein jetziger Arbeitsbereich im Ministerium war gelinde gesagt wesentlich angenehmer und sauberer.

Ein paar Mal wäre er fast eingenickt, aber solches verhinderte der harte Holzstuhl, und er wusste gar nicht, wie lange er schon hier in diesem Raum gesessen war, als Solongo hereinstürmte, sich kurz umsah und ihm dann zurief: „Anschlag bei der Pressekonferenz im Rathaus! Man hat auf Timur geschossen!"

Kubilay sprang erschrocken auf. „Hat es ihn erwischt?"

„Ich weiß nichts Genaues," bedauerte sie, „aber so viel wie ich mitbekommen hab', hat Batdorj angerufen, ich glaub', er hat zwei Männer erschossen."

„Batdorj?" Kubilay staunte. „Ich denke, der geht nie freiwillig zu einer Pressekonferenz? Wie komme ich dorthin?"

„Soll ich Sie hinfahren lassen?" bot Solongo an. Kubilay nickte.

Einer der schweigsamen Polizisten aus dem Aufenthaltsraum fuhr ihn und redete auch während der Fahrt nicht ein Wort, doch das war Kubilay völlig egal, er stieg vor dem Rathaus aus ohne auch etwas zu sagen und ohne sich zu bedanken.

Vor dem Rathaustor stand ein Polizist und verwehrte ihm den Zugang, Kubilay wollte schon seinen Ausweis zücken, da sah er auf der anderen Straßenseite Batdorj, der gerade die Türe eines Lieferwagens öffnete. Er ließ den Ausweis stecken, wo er war und ging hinüber.

„Ich denke, Sie können Pressekonferenzen nicht leiden?" lautete seine Begrüßung.

„Mmmh," war die Antwort, „davon können Sie auch weiterhin ausgehen."
Batdorj erklärte ihm, warum er hier und was geschehen war, aber nur in gleichem Umfang wie bei Sergej.

„Wieder mitten zwischen die Augen?" Kubilay konnte sich nicht verkneifen, das zu fragen, aber Batdorj überging diese Frage.

„Ich verstehe nicht," sagte er stattdessen, „ich verstehe einfach nicht, was sich jemand davon verspricht, Timur erschießen zu lassen. Was sollte da der Nutzen sein für einen unserer Kunden? Selbst der Dümmste kann sich doch ausrechnen, was das für Folgen hätte." Er schüttelte den Kopf. „Wir würden überschwemmt mit Sondereinheiten und Spezialisten, und das kann doch selbst der dümmste Boss nicht provozieren wollen."

Kubilay gab ihm Recht. „Glaub' ich auch. Aber wieso meinen Sie, dass der Anschlag Timur gegolten hatte? Ich tippe eher auf Sie! Das wäre ja dann doch nicht das erste Mal, dass man versucht, Sie umzulegen."

Batdorj schüttelte wieder den Kopf. „Könnte man meinen, ja, aber im Normalfall wäre ich ja gar nicht hier gewesen, das war ja nur, weil Tüti krank ist. Es konnte also niemand wissen, dass ich heute neben Timur sitzen würde."

„Vielleicht hat der Auftraggeber von Haus aus damit gerechnet, dass Sie bei dieser Pressekonferenz anwesend sind," gab Kubilay zu bedenken, „Sie als zuständigen Kommissar für diesen Fall kann man doch dann neben dem Polizeipräsidenten erwarten, oder meinen Sie nicht?"

„Könnte sein," räumte Batdorj ein, „wird uns wahrscheinlich niemand aufklären drüber. Hier haben wir übrigens das Auto der beiden."

„Lebensmittel frei Haus?" Kubilay las, was in großen Buchstaben an der Seite stand und sah Batdorj an. „Sicher geklaut, und Visitenkarte vom Auftraggeber wird auch keine drin liegen. Aber sagen Sie mal, Batdorj, können Sie zaubern? Sie verblüffen mich schon so ab und zu. Hier stehen so, na in der ganzen Straße bestimmt so vierzig Autos, wie kommen Sie so schnell an den Wagen hier?"

Batdorj wurde einer Antwort enthoben, denn die große Rathaustür öffnete sich und Timur kam heraus, flankiert von zwei Polizisten mit Maschinenpistolen und hinter ihm ein schmales Männlein, das hastigen Schrittes versuchte, an ihm dranzubleiben. Als er Kubilay und Batdorj sah, eilte er mit einer erstaunlichen Behendigkeit über die Straße, das Männlein im Schlepptau.

„Ah, Kubilay," rief er, theatralisch die Hände ausbreitend, „unsere erfreuliche Unterstützung aus der Hauptstadt. Was sagen Sie dazu, ein Anschlag auf mich! Und was sagen Sie zu Ihrem Kollegen? Nur zwei Schuss! Nur zwei Schuss und die Kerle konnten nur noch in die Luft ballern. Was sagen Sie dazu?"

Kubilay sah Batdorj grinsen und war ebenfalls versucht dazu, blieb aber gekonnt bei einem freundlichen Lächeln.

„Nur zwei Schuss?" Es klang, als ob er Timur gratulierte. „Sie haben hervorragendes Personal, Timur, das muss ich schon sagen."

„Nicht wahr ?" Timur strahlte und wandte sich an Batdorj. „Batdorj, ich habe Sie gesucht wegen Staatsanwalt Yadamsuren." Er wies mit der Hand auf das Männlein, das grüßend nickte. „Yadamsuren stimmt mit mir völlig überein, dass der Fall auf Grund meiner Aussage klar ist und damit eigentlich auch schon abgeschlossen werden kann." Er wandte sich wieder an Kubilay. „Ein Anschlag auf mich ! Können Sie sich so was vorstellen ?" Und zu Batdorj sagte er : „Das nehme ich diesmal auf mich."

Batdorj wusste noch gar nicht, um was es gehen sollte, da winkte Timur mit strahlendem Gesicht ab : „Nein, keine Sorge, Batdorj, Sie haben heute genug geleistet. Das geht diesmal auf mich, das Protokoll werde ich eigenhändig selbst fertig machen, damit Yadamsuren," und dabei legte er dem Männlein die Hand auf die Schulter, „damit unser Staatsanwalt die Akte ‚Anschlag auf den Polizeipräsidenten' so schnell wie möglich schließen kann. Und jetzt gehe ich wieder rein und stell mich der Meute." Er lachte über dieses Wort. „Die werden schon warten, die Herren Journalisten. Bis später."

Timur eilte zurück zum Rathaus, der Staatsanwalt hinter ihm her.

Kubilay lächelte. „Wie schön für Sie, Batdorj, ihr oberster Vorgesetzter schreibt das Protokoll selbst und lässt die Akte gleich danach schließen. Weiß er nichts von dem Auto hier ? Und ist ihm der Auftraggeber egal, ich meine, Sie werden doch weiter an der Sache dranbleiben, oder ?"

„Ha," lachte Batdorj trocken, „selber schreiben. Das haben Sie doch wohl nicht ernst genommen ? Er diktiert das Wichtigste seiner Sekretärin und unterschreibt dann nur, wenn die nicht weiter weiß, kommt sie sowieso zu mir. Und, nein, so schnell wird nichts geschlossen. Sie haben doch Zeit, oder steht schon die nächste Aktion an ?"

„Gökhan will sich mit uns mittags treffen, ja, wir hätten was für heute Abend, und da brauchen wir eine Menge Ihrer Leute dazu. Ich würde vorschlagen, wieder zum Mittagessen, da bespricht sich alles doch viel angenehmer. Bis dahin, wenn Sie mich brauchen ?"

Batdorj nickte. „Helfen Sie mir, den Wagen zu durchsuchen ? Ich die Fahrerseite, Sie die Beifahrerseite ?"

„Klar helfe ich Ihnen dabei," Kubilay nickte, „wollen Sie aber nicht lieber auf die Spurensicherung warten ?"

„Hab' ich keine bestellt. Was sollten die ? Die beiden Attentäter sind tot, wer der Auftraggeber war, weiß ich, andere Fingerabdrücke interessieren mich nicht, und wenn es was Interessantes zu finden gibt, erkennen das auch wir beide. Klar ?"

Kubilay zog die Augenbrauen hoch, sagte aber nichts, nickte dann wieder und sie machten sich an die Arbeit.

* * *

Die Durchsuchung des Lieferwagens hatte nichts ergeben. Kubilay fand zwar Batdorjs Entscheidung, auf die Spurensicherung zu verzichten, nicht für richtig, hielt aber zu diesem Thema den Mund, er würde sich als zuständiger Kommissar auch nicht dazwischenreden lassen, das war nun mal so bei altgedienten Polizisten, selbst wenn man sich dessen bewusst war, dass man nicht richtig handelte. Beim Mittagessen hatte Kubilay noch einmal Gelegenheit, Batdorj vorsichtig darauf anzusprechen, woher er denn wusste, dass der Lieferwagen den beiden Erschossenen gehörte, denn Gökhan kam erst verspätet, aber Batdorj wollte nicht mit der Sprache herausrücken.

Als Gökhan endlich erschienen war, hatte Kubilay eine weitere erstaunliche Geschichte zu hören bekommen, zu der sich Batdorj, der ja doch von Seiten der Polizei der Hauptbeteiligte gewesen war heute Vormittag, äußerst bedeckt hielt.

Gökhan hatte sich auf einen Stuhl fallen lassen und sofort losgelegt.

„Sie sind nicht nur ein Meisterschütze, Batdorj," hatte er mit deutlich belustigter Miene gesagt, „Sie führen ja geradezu jeden Zauberkünstler auf der Bühne vor, Sie treffen von vorne und von hinten gleichzeitig."

Batdorj hatte nur gebrummt und sich eifrigst seinem Essen gewidmet, also hatte Kubilay nachgefragt, um was es denn gehe.

„Die beiden Attentäter," amüsierte sich Gökhan, „die beiden haben nicht nur vorne je ein Einschussloch, sondern auch oben im Schädel, allerdings eindeutig von hinten her. Die Herren Journalisten allerdings sind sich ausnahmslos sicher, dass Kommissar Batdorj seine Waffe nur zweimal abgefeuert hat."

Batdorj äußerte sich nach wie vor nicht dazu, also herrschte eine Weile Ruhe, die nur unterbrochen wurde, als Gökhan sein Mittagessen bestellte.

Inzwischen war Kubilay mit essen fertig, legte das Besteck hin und schob den Teller etwas in Richtung Tischmitte.

„Mit anderen Worten," sagte er bedächtig, „Sie haben also schon im Vorhinein mit etwas gerechnet, Batdorj, und eine Sicherung dabei gehabt. Ein oder zwei Mann." Er überlegte kurz. „Wohl eher zwei. Und wenn Sie und Ihre Leute hübsch gleichzeitig geschossen haben, dann haben alle Anwesenden auch nur zwei Schüsse gehört."

Aber Batdorj hatte wieder nur gebrummt und keinerlei Stellungnahme abgegeben, also war das Thema gewechselt worden. Gökhan hatte die Möglichkeit eines zweiten Schlages ausgekundschaftet. Diesmal ging es nicht um eine Ware, es sei denn, man ist Zuhälter und betrachtet Prostituierte als solche, dieses Mal war die Möglichkeit drin, lokale Prominenz bloß zu stellen und damit enormen Schaden für die finanziellen Nutznießer dieses Gewerbezweiges anzurichten. Laut Gökhan, und Batdorj konnte schlecht nachbohren, woher die Information kam, nachdem er selber gerade ja nicht besonders auskunftsfreudig gewesen war, also laut Gökhan war für heute Abend ein exklusiver Herrenabend mit Teilnehmern von Bürgermeister und hohen Beamten bis hin zu bekannten Herren aus Gewerbe- und Geldadel geplant, der nicht nur durch normale Liebesdienerinnen versüßt werden sollte, sondern auch noch durch ein Angebot minderjähriger Schönheiten, also durchaus etwas, das der Staatsanwaltschaft genügend Material bieten würde zur Einleitung von Strafverfahren. Notwendig wäre aber eine stattliche Anzahl an Polizisten, denn die gesamte Örtlichkeit, sprich stadtbekanntes Bordell, müsse so abgeriegelt werden, dass keine Maus entkommen könne.

Dies solide zu organisieren kostete Batdorj den gesamten Rest des Nachmittags.

Zur ausgemachten Zeit, also zu vorgerückter Stunde, damit man davon ausgehen konnte, dass die Veranstaltung lustig im Gange wäre, wurde die Straße, an der das bewusste Haus stand, abgeriegelt und innerhalb von zwei Minuten ein Sperrkreis um das Haus selbst gezogen. Dann drangen Batdorj, Kubilay und Gökhan mit zwanzig weiteren Polizisten in das Bordell ein, was mühelos ging, denn die Eingangstür war nicht verschlossen und die zwei Türsteher, einer draußen, einer drinnen, machten keinerlei Schwierigkeiten.

Das Erdgeschoß beherbergte einen schummrigen aber von bunten Lichtblitzen durchzogenen Nachtclub mit Bar und zahlreichen abgeschirmten Sitzmöglichkeiten, die zum größten Teil besetzt waren. Die Gäste wurden aufgefordert, sitzen zu bleiben und die Ausweise bereit zu halten, dafür stellte Batdorj fünf Mann ab.

Weitere fünf schickte er in den ersten Stock, dort waren, wie ein Schild am Treppenaufgang verkündete, die Hotel- und Gästezimmer, und die fünf Polizisten sollten von allen dort aufzufindenden Personen die Identität feststellen. Besonderes Augenmerk war natürlich auf etwaige Minderjährige zu richten. Sollten die Polizisten mit Randalierern zusammentreffen, so war jegliches Zartgefühl laut Batdorjs Anweisung fehl am Platze.

Er selbst begab sich trotz des lauten Protestes des Geschäftsführers, eines sehr modisch gekleideten und äußerst redegewandten Herren, der sich zunächst in den Weg stellte und darauf hinwies, dass unten im Keller, im großen Unterhaltungssaal, ein Herrenabend mit wichtigen Persönlichkeiten stattfinde, mit Kubilay, Gökhan und dem Rest der Mannschaft eben dorthin.

Schwere Teppiche auf der Treppe und im Flur des Untergeschoßes verhinderten auch bei eiligen oder schweren Schritten fast jedes Geräusch, und so kamen sie annähernd lautlos bis zu den beiden wuchtigen Flügeltüren, die zum sogenannten Saal führten. Zwei der Polizisten rissen die Türen auf ein Zeichen Batdorjs hin auf und dieser stürmte mit all seinen Leuten hinein.

Die Bezeichnung Herrenabend war durchaus zutreffend. Wohl saßen hier in geselliger und äußerst luxuriöser Runde eine große Anzahl an Männern, also eher gesagt Herren, die sich dieses leisten konnten, aber es fehlte dann doch am Entscheidenden. Im ganzen Saal war nicht ein einziges weibliches Wesen zu sehen, nicht eines, ganz zu schweigen von einer etwaigen minderjährigen Schönheit.

Jedem der Polizisten war sofort klar, dass dies ein absolut unnatürliches Bild war, ausgerechnet in diesem Haus eine Veranstaltung völlig ohne Damen, eine bewusst hergerichtete Versammlung, wie eine gestellte Szene auf einer billigen Theaterbühne.

Außer leiser angenehmer Musik war nichts zu hören, und auch keiner der anwesenden Herren schien in eine Unterhaltung vertieft gewesen zu sein, alle saßen stumm da, so als hätten sie auf diesen Augenblick gewartet.

In der Saalmitte stand ein großer, hagerer Mann von seinem Platz auf, ein Mann, den in Chowd alle Menschen kannten, denn offiziell war er durch ihr Votum das, was er war, der Bürgermeister.

„Batdorj," zischte er mit hochrotem Gesicht in die von zarter Musik umspielte Stille, „Kommissar Batdorj, darf ich fragen, was das soll ? Sie dringen hier mit allen Polizisten, die wir in unserer Stadt haben, ein, als wenn Sie hier eine Verbrecherbande zu erwarten hätten ? Sind Sie völlig verrückt geworden ?"

Es war nicht der erste Fehlschlag in Batdorjs Leben, aber einer der peinlichsten, dies gab ihm gerade eben sein Magen zu verstehen. Er hätte liebend gern den nächsten Stuhl, der in seiner Reichweite stand, mit einem anständigen Tritt zerschmettert und sich dann zum Kotzen nach draußen entfernt, aber statt dessen sagte er mit bleichem Gesicht : „Ich bitte die Herren um Entschuldigung für die Störung, wir sind leider falsch informiert worden."

Dann drehte er sich sofort um, gab seinen Leuten ein Zeichen zum Abrücken und hörte beim Hinausgehen noch die Worte des Bürgermeisters : „Das wird Folgen haben, Batdorj, was Sie sich hier und heute geleistet haben, das werden Sie noch bereuen !"

Im Nachtclub gab er wiederum kurze Anweisung zum Abrücken, winkte ab, als ihm Bericht erstattet werden wollte von den Ausweiskontrollen, schüttelte auf drei verschiedene Fragen nur den Kopf und stieg schließlich wieder zu Kubilay und Gökhan in deren Auto ein.

Als Gökhan anfuhr, meinte Kubilay mitfühlend : „So ein Dreck. Die sind ganz offensichtlich gewarnt worden und haben uns nun vorgeführt. Das ist für Sie kein Trost, Batdorj, das weiß ich, aber bei uns in Ulan Bator ist das nicht anders. Undichte Stelle hier, Verräter dort."

„Manchmal möchte ich alles hinschmeißen," knurrte Batdorj .

„Und," mischte sich Gökhan ein, „werden Sie ?"

Diesmal bekam er eine Antwort.

„Vielleicht, aber ganz sicher nicht, bevor ich nicht weiß, wer von meinen Leuten das bestochene Schwein ist, der hat nämlich mittlerweile zu viel auf seiner Liste."

Dann herrschte Schweigen im Auto. Batdorj ließ sich nicht zu seiner Wohnung fahren, er stieg auf dem Hotelparkplatz aus und marschierte zu Fuß heim. Er wusste, er konnte sowieso nicht einschlafen, wenn er nicht vorher Hirn und Magen wieder frei bekam durch eine gehörige Portion frische Luft.

In ihm brodelte der Zorn, wer auch immer der korrumpierte Dreckskerl sein mochte, der sollte lieber dafür beten, dass er nicht mit Batdorj allein wäre, wenn ihm dieser auf die Schliche kam.

* * *

Um nicht aus Versehen sein neues Handy während der Razzia zu benutzen, hatte er es daheim gelassen, nur das alte dabei gehabt. Wie immer vor dem Schlafengehen sah er nach, ob der Akku neu aufgeladen werden müsste und stellte fest, dass Gulnaz dreimal versucht hatte, ihn zu erreichen. Jetzt noch zurückrufen ? Aber dreimal, das sah nach wichtig aus. Er drückte die Rückruftaste. Gulnaz war sofort dran, schlief der Kerl nie ?

„Was gibt's ?" fragte Bardorj kurz.

Da das Kichern ausblieb, musste es wohl was Wichtiges sein.

„Falls du irgendeine größere Aktion vorhast, Söhnchen," sagte der Alte, „dann rate ich dir dringend, lass' sie bleiben. Dein Gegenspieler weiß Bescheid."

„Schon passiert," sagte Batdorj müde, „schon passiert, liebes Väterchen. Deine Fürsorge kommt diesmal zu spät, hab mich heute sauber blamiert. Die haben mich auflaufen lassen, da war der Streifschuss Zuckerschlecken dagegen. Aber woher weißt du da was ?"

„Ich glaub zwar nicht," kicherte der Alte, „dass jemand mithört, aber Vorsicht hat schon manches Leben und manchen Einsatz gerettet. Ich schlage vor, du kommst jetzt gleich her, dann erstatten wir dir Bericht. Ich versichere dir, du steigst nicht umsonst aus deinem Bett."

Batdorj seufzte. „Ich war noch gar nicht drin. Lass mir fünfzehn Minuten Zeit, dann bin ich da."

Er stieg in seinen Lada und fuhr den kürzesten Weg durch die Innenstadt, für einen Autofahrer der kürzeste nur zu Zeiten wie jetzt mitten in der Nacht. Gulnaz empfing ihn mit einer Taschenlampe schon vor dem Wohnblock, denn Licht gab es genauso wenig wie an der Straße auch keines an der Haustür, hätte ihm auch nicht viel genützt, denn Klingeln und Namensschilder hatte es wohl einmal gegeben vor Urzeiten, jetzt hingen da nur noch Kabelreste und aufgebogene Metallteile aus der Wand.

„Wäre zwar egal gewesen, an welcher Tür du geklopft hättest, Söhnchen," kicherte Gulnaz, „weil nämlich die sechs Wohnungen auf dieser Seite hier alle von uns besetzt sind, aber so geht's schneller. Und nicht," er kicherte wieder, „nicht, dass du wieder irgendwo reinfällst."

Der Alte führte ihn in eine Wohnung im ersten Stock, und hier registrierte Batdorj, dass nicht nur der Flur penibel sauber war und auch ohne jegliche Schmierereien an den Wänden wie sonst in den alten Mietblöcken, sondern auch, dass das Licht mit einem Bewegungsmelder anging und die Türen der beiden Wohnungen in diesem Stockwerk mit jeweils zwei Sicherheitsschlössern versehen waren.

Die Wohnung war ähnlich behandelt worden wie der Keller, also Zwischenwände entfernt, und auf , Batdorj zählte automatisch durch, auf sieben gro-

ßen Tischen jede Menge Technik und Apparate. An zwei der Tischen saßen Alte, an dem einen zwei und an dem anderen nur einer, hatten
Kopfhörer auf und notierten ab und zu etwas auf die vor ihnen liegenden
Blöcke. Sie sahen kurz auf und winkten mit der Hand zur Begrüßung.
„Unser Hauptquartier," sagte Gulnaz mit einem Anflug von Stolz, wies mit
der Hand rund herum und zeigte dann auf die Alten mit den Kopfhörern,
„hier haben wir alles Notwendige, um effektiv Vorarbeit für jegliche Aktion
leisten zu können. Zur Zeit hören wir Battulga ab."
„Ihr macht was ?" Batdorj glaubte nicht richtig gehört zu haben.
Gulnaz kicherte, schob Batdorj einen Stuhl hin und setzte sich selbst auch.
„Söhnchen, du wirst doch nicht was an den Ohren haben ? Na ja, also an
seine Telefonverbindung kommen wir nicht ran, aber wir haben ein paar
Wanzen in seinem Haus installiert, wir hören auf alle Fälle das Meiste von
dem, was *er* beim Telefonieren sagt und fast alles, was sonst so im Haus
gesprochen wird."
Batdorj starrte den Alten an.
Der kicherte wieder und fuhr fort : „Ja, und am Nachmittag haben wir Folgendes gehört." Er nahm eines der Blätter, die sauber aufgereiht nebenei-
nander lagen in der Mitte des Tisches, an dem sie saßen. „Pass auf, ich
les dir vor : *Doch, da können Sie sich drauf verlassen, dass das stimmt, ich
habe einen Mann an der Quelle.* Und danach : *Nein, wir blasen das nicht
einfach ab, ganz im Gegenteil, Sie und alle anderen, und zwar ohne
Ausnahme, Sie und alle anderen sitzen ganz ruhig drin und warten, bis
dieser lästige Kommissar kommt, und dann lassen wir seine Aktion nicht
nur ins Nichts laufen, sondern den Kommissar selber voll an die Wand.
Nicht ein einziges Mädchen darf im Keller oder in der Nähe sein. Schaffen
Sie das ?"*
Gulnaz sah Batdorj ernst an. „Und wenn ich dich richtig verstanden habe,
ist genau das passiert. Wirst eine Menge Ärger jetzt am Hals haben."
Batdorj nahm ihm das Blatt aus der Hand uns las die Sätze noch einmal
durch. Dann nickte er.
„Ganz genau so ist es gewesen," murmelte er, „wir glauben, die amüsieren
sich mit Prostituierten und minderjährigen Mädchen, und dann platzen wir,
über zwanzig Mann, volle Kanne hinein und finden einen Saal wie ein
Schulzimmer, alles brav und ruhig."
Er schüttelte sich vor Ärger. „Verdammt, wenn du mich rechtzeitig erreicht
hättest, dann ..., na, nutzt ja jetzt auch nichts. Aber sag mal, Gulnaz, wie
habt ihr denn das geschafft, Wanzen zu installieren ? Es kommt doch
niemand unkontrolliert in Battulgas Haus."
„Hi hi," freute sich der Alte, „das glaubst du gar nicht, wie leicht das gegangen ist." Und er erklärte dem staunenden Batdorj, wie generalstabsmäßig
und einfach die Angelegenheit abgelaufen war. „Das Loch in der Hecke
können wir später wieder im Bedarfsfalle nutzen, das entdeckt inzwischen
wohl niemand. Die Wanzen selbst haben Energie bis zu gut einem Vierteljahr, und bis dahin haben wir hoffentlich alles erledigt oder wir setzen

neue. Und jetzt sind wir eifrig beim Lauschen, du siehst ja, die drei hier sind gerade damit beschäftigt, etwaig Wichtiges aufzunotieren."

Batdorj wollte sich beim Nachdenken automatisch am Kopf kratzen, im letzten Moment fiel ihm seine Wunde ein und er hielt inne. Diese alten Helden, die schienen doch tatsächlich jedes Mal seine Rettung in letzter Sekunde, na ja, hier und jetzt nicht ganz wörtlich zu nehmen, aber immerhin seine Rettung zu sein. Ein Gedanke schwirrte in seinem Kopf herum, das erste Zipfelchen eines Planes. Man könnte doch .... nein, nicht hier und jetzt, das muss erst einmal gründlich durchdacht werden.

* * *

Am nächsten Morgen stand Batdorj vor Timurs Tür und schnaufte noch einmal tief durch. Vermutlich sah man ihm an, dass er keine zwei Stunden hatte schlafen können heute Nacht, nicht, dass es absolut ungewohnt war für ihn weit in die Nacht hinein arbeiten zu müssen, nein, keineswegs, aber zum einen war er einfach nicht mehr so fit wie ein Junger und zum andern, die Gewissheit dauernd vor der Nase zu haben, heute noch ordentlich abgekanzelt zu werden, lässt einen ja nicht gerade in Stimmung sein wie ein Hochzeiter vor der wichtigsten Nacht. Malt man sich vorher in Gedanken ohne es wirklich zu wollen breit aus, das kriegst du an den Kopf, hier musst du dich demütigen, Entschuldigung, war alles mein Fehler, bin zu dumm, tut mir leid, noch eins auf die Rübe, wehe, wenn noch mal was verkehrt läuft, dann schreckliche Folgen, Strafversetzung an Grenze und und. Na ja, muss man durch, bleibt immerhin im Hinterkopf, Batdorj-Khans neue Möglichkeiten mit den alten Helden. Los jetzt, klopfen, Klinke drücken, rein.

Die Herren, die vor Timurs Schreibtisch saßen, sahen ihn an, erwiderten seinen Gruß aber nicht, Timur, massig wie immer hinter seinem pompösen Möbel winkte ihm nur mit der Hand, sich zu setzen. Den einzigen, den Batdorj erkannte, war der Bürgermeister, bei einem Mann war er sich nicht ganz sicher, wo er ihn einzuordnen, also schon mal gesehen hatte, und die restlichen kannte er nicht. Und schon ging's los.

„Ich bin mir vorgekommen wie ein Krimineller," für Batdorjs Ohren war der Bürgermeister ein bisschen zu laut, konnte natürlich auch am mangelnden Schlaf liegen, „wie ein Verbrecher, der schon seit langem von der Polizei gesucht wird. Das muss man sich mal vorstellen, sitzen lauter honorige Leute zusammen, lauter unbescholtene Steuerzahler der Extra-Klasse, und dann ein Überfall auf eine solche Art."

„Wenn ich als Anwalt," aha, daher kannte er den Mann, irgendwo bei Gericht schon mal erlebt, „als Anwalt unseres Bürgermeisters noch betonen darf, dass mit dieser Aktion auch seine Gesundheit in höchstem Maße gefährdet worden ist, was wäre denn gewesen wenn er sich so aufgeregt hätte, und ich muss deutlich sagen, zu Recht aufgeregt hätte, dass er einen Schlaganfall erlitten hätte ? Käme dann der verantwortliche Kommissar auf für die finanziellen Folgen ?"

„Wenn wir schon von gesundheitlichen Folgen reden," warf einer ein, der ganz nahe bei Batdorj saß, „ich bin fix und fertig, ich habe die ganze Nacht kein Auge zu gemacht, mir war vor Schreck übel und ich bin heute nicht fähig, meinen Dienst anzutreten."

„Und dabei wäre die Anwesenheit des Direktors gerade heute so wichtig und notwendig, da ja eine ausländische Gruppe an Fachleuten erwartet wird," ergänzte der Anwalt sofort, „ich finde, eine Strafversetzung wäre unbedingt angebracht."

„Und erwarten Sie vielleicht von mir," belferte nun ein Kleinerer mit feuerrotem Gesicht los, „dass ich mit ruhigen Händen heute operiere ? Nach dieser Zumutung heute Nacht, nach dieser Demütigung durch die Polizei."

Er hatte kaum ausgesprochen, dann setzte der Anwalt sofort wieder was hinterher. „Anzuraten wäre eine Strafversetzung in einen Ort, wo solche unfähige Polizisten keinen Schaden anrichten können."

Allgemeines zustimmendes Gemurmel, allgemein selbstverständlich ohne Batdorjs Beteiligung, das eine ganze Zeit lang anhielt.

Fast jeder der anwesenden honorigen Herren äußerte sich nun über Zumutung und Unfähigkeit und seelischen und gesundheitlichen Schaden, und jedes Mal setzte der Anwalt eins drauf, Tenor immer Versetzung des verantwortlichen Kommissars.

Und dann kam's, völlig unerwartet. Keiner damit gerechnet.

Timur haute mit der Faust auf seinen Tisch, dass sogar Batdorj erschrocken zu ihm hinsah, völlig ungewohnt, noch nie erlebt. Die breite Figur des Polizeipräsidenten kam noch dicker raus als sonst, und alles wurde still.

„Schluss jetzt ! Jetzt sag' ich Ihnen mal was, nämlich zwei Sachen. Ohren auf, vor allem Sie, Herr Anwalt ! Also, zum einen, an der Arbeit meines Kommissars Batdorj lasse ich Sie nicht herumkritisieren !"

Er zeigte plötzlich wie mit einem Schlag mit dem Zeigefinger auf den Bürgermeister. „Sind Sie von Batdorj körperlich belästigt oder bedrängt worden ? Hat er versucht, Ihnen Handschellen anzulegen ?"

„Nein, natürlich nicht," der Bürgermeister war offensichtlich im Gegensatz zu gestern Nacht jetzt wirklich erschrocken, „nein, darum geht es ja auch gar nicht, aber uns so zu überfall....."

Timur machte, was er noch nie gemacht hatte, er schnitt einer hochgestellten Persönlichkeit das Wort ab.

„Also hat der Kommissar nur seine Pflicht getan," er wehrte mit seiner fetten Pranke den Anwalt ab, der reden wollte, „er hat als Polizist seine Pflicht getan, über die Gründe, warum der Einsatz schief gelaufen ist, können wir heute auf keinen Fall sprechen, denn das sind laufende Ermittlungen. So, und jetzt zu Ihnen, Herr Anwalt," Timurs Stimme wurde leiser, aber kälter, nicht mehr so erregt, jetzt eher so wie bei einem Spieler, der gleich das Ass aus dem Ärmel ziehen wird, „wenn Sie den verantwortlichen Kommissar strafversetzen lassen wollen, dann von mir aus gerne. Es handelt sich bei Kommissar Kubilay um einen Beamten, der direkt der Ministerin Ojuncaral unterstellt ist, wenden Sie sich also bitte an diese Dame."

Einen Moment herrschte absolute Stille. Dann erhob sich der Anwalt.

„Aber es hieß doch, der leitende Kommissar sei Batdorj ?"

Timur wedelte mit seiner dicken Hand so elegant durch die Luft, als wenn er Ballett-Tänzer wäre.

„Von mir haben Sie niemals eine solche Auskunft bekommen, Sie haben mich auch gar nicht gefragt. Noch einmal klipp und klar, die Einsatzleitung der gestrigen Aktion lag bei Kommissar Kubilay, da er nicht ortskundig ist, hat er sicher Batdorj vorausgehen lassen, das ändert aber nichts an den verschiedenen Zuständigkeiten. Wenn Sie mich nun entschuldigen ?"

Er sah demonstrativ zur Tür. Keiner der Herren sagte mehr was, sie erhoben sich und verließen das Zimmer. Als Batdorj die Tür zumachen wollte, hörte er im Flur aufgeregtes Gemurmel zwischen gestikulierendem Bürgermeister und Kopf schüttelndem Anwalt und aus dem Zimmer die Worte: „Batdorj, dableiben !"

Wieder wies ihn Timur mit der Hand an, sich zu setzen.

„So," sagte er dann vergnügt, „Batdorj, jetzt sind wir quitt. Sie haben mein Leben gerettet und ich das Ihre."

Auch Batdorjs Stimmungspegel war enorm gestiegen.

„So hab' ich Sie noch nie erlebt, Timur, ehrlich gesagt bin ich erstaunt, wie Sie mit dem Bürgermeister umgesprungen sind."

„Und so werden Sie mich auch nie mehr erleben, Batdorj. Kein weiteres Mal lehne ich mich so weit aus dem Fenster. Für heute gilt : wir beide sind Mongolen der alten Sorte und das bedeutet Ehrschulden sind zu begleichen. Aber jetzt," er hob warnend den Zeigefinger, „aber jetzt sind wir quitt. Sehen Sie zu, dass Sie nicht wieder in eine solche Lage kommen. Wissen Sie, ich möchte meine Pensionierung nicht nur erleben, sondern auch genießen, und ich will nicht vorher wegen anhaltender Aufregung abkratzen und genauso wenig die Rente als Rollstuhlfahrer oder Pflegefall erleben. Haben wir uns verstanden ?"

Batdorj stand auf, nickte lächelnd und ging um einiges erleichterter aus dem Raum heraus, als er rein gekommen war.

In seinem eigenen Zimmer stand Kubilay am Fenster und sah mit nachdenklicher Miene auf die trostlose Wand gegenüber.

„Schöner Ausblick, was," meinte Batdorj, „aber ich hab' mich schon so daran gewöhnt, ich würde mit keinem Zimmer tauschen wollen."

Kubilay wandte sich zu ihm um. „Ach, würde mich persönlich auch nicht stören. Irgendwie passt dieser hässliche Fleck ganz gut zu uns, mehr als trübe Aussichten bietet unser Job ja auch nicht." Ein bisschen abmildernd setzte er noch hinzu : „Und genau wie die Wand mit ein paar vereinzelten Aufhellungen."

Dann sah er Batdorj mit einer Mischung aus Mitleid und Interesse an. „Unten wurde mir gesagt, Sie seien oben bei Timur, mit ein paar, äh, wichtigen Herren wie zum Beispiel der Bürgermeister. War's sehr schlimm ?"

Batdorj verneinte. „Timur hat sich allen Ernstes für mich ins Zeug gelegt."
„Tatsächlich ?" Kubilay war dann doch etwas erstaunt. „ So hätte ich den Dickwanst aber nicht eingeschätzt. Seinem Reden nach hätt' ich eher darauf getippt, dass er selbst gern in die Reihen der Prominenz gehören möchte."
„Das ist wohl so," grinste Batdorj, „aber seiner Ansicht nach hab' ich ihm gestern das Leben gerettet, und das muss man ihm lassen, Ehrschulden begleicht Timur. Allerdings hat er gleich darauf der wütenden Meute Sie zum Fraß vorgeworfen. Wenn der Bürgermeister unbedingt eine Strafversetzung des leitenden Kommissars will, soll er sich an die Ministerin wenden, so Originalton Timur."
„Geschickter Schachzug," Kubilay nickte anerkennend, „das wird der Bürgermeister natürlich nicht machen, und wenn er doch so dämlich sein sollte, dann stößt ihm Ojuncaral schon Bescheid. Ach übrigens, Batdorj, sagen Sie mal, was ist denn in dem großen Park hinter dem Tempel los ?"
Batdorj sah ihn verständnislos an.
„Ich bin heute früh zu Fuß hier her und wollte da quer durch den Park, aber da wird ja mächtig was gewerkelt, kommt da ein Zirkus oder was ?"
„Tut mir leid," meinte Batdorj und nickte Sergej zu, der gerade zur Tür herein kam, „da fragen Sie den Falschen, ich bin weder informiert darüber, was im Park passiert, noch interessiert es mich."
„Sie sollten Zeitung lesen, Chef," sagte Sergej, „erstens schmeckt dann das Frühstück besser und zweitens ist man im Bilde. Heute und morgen wird das Nomadendorf errichtet."
Wegen der mehr und mehr werdenden Touristen, nicht nur aus China, sondern auch von weit weg, aus Europa und Amerika, hatte man in Chowd-Aimag vor einiger Zeit mit staatlicher Unterstützung einen Fremdenverkehrsverein gegründet, denn dass Urlauber und Kulturreisende einiges an Geld hier ließen, wurde nicht nur begrüßt sondern sollte auch gefördert werden. Sehens- und Erlebenswertes bot ja die Mongolei genug, hier in Chowd allerdings war der Tempel bisher einziger lokaler Anziehungspunkt gewesen, also suchte der neue Verein nach weiteren Attraktionen. Nach einigem Hin und Her und ausgiebiger Diskussion war man übereingekommen, dass man den Fremden das bieten müsste, was sonst nicht allgemein zu besichtigen möglich war, nämlich ein komplettes Nomadendorf.
In eine Jurte der heute noch herumziehenden Nomaden - das Thema gab Batdorj jedes Mal einen Stich in der Magengegend, denn aus so einer Nomadenfamilie heraus hatte er vor langer Zeit ein Mädchen geheiratet und in eben diese Jurte war sie vor knapp einem Jahr zurückgekehrt - also in eine Jurte konnte ein Fremder schon einmal kommen, die Nomaden sind ganz genauso gastfreundlich heute wie vor Jahrhunderten, aber solches geschah nur vereinzelt, und hier in Chowd sollte es ja allen Touristen eben als Attraktion angeboten werden. Man beschloss also, mit fünf, sechs oder sieben Jurten ein ganzes Dorf aufzustellen, am besten in unmittelbarer

Nähe der bisher einzigen Attraktion, also im Park, und bekam den Platz dafür von der Stadtverwaltung zur Verfügung gestellt.

„Ach ja, das," knurrte Batdorj unlustig, „auch wenn ich Zeitung gelesen hätte, das würde mich nicht interessieren. Und ob ein Fremdenverkehrsverein in unsere Zuständigkeit gehört, wage ich dann doch zu bezweifeln. Ah, dass ich's nicht vergesse, Sergej, rufen Sie doch gleich mal Tüti an und fragen Sie nach, wie lang sie krank ist."

Kubilay ließ ein trockenes Lachen hören. „Wenn Sie sich da mal nicht täuschen, Batdorj. Sie haben hier in Chowd noch keine Erfahrungen damit gemacht, aber hier kann es mit der Zeit um sehr viel Geld gehen. Schneller als Ihnen lieb ist, das kann ich Ihnen prophezeien, schneller als Ihnen lieb ist werden Sie damit zu tun haben."

Er wandte sich an Sergej. „Sie haben Ihrem Chef eins voraus : Sie lesen Zeitung. Sagen Sie, Sergej, wissen Sie nicht vielleicht, ob im Vorstand des hiesigen Fremdenverkehrsvereines ein bekannter Name dabei ist ?"

„Lob kommt immer gut," grinste Sergej, „ja, doch, zwei allseits bekannte Namen kann ich aufzählen. Da ist der Bürgermeister als beratendes Mitglied und da ist der zweite Vorstand, ein gewisser Battulga."

„Battulga ?" entfuhr es Batdorj.

„Sehen Sie ?" Ein weiteres trockenes Lachen von Kubilay. „Was glauben Sie wohl, bringt einen Mann wie Battulga dazu, sich in einen Vorstand hinein wählen zu lassen ? Menschenfreundlichkeit ?" Er schüttelte den Kopf. „Man könnte es vorsichtig ausdrücken und sagen, ein Geschäftsmann steigt rechtzeitig ein, wenn er Gewinn wittert."

Batdorj erkannte, dass er hier noch etwas aufzuholen hatte an Information und wollte deshalb auf ein anderes Thema umsteigen, da erledigte das Sergej für ihn.

„Ich bin heute Nacht wegen eines Einbruchs unterwegs gewesen, Chef, und ich fürchte, der wird uns ein bisschen beschäftigen, in dem kleinen Fachgeschäft für Jäger und Fischer, Sie wissen schon, an der Straße zum Flughafen."

„Ach du haarige Kamelscheiße," ärgerte sich Batdorj, „sind Waffen weg ?"

„Waffen und Munition," bestätigte Sergej, „aber der Besitzer, dieser Asashoryu, der ist ein elender Schlamper. Der kann nicht einmal genau sagen, was alles an Waffen und Munition fehlt, der führt weder eine Bestandsliste noch, so behauptet er, findet er die neuesten Einkaufsbelege. Vielleicht will er auch keine finden, weil er die Waffen aus China eingeschmuggelt hat, wie auch immer, das wird ein Problem werden."

Sie wussten alle drei, dass solch eine Geschichte hoffnungslos war, es sei denn, Waffen tauchten durch Zufall oder bei aufgeklärten Verbrechen wieder auf. Wohl gab es in der Mongolei Waffenscheine, die regelmäßig registriert und kontrolliert wurden, aber seit Menschengedenken beanspruchte ein freier Mongole auch eine Waffe für sich, nur ein Buddha mochte erahnen, welche Anzahl an Gewehren allein bei den herumziehenden Nomaden vorhanden war, und wenn diese mit dem Wort Waffenschein konfrontiert wurden, grinsten sie nur verständnislos. Wenn es nicht unbedingt zwingend nötig wurde, übersah auch jeder Polizist die Existenz von Gewehren bei den Nomaden, von seinen Schwiegereltern her wusste Batdorj ganz genau, dass kein Nomade die Waffe zu anderen Zwecken als zur Jagd benutzen würde, ein Einbruch in einem Waffengeschäft roch allerdings nach Kriminellen. Diese Waffen wurden garantiert nicht für die Jagd gebraucht.

„Wie auch immer," fuhr Sergej fort, „bis vor einer Stunde war die Spurensicherung dort, ich werd' mich jetzt gleich mal drum kümmern, ob die was gefunden haben. Außerdem hol' ich Asashoryu hierher und setz' ihn ein wenig unter Druck, vielleicht fällt ihm ja doch das eine oder andere zu den Waffen ein."

„Tüti nicht vergessen !" rief ihm Batdorj hinterher, als Sergej zur Tür hinaus ging. Dann wandte er sich an Kubilay.

„Und wie machen wir jetzt weiter ? Nachdem Sie wieder allein da sind, nehm' ich an, Gökhan kundschaftet wieder etwas aus ?" Er konnte sich nicht verkneifen, hinzuzusetzen : „Wie auch immer jemand aus Ulan Bator so was in Chowd machen kann."

Kubilay ging auf diese Spitze nicht ein, er nickte mit dem Kopf und meinte : „Wir sollten dem gestrigen Fehlschlag so schnell wie möglich eine neue Aktion hinterher setzen, nicht nur um zu demonstrieren, dass wir uns nicht entmutigen lassen, sondern um so hart wie möglich am Ball zu bleiben. Gökhan hat da tatsächlich was im Auge, bis spätestens Mittag müsste er Bescheid wissen." Dann lächelte er. „Ist doch auch eine schöne Gewohnheit, sich immer beim Essen zu besprechen. Und was machen wir bis dahin ? Sind Sie mit irgendwas eingespannt oder hätten Sie Zeit ?"

„Zu was ?" wollte Batdorj fragen, doch in diesem Moment kam Timurs Sekretärin herein.

„Ach, Batdorj," flötete sie und hielt ihm einen Pappordner hin, „Timur lässt fragen, ob Sie den Rest vom Protokoll schreiben könnten, er bekommt gleich wichtigen Besuch und hat keine Zeit mehr dafür."

Batdorj nahm den Ordner, nickte mit dem Kopf, wartete, bis die Sekretärin das Zimmer wieder verlassen hatte und sagte dann zu Kubilay, während er den Ordner aufschlug : „Na, hab' ich's Ihnen nicht gesagt ? Und was heißt Rest," er hielt Kubilay den offenen Ordner vor's Gesicht und dieser sah, dass noch nicht einmal ein halbes Blatt vollgeschrieben war, „allzu viel Mühe kann ja diese Einleitung auch nicht gekostet haben. Na, wenigstens hat sich die Antwort auf Ihre Frage damit erübrigt. Auf alle Fälle mal die nächste Stunde bin ich beschäftigt, rausschieben hat keinen Sinn."

„Ich kann Ihnen ja leider nicht behilflich sein," bedauerte Kubilay, „ich war ja nicht dabei. Aber der Interesse halber - was schreiben Sie denn wegen der Schüsse in den Hinterkopf der beiden ? Weiß denn Timur überhaupt was davon ?"

„Mmmh," war Batdorjs Antwort, „ich schreib's schon so, dass alle, die's lesen, zufrieden sind."

Kubilay lächelte verstehend. „Dann schau ich mich mal ein bisschen beim neuen Nomadendorf um, vielleicht gibt's was Interessantes. Bis später."

∗ ∗ ∗

Es hatte natürlich länger gedauert als nur eine Stunde, das Protokoll über den Anschlag bei der Pressekonferenz niederzuschreiben, denn der Zwang, bei der Formulierung nichts Wesentliches wegzulassen aber eben nicht wirklich alles im Detail zu erwähnen, brachte Batdorj ordentlich ins Grübeln. Danach war er noch bei Sergej, aber weder hatte die Spurensicherung Auswertbares gefunden noch war mit dem Inhaber viel anzufangen, er schien nicht der Hellste zu sein und hatte wohl tatsächlich keine Ahnung, wie groß sein Waffenbestand gewesen war.

Und nun saß Batdorj im Restaurant des Hotels, er war etwas zu früh gekommen, angelte sich eine der ausliegenden Zeitungen und las, nicht die große Weltpolitik, sondern den Lokalteil, vielleicht war Näheres zu finden über den Bau im Park. Als ihn das junge Mädchen, das ihm die Cola gebracht hatte, zum zweiten Male fragte, ob er Essen bestellen möchte, sah er auf die Uhr, Kubilay war heute aber unpünktlich. Dass Gökhan immer als letzter erschien, hatte ihn irgendwie gar nicht gestört gehabt, aber Kubilay war sonst immer vor ihm da gewesen. Na ja, halt irgendwo hängen geblieben.

Nach einer weiteren Viertelstunde erschien der Widerling, stutzte und sagte statt einer Begrüßung, als er sich setzte : „Wo ist denn Kubilay ?"

Batdorj zuckte mit der Schulter. „Keine Ahnung. Heut früh war er bei mir im Büro, und ich sitze auch schon eine gute halbe Stunde hier, aber er hat sich noch nicht blicken lassen."

„Vielleicht ist er in seinem Zimmer ?" Gökhan stand wieder auf. „Ich frage mal schnell an der Rezeption nach."

Er ging mit eiligen Schritten den Durchgang zum Hotel entlang und verschwand. Keine zwei Minuten darauf war er wieder da.

„Seit heut früh ist Kubilay außer Haus," sagte er mit nun sorgenvoller Miene, „wenn er heute früh in Ihrem Büro war, wo ist er dann jetzt ? Hat er Ihnen nicht irgendetwas angedeutet, was er vorhat ?"

„Doch," antwortete Batdorj und musterte überrascht Gökhans Gesicht, der Kerl machte sich offenbar tatsächlich Sorgen, „doch, wir haben über das Nomadendorf gesprochen, das im Park aufgebaut werden soll. Kubilay wollte sich das dort ein bisschen anschauen. Sonst weiß ich nichts."

Gökhan setzte sich.

„Es wäre auch keine Kunst," meinte Batdorj, „sich in Chowd zu verlaufen. Zeit hat er genug gehabt seit heut Früh, vielleicht ist er rumgewandert und hat nicht auf die Zeit geachtet. Und in den Außenbezirken findet man so schnell kein Taxi." Dann fiel ihm etwas ein. „Hat er denn eigentlich kein Handy ?"

„Doch, natürlich," antwortete Gökhan, „aber das ist es ja, was mich so beunruhigt, ich hab' heut Vormittag schon zweimal probiert ihn anzurufen,

70

aber sein Handy war immer aus. Das ist gegen jede Abmachung, jeder von uns soll Tag und Nacht erreichbar sein, ich hab' da jetzt gar kein gutes Gefühl, noch dazu, wo heute Nachmittag die nächste Möglichkeit für eine Aktion ansteht."

Die junge Kellnerin erschien wieder und machte ein äußerst missmutiges Gesicht, als beide eine Essensbestellung ablehnten und Batdorj seine Cola bezahlte, Gökhans Unruhe hatte auch ihn ergriffen.

„Kommen Sie, Gökhan," sagte er, „wir fahren in die Zentrale. Ich lasse eine Suchmeldung nach Kubilay raus und wir beide überlegen, was wir tun."

Batdorj war gerade in seinen Lada eingestiegen, Gökhan fuhr mit seinem Japaner, da klingelte das neue Handy. Gulnaz.

„Hallo, Söhnchen," seine Stimme klang etwas erregt, „bist du noch in freier Wildbahn?"

„Was meinst du damit," fragte Batdorj zurück, „im Moment sitze ich in meinem Auto und will gerade zur Zentrale fahren, ich hab' da was Wichtiges zu erledigen."

„Aha," meinte der Alte deutlich erleichtert, „dann bist es also nicht du, der in der Tinte sitzt. Aber ich fürchte, es wird irgendwas sein, was dich angeht, komm so schnell du kannst bei uns vorbei."

In Batdorj schrillten etliche Alarmglocken. „Ich komme, so schnell ich kann."

Er sah zu der Stelle, an der Gökhans Auto vorhin noch gestanden war, aber der war bereits abgefahren. Batdorj zog sein altes Handy aus der Jackentasche, rief Sergej an und erklärte ihm kurz, dass Gökhan gleich in der Zentrale auftauchen werde und seine Unterstützung zur Fahndung brauche, er selber müsse ganz dringend woanders hin. Ohne eine Antwort abzuwarten, beendete er das Gespräch, schaltete sein Blaulicht ein und fuhr los. Nach zwei Kreuzungen aber fiel ihm ein, dass es wohl besser wäre, ohne Blaulicht und großes Aufsehen bei den Plattenbauwohnblöcken anzukommen und er schaltete es wieder aus.

Gulnaz empfing ihn wieder vor der Tür. In der ‚Hauptquartier'-Wohnung sah es aus wie beim letzten Mal.

„Lies das durch, was wir bei Battulga gehört haben!" forderte ihn der Alte auf, „und denk' dran, es ist nur das, was Battulga sagt, was der andere am Telefon sagt, hören wir ja nicht." Batdorj zog sich einen Stuhl her und las.

.

*Er hat keinen Polizei-Ausweis bei sich? Was steht denn in seinem Ausweis drin?*

.

*Doch, doch, das ist schon der Richtige. Der Mann ist schon Kommissar.*

.

*Wenn ich es sage, er ist Kommissar. Tut mir bloß den einen Gefallen und passt auf! Der Mann ist Polizist durch und durch, lasst euch nicht blenden durch das, was er sagt oder was in seinem Ausweis steht, der Mann ist ein*

71

*altgedienter Polizist und kann euch jede Menge Schwierigkeiten machen. Seht zu, dass er gut verschnürt bleibt !*

*Ja.*

*Nein, so nicht. Ihr bekommt weitere Anweisungen. Vorerst rührt euch nicht und passt mir auf den Mann auf ! Ich sag's euch nochmals, unterschätzt ihn nicht und geht mir auf nichts ein ! Außerdem ist bis morgen Funkstille, habt ihr verstanden, ich will heute Nachmittag nicht gestört werden, da ist ein äußerst wichtiger Termin ! Alles klar ?*

„Wir haben schon befürchtet, hi, hi," kicherte Gulnaz, „dass sie dich erwischt hätten."

Batdorj versuchte, seine Gedanken in Ordnung zu bringen. Nach einer Weile sagte er : „Ich bin mir ziemlich sicher, dass es sich um einen der Kollegen aus Ulan Bator handelt, die im Moment mit mir zusammenarbeiten, denn den vermissen wir seit heute Mittag."

Er las sich alles ein zweites Mal durch.

„Was hättet ihr denn gemacht," fragte er dann, „wenn ihr mich nicht mehr erreicht und daraus geschlossen hättet, dass es sich um mich handelt ?"

Gulnaz schüttelte den Kopf. „Na, was wohl, hi hi, ein oder höchstens zwei Tage hätten wir weiter abgehört und das Haus von Battulga beobachtet, und dann hätten wir dich natürlich herausgeholt." Er kicherte. „So eine Nacht- und Nebelaktion ist ganz amüsant. Hätte natürlich passieren können, dass sie dich woanders gefangen hielten, aber dann hätten wir Battulga als Gegenpfand mitgenommen. Und glaub mir, der würde bei uns schon ausplaudern, wo du steckst, zum andern ist eine Geisel in solch einem Fall unbezahlbar wertvoll."

„So, mich herausgeholt, ja, das trau ich euch zu," murmelte Batdorj, „und da wären einige von der Gegenseite auf der Strecke geblieben."

Gulnaz schüttelte wiederum den Kopf. „Du mit deinen Skrupeln, Söhnchen Kommissar, wer sich für die Seite der Bösen entscheidet, muss auch damit rechnen, dass er sich was einfängt."

Batdorj sah den Alten nachdenklich an. „Und zu eurer Zeit, also als ihr noch als Aktive dem Sowjetreich gedient habt, was galt da für euch ? Habt ihr da bei euren Aufträgen eigentlich immer das Gefühl gehabt, bei den ‚Guten' zu sein ?"

„Du bist viel zu sentimental," erklärte Gulnaz, „klar weiß man im Nachhinein manches besser, logisch beurteilt man nach Jahren manch eine Geschichte anders als in der Jugend, aber ja, doch, wir waren immer überzeugt davon, richtig zu handeln, wir sind doch Militärs, und wozu wird ein Soldat ausgebildet, wenn nicht um sein Volk zu schützen, wozu lernt er denn zu schießen und zu töten. Auf der ganzen Welt gibt es keine fünf Soldaten, die bei jedem Auftrag erst einmal die Möglichkeit haben, sich zu erkundigen und zu vergewissern, ob ihr Auftrag gerecht oder falsch ist. Da schieb ich mal ganz klar die Verantwortung zu den Politikern."

„Nachdenken wär' vielleicht manchmal nicht verkehrt," sagte Batdorj, sinnend „aber....."

„Aber das ist idealistisches Gebabbel," fiel ihm der Alte ins Wort, „beides, Nachdenken und Verantwortung ist Sache der Politiker. Gute Politiker, dann gute Politik, gute Soldaten, und schlechte Politiker, dann miese Politik und Soldaten falsch eingesetzt, so einfach ist das."

„Oh, Mann," Batdorj sprang auf, „ich muss in die Zentrale, vorläufig mal danke, Gulnaz, wer weiß, ich glaub' ich komm auf euch zurück, wenn nichts anderes geht bei meinem Kollegen."

„Immer gern, hi hi," kicherte der Alte.

Vor dem Haus hielt Batdorj noch einmal inne und sagte zu Gulnaz, der ihn nach draußen begleitet hatte : „Ach ja, der Termin, von dem Battulga gesprochen hat, habt ihr da was Genaueres gehört ?"

„Nichts Besonderes," sagte dieser, „er hat wohl verschiedene Geschäftsleute zu sich bestellt, aber um was es geht, da haben wir nichts gehört."

Batdorj stieg in sein Auto, winkte dem Alten und fuhr ab.

In der Zentrale wartete ein unruhiger Gökhan, der im Flur auf und ab lief.

„Ah, Batdorj," rief er gleich, „da sind Sie ja endlich ! Was sollen wir jetzt machen ?"

Batdorj antwortete zunächst nicht, ging zu seinem Büro und öffnete die Tür.

„Kommen Sie rein !" befahl er dann. „Haben Sie mit Sergej geredet ?"

Gökhan nickte. „Ja, und er hat auch eine Suchmeldung rausgegeben, aber die wenigsten Polizisten kennen ihn, da kann ich mir nicht viel Erfolg vorstellen."

„Hören Sie, Gökhan," sagte Batdorj mit bewusst ruhiger Stimme, wenngleich er nicht im Mindesten ruhig war, „wir können nicht ganz Chowd durchkämmen, wir müssen auf Hinweise warten, und deswegen habe ich vorhin Fühlung aufgenommen zu Leuten, die, äh, die mehr hören als wir, und ich bin da eigentlich recht zuversichtlich, denn das sind Leute, auf die ich mich verlassen kann."

„Aber für heute Nachmittag war die nächste Aktion geplant, ich weiß, dass sich heute bei Battulga die Bauunternehmer von Chowd-Aimag zur Absprache treffen, mit einer Blitz-Razzia und der Beschlagnahme von Unterlagen könnten wir Battulga endlich etwas nachweisen. Aber sollen wir ohne Kubilay ....... ?"

Batdorj zog die Stirn kraus. „Eine Razzia bei Battulga ? Mein lieber Mann, Sie glauben doch nicht im Ernst, dass uns die Staatsanwaltschaft einen Durchsuchungsbefehl für ausgerechnet Battulgas Heim gibt ?"

Gökhan lächelte, nicht so ölig wie sonst, nicht so überlegen wie sonst, sondern eher so müde. „Hätt' ich schon in der Tasche. Hier," er klopfte sich an die Brusttasche seiner Lederjacke, „aber ohne Kubilay ?"

„Ich glaub' es nicht," Batdorj starrte Gökhan an, „reden Sie mir ja nicht von ‚man hat so seine Beziehungen', da müssten Sie ja Staatsanwalt Yadamsuren die Pistole auf die Brust gesetzt haben."

Gökhan nahm einen zusammengefalteten Zettel aus der Brusttasche, klappte ihn auf, glättete ihn ein bisschen und hielt ihn Batdorj hin.

„Ein Blanko-Formular, fertig unterschrieben und abgestempelt von der Obersten Staatsanwaltschaft Ulan Bator. Wir brauchen nur noch Name, Adresse und Datum eintragen. Anweisungen der Obersten Staatsanwaltschaft gelten, wie Sie sicher wissen, in der ganzen Mongolei. Ein Betteln bei Ihrem Yadamsuren ist nicht nötig."

Batdorj ärgerte sich. Ärgerte sich ganz automatisch. Obwohl er am liebsten das Formular an sich reißen, es ausfüllen und mit ein paar Leuten lossausen würde, ärgerte er sich. Verflucht, warum fühlte man sich neben diesen Hauptstadtpolizisten immer so klein, so minderbemittelt ? Ein Blankoscheck für eine Razzia ? Wie oft musste er für solche Sachen einem Staatsanwalt fast in den Hintern kriechen, weil der zu feig war, einen Durchsuchungsbefehl zu unterschreiben oder einfach nur tausend Einwände fand. Was durften die denn noch alles ? Und was würde da wohl noch alles kommen ?

„Na, dann machen wir die Sache doch," sagte er und bemühte sich dabei, seinen Ärger nicht zu zeigen, „soll für uns doch ein Festtag sein, wenn wir Battulga auch nur die geringste Kleinigkeit am Zeug flicken können."

Zum dritten Mal sagte Gökhan : „Aber ohne Kubilay ?"

Jetzt schlug sich doch der Ärger in Batdorjs Gesicht nieder. „Mensch, keiner von uns kann Kubilay herbeizaubern. Ja, gut, besser wär's, er wär' dabei, ist er aber nicht, also machen wir's ohne ihn. Oder haben Sie Schiss ohne Ihren Chef ?" Und boshaft fügte er hinzu : „Dann nehme ich zwei Mann mehr mit. Zufrieden ?"

Komisch, dem Mann war die Unsicherheit vom Gesicht abzulesen. Hat doch bisher dauernd allein agiert, eher kam ihm ja Kubilay wie ein Statist vor, wie einer, der nur das ausführt, was der Widerling arrangiert hatte. Und jetzt wusste er ohne Kubilay nicht, wie, wo, was ?

Eine Weile sah es tatsächlich so aus, dann sagte Gökhan : „Selbstverständlich machen wir es. So eine Gelegenheit kann man auf keinen Fall auslassen. Und ich hab' die Ministerin ja auch schon verständigt, dass Kubilay verschwunden ist."

Na also, dachte Batdorj, außerdem wird sich bei dieser Gelegenheit auch gleich herausstellen, ob der verschwundene Kollege dort verwahrt wird, und dann gnade dir, Battulga, jeglicher Buddha, der sitzende oder der fliegende, aber da sag ich Gökhan natürlich nichts davon, sonst fragst du bloß, wie ich auf diesen Gedanken komm', und er nahm den Telefonhörer, um Sergej herbei zu rufen.

\* \* \*

74

Schon eine Stunde vor der festgesetzten Zeit für die Razzia lungerten vor dem Battulgaschen Anwesen zwei Alte herum, die in ihren schmuddeligen Plastiktüten wieder Funkgeräte hatten und alle einfahrenden Autos an Gulnaz durchgaben, dieser übermittelte die Kennzeichen an Batdorj weiter per Handy. Auf diese Weise sollte diesmal sichergestellt werden, dass niemand, aber auch gar niemand von der Planung etwas mitbekam. Auch Sergej hatte nichts weiter erfahren, als sich mit sechs Mann für eine bestimmte Zeit in der Zentrale bereit zu halten. Als Batdorj auf seiner vorbereiteten Liste aller Bauunternehmer und ihrer Autos alle abgehakt und somit festgestellt hatte, dass die Versammlung vollzählig war, wartete er noch eine Viertelstunde ab und gab dann das Zeichen zum Aufbruch. Sie fuhren in zwei Autos, und die jeweiligen am Lenkrad sitzenden Polizisten erhielten erst während der Fahrt ihre Anweisungen wohin, in dem einen Auto von Batdorj, in dem anderen von Gökhan. Gulnaz hatte er gebeten, die beiden Alten vor dem Haus Battulgas zu lassen und ihn am Handy zu verständigen, falls es irgendetwas Besonderes geben sollte.

Zu Beginn des Reichen-Viertels ließ Batdorj das Blaulicht einschalten und befahl, ohne auf die Sicherheitsleute, die deutlich Zeichen zum Anhalten gaben, zu achten durch das offene Tor einzufahren.

Diesmal war kein langes Klingeln an der Haustür notwendig. Als ziemlich rasch geöffnet wurde, schob Batdorj den Bediensteten beiseite, bellte ihn nur kurz an mit der Frage, wo die Herren alle seien und polterte dann ohne anzuklopfen in diesen Raum hinein.

Er war recht groß und durchaus geeignet als Konferenzzimmer, sehr geschmackvoll eingerichtet und wegen der hohen Fenster angenehm von Licht durchflutet, in der Mitte auf einem riesigen dunkel gemusterten Teppich ein langer ovaler Tisch, an dem gut und gerne zwanzig Personen Platz hatten und auch dort saßen, leer war nur das eine Kopfende und am gegenüberliegenden erhob sich gerade Battulga guaj. Auf dem Tisch selbst stand jede Menge Geschirr, Teekannen, aus denen der gesalzene Tee herausduftete sowie vier große Platten mit mongolischem Gebäck, sowohl süß als auch mit salzigem Geschmack. Das offensichtlich vorher angeregt geführte Gespräch war verstummt, und da auch Batdorj und seine Polizisten wie erstarrt da standen, brauchte der Hausherr seine Stimme nicht besonders zu heben, um von allen verstanden zu werden.

„Langsam fürchte ich, Batdorj, dass Sie mit Bulldozern ankommen und mir mein Haus niederreißen werden. Was in aller Welt bringt Sie dazu, mich und meine Gäste hier zu Tode zu erschrecken ? Haben Sie sich vorgenommen, von nun an täglich in meine Privatsphäre einzudringen ? Darf ich fragen, wieso ? Darf ich erfahren, mit welchem Recht Sie mich und meine Gäste," er wies mit der Hand rundum, „lauter Geschäftsleute, mit denen ich und die mit mir das tägliche Brot verdienen und nebenbei bemerkt die meisten Steuern im Land bezahlen, mit welchem Recht Sie uns schikanieren ?"

Diese lange Anklage gab Batdorj wenigstens Zeit, den ersten Schreck zu überwinden und sich einigermaßen zu fassen. Dass es hier so war wie beim Herrenabend im Bordell, war ihm klar, Battulga war irgendwie doch gewarnt worden und hatte, statt alles abzublasen, eine nochmalige Show inszeniert. Er hoffte nur, dass man ihm die Wut und die Enttäuschung nicht allzu leicht im Gesicht ablesen konnte, hielt Battulga das Formular hin und sagte undeutlich, da er die Zähne kaum auseinander brachte :
„Wir tun hier unsere Pflicht."

Battulga überflog das Dokument, zog eine Augenbraue hoch und antwortete spöttisch : „Ach, von der Staatsanwaltschaft in Ulan Bator. Sieh an, sieh an, solche Dinge kann sich die hiesige Polizei an nur einem Tag beschaffen. Ich nehme an, unsere eigene Staatsanwaltschaft von Chowd weiß da gar nichts davon. Nun bitte, ich habe nichts zu verbergen, tun Sie sich keinen Zwang an. Suchen Sie, was immer Sie suchen wollen. Suchen Sie im Keller, in der Küche und in meinem Schlafzimmer und achten Sie besonders auf das Dachgeschoß, ach halt, das habe ich ja ganz vergessen, mein Haus hat ja gar kein Dachgeschoß, bitte entschuldigen Sie vielmals."

Die Herren rund um den Tisch begannen zu lachen und die Stille war vorüber.

Mit zusammengepressten Zähnen gab Batdorj seinen Leuten ein Zeichen, mit der Suche zu beginnen. Er hatte sie bei der Herfahrt instruiert, die Beweismittel und Unterlagen, die man bei dem Gespräch finden würde, zu sichern und anschließend das Haus zu durchsuchen mit Blick auf etwas Besonderes, was genau, hatte er nicht weiter erklärt, ein eingesperrter Mann würde ja wohl jedem Polizisten als Besonderheit auffallen.

Nun war er sich allerdings mehr als sicher, dass Kubilay sich nicht in diesem Haus aufhielt, aber den Durchsuchungsbefehl nicht auszunutzen würde die Situation ja auch nicht ändern. Mit Battulgas Rache war so und so zu rechnen, da kam es jetzt auf das auch nicht mehr an.

Ganz genau wie von ihm erwartet erwies sich die Durchsuchung als ergebnislos. Wie ein Kapitän, der das sinkende Schiff als letzter verlässt, blieb Batdorj einsam im Flur stehen, bis seine Leute alle das Haus verlassen hatten, und als er sich anschickte, dies ebenfalls zu tun, trat Battulga zu ihm und gab ihm noch einen Ratschlag mit auf den Rückweg.

„Seien Sie vorsichtig, Batdorj," Battulgas Stimme war nun so eisig wie seine Miene, „das lasse ich mir nicht gefallen. Was zu viel ist, ist zu viel. Wir werden sehen, wer mehr Einfluss hat, Sie oder ich." Er starrte dem Kommissar ins Gesicht. „ Und wir werden sehen, wer diese Geschichte heil überlebt, Sie oder ich."

Batdorj nahm es ohne zu fragen, als was es gemeint war, nämlich als Drohung und verließ wortlos das Haus. In ihm kochte es. Mit langsamen Schritten ging er zum Auto und gab sich größte Mühe, seinen Zorn unter Kontrolle zu bringen. Er gab die Anweisung, zum Parkplatz am Tempel zu fahren.

Auf der Fahrt dorthin gelang es ihm im Großen und Ganzen ruhiger zu werden. Zorn und Frust waren keine gute Unterlage für seine Arbeit, na ja, und Rückschläge, die waren ja wohl sein täglich Brot, also im Bereich der organisierten Kriminalität zumindest häufiger als Erfolge. Am Parkplatz angekommen teilte er die Leute ein, einige sollten an der Dorf-Baustelle die Arbeiter befragen, andere rund um den Park herum alle anzutreffenden Leute und die letzten alle Bus- und PKW-Fahrer hier auf dem Platz selbst. Vielleicht bot sich irgendwo ein Krümelchen an Information, vielleicht hatte irgendjemand etwas beobachtet, das mit Kubilay zu tun haben könnte. In einer halben Stunde sollten sich alle wieder bei ihm melden, er wollte hier, auf der ersten Bank, sitzen bleiben. Es machten sich alle auf den Weg, nur Gökhan blieb da und setzte sich ohne zu fragen zu ihm.

„Wie werden wir weiter verfahren?" fragte er.

„Das fragen Sie mich?" Batdorjs Antwort klang nicht allzu freundlich. „Sie sind doch derjenige, der die Aktionen auskundschaftet, oder wollten Sie andeuten, dass Sie Schluss machen wollen?"

Endlich war wieder dieses ölige Lächeln da, der Kerl schaffte es also doch weiterhin, unsympathisch zu wirken.

„Natürlich nicht," sagte Gökhan, „ich meine nur, jetzt, solange von Kubilay nichts zu hören ist, da sind doch Sie quasi mein Vorgesetzter. Da müssen also Sie bestimmen, wo's lang geht."

„Mmmh," Batdorj wusste nicht recht, wie er sich verhalten sollte, „das ist mir dann eine eigenartige Geschichte. Ich bin nicht eingeweiht in das, was ihr aus Ulan Bator vorhabt, was ihr an Vorwissen und Pläne mitgebracht habt, und ich entscheide sehr ungern über Aktionen, die mir nicht durchschaubar sind," wieder konnte er es nicht lassen, eine Spitze dranzuhängen, „ich bin ja nur der Hilfspolizist vor Ort," und ärgerte sich dann sofort wieder darüber.

Gökhan konterte sogleich. „Aber Sie sind nun mal der Ranghöhere, ich kann Ihnen keine Befehle erteilen. Solange wir Kubilay nicht finden, ist das unweigerlich so."

Zwei, drei Minuten war Stille zwischen ihnen. Dann fiel Batdorj etwas ein.

„Sie haben doch gesagt, Sie haben der Ministerin schon Bescheid gegeben über Kubilays Verschwinden. Können Sie nicht Ersatz anfordern, Sie wissen schon, Dringlichkeit, Aufrechterhaltung der Kontinuität des Einsatzes und anderes Blablabla, was Politikern imponiert?"

Für einen Moment schien es ihm, als ob in Gökhans Gesicht ein wirkliches, ein echtes Lächeln aufblitzte, doch im nächsten Moment war wieder dieses ölige da.

„Nein, nein," sagte er, „sie schickt auf gar keinen Fall Ersatz. Was Sie mit Vorwissen und Planungen bezeichnen, das stammt alles nur von Kubilay und mir. Selbst wenn Kubilay nicht mehr auftauchen würde, da kommt kein anderer, eher würde die Sache abgeblasen. Und," irrte sich Batdorj oder war da noch einmal ein herzliches Lächeln, „Sie kennen Ojuncaral nicht, die lässt sich nicht von Blablabla beeindrucken. Die durchschaut Sie schon, bevor Sie den Mund richtig aufgemacht haben."

Wieder sagten beide ein paar Minuten nichts, dann raffte sich Batdorj auf. „Ich gehe davon aus, dass wir Kubilay finden. Und bis dahin, okay, machen wir weiter, also ich meine, Sie kundschaften aus, wie auch immer Sie das machen, und ich übernehme die Leitung bei Einsätzen. Aber Ihnen ist schon auch klar, dass ich vermutlich keine zwei Misserfolg mehr überleben werde, oder ? Der heutige, der geht gegenüber Timur noch auf Kubilays Kappe, denn mit einem Durchsuchungsbefehl aus der Hauptstadt hab' ich ja nichts zu tun, wer immer mir was Bösartiges will, den kann er mir nicht anhängen."

„Ich werd' mich bemühen," meinte Gökhan, „und auf alle Fälle danke."

Batdorj sah ihn von der Seite an. Für was bedankte sich der Kerl ? Dass er als Kommissar das machte, was er von Dienst wegen tun musste ? In diesem Moment klingelte sein Handy, das alte, also was Dienstliches, irgendwie bescheuert, jetzt immer zwei solche Dinger mit sich rumzuschleppen. Er meldete sich und musste sich von Milacim, dem Kommissar der Ordnungspolizei, eine bittere Klage anhören, von wegen, wo bleiben seine Leute, die er Batdorj geliehen hat zur Hausdurchsuchung, so lang kann das doch nicht dauern, hinten und vorn fehlen ihm Einsatzkräfte, soll er vielleicht selber auf die Straße und so weiter. Batdorj versprach ihm, dass sie in der nächsten Viertelstunde in der Zentrale auftauchen würden. Als kurze Zeit darauf alle wieder da waren, schickte er die vier, die nichts zu berichten hatten, mit dem einen Auto sofort zur Zentrale.

Die anderen beiden hatten Arbeiter vom Dorfaufbau befragt, ja, ein Mann, zu dem die Beschreibung von Kubilay passte, war hier eine Zeit lang herum spaziert und hatte sich alles Mögliche aus der Nähe betrachtet, aufgefallen war er ihnen aus zwei Gründen. Zum einen stand er ein paar Mal im Weg, als die Arbeiter große Teile transportierten, und zum andern hatten etwas später zwei, die heimlich Zigarettenpause machten, gesehen, wie er über irgendetwas gestolpert war, dann hatte ihm jemand aufgeholfen und er war mit zwei oder drei Männern in ein Auto gestiegen, ja also, auf das Nummernschild hat natürlich keiner geschaut, aus welchem Grund denn auch, ja und das Auto, was war das jetzt gleich für eins gewesen, also was größeres, so ein Lieferwagen vielleicht, hat er eine Aufschrift gehabt, Moment mal, ja, könnte sein, irgendwas von einer Fabrik, nein sagt der andere Arbeiter, ich glaube, so was von Chemischer Reinigung, vielleicht auch was anderes.

„Wir wissen also, was passiert ist," sagte Gökhan, „es bringt uns aber nicht im geringsten weiter."

„Mmmh," war Batdorjs einzige Antwort, denn ihm war nun klar, dass Kubilay in Battulgas Auftrag entführt worden war. Zwei Möglichkeiten gab es, entweder war es um die ganzen Ermittlungen zu behindern, oder Battulga wollte etwas Bestimmtes, und in diesem Falle würden sie es schon irgendwann erfahren.

„Ich fahre jetzt zu Timur und erstatte Bericht," sagte er zu Gökhan und stand von der Bank auf, „wir treffen uns morgen in der Früh in meinem Büro. Große Besprechung, wie wir weiter verfahren."

Das Stückchen von hier bis zum Hotel konnte der Hauptstadt-Kollege ruhig zu Fuß gehen.

* * *

Der nächste Morgen brachte für Batdorj Verwirrung pur.

Er war überpünktlich in seinem Büro, zum einen, weil er die kommende Strategie überdenken wollte, und wo könnte er das besser als hier mit dem Ausblick zum Hof, und zum andern wollte er zunächst Gulnaz anrufen, aber nachdem der sich weder abends noch in der Nacht gemeldet hatte, war Batdorj klar, dass der Alte genauso gut informiert war als wenn er dabei gewesen wäre, er hatte sicher alles deutlich mitgehört.

Es musste jetzt darum gehen, herauszufinden, wo Battulga einen Mann wie Kubilay versteckt halten konnte. Die uralte Story aus den Fernseh-krimis, wo der tüchtige Polizist in den Reihen der Kriminellen einen alten Freund hatte oder wenigstens einen, der ihm verpflichtet war, das war nichts als Märchen, es gab und gibt nichts unzuverlässigeres als solche Leute, die ihre Informationen entweder in beide Richtungen verkauften oder ganz einfach etwas zusammenschwindelten. Unbrauchbar. Eben nur Märchen. Manchmal sogar gefährlich.

Batdorj seufzte. Das Wahrscheinliche war, dass man warten musste, bis sich jemand in Battulgas Auftrag melden würde um zum Beispiel eine For-derung zu stellen, und dann konnte man vielleicht, aber auch nur vielleicht, was Verwertbares herausziehen aus Telefongespräch, schriftlicher Nach-richt oder was auch immer. Das Beste, was jetzt passieren konnte, war, dass die Alten irgendetwas Konkretes bei ihrer Abhöraktion erfahren wür-den, er selbst, das war Batdorj klar, er selbst , was sollte er schon unter-nehmen.

Da klopfte es ziemlich laut und fordernd an der Tür, und ehe er etwas sagen konnte, wurde sie aufgerissen und eine junge Frau stürmte herein. Sie hielt ihm einen aufgeklappten Ausweis vor die Nase und sagte ziemlich atemlos, aber dennoch recht laut : „Sie sind Batdorj ? Mein Name ist Yelda, ich komme aus Ulan Bator wegen Kubilay. Wissen Sie schon mehr als gestern ?"

Die junge Frau, sie war sicher noch keine dreißig, erinnerte Batdorj in ihrem ungestümen und selbstsicheren Auftreten an seine Ehefrau, die hatte auch stets solch eine Wirkung.

„Ja, ich bin Batdorj," nickte er, stand auf und nahm ihr den Ausweis aus der Hand, „ah, Sie gehören auch zum Büro ‚Bekämpfung der Korruption', hat sich die Ministerin doch entschlossen, jemanden zu schicken ?"

„Ja," antwortete sie, sah Batdorj von oben bis unten an und wiegte leicht den Kopf hin und her, „ja, Kubilay hat recht gehabt mit seiner Beschrei-bung, Sie sind wie er. Nein, ....."

Es klopfte schon wieder an der Tür, nicht ganz so laut, und sie wurde erst geöffnet, als Batdorj „Herein !" rief. Gökhan trat ein, musterte überrascht die junge Frau, machte die Tür hinter sich zu und wartete.

„Ah, Morgen," sagte Batdorj und wies auf die junge Frau, „sehen Sie nur, Gökhan, wir haben doch Unterstützung aus Ulan Bator bekommen, aber ihr beide werdet euch ja kennen."

„Nicht, dass ich wüsste," murmelte Gökhan.

„Tut mir leid," sagte auch Yelda, „wieso sollte ich ihn kennen ?"

Jetzt war Batdorj verblüfft. „Aber Sie sind doch beide aus dem Büro ? So groß kann doch eine Abteilung der Ministerin nicht sein, dass Sie sich noch nie über den Weg gelaufen sind."

„Ich kenne jeden aus dem Büro," behauptete die junge Frau, „jeden einzelnen, und der hier gehört mit Sicherheit nicht dazu."

Gökhans Gesicht hatte mittlerweile eine solche tiefe Rötung angenommen, dass er eher clownmäßig als widerlich aussah.

„Doch," sagte er und atmete deutlich unregelmäßig, „selbstverständlich gehöre ich zu Ojuncarals Mannschaft. Hier," er langte in die innere Tasche seiner Lederjacke und holte den gleichen Ausweis hervor, wie ihn auch Yelda Batdorj gegeben hatte, „hier ist mein Ausweis."

Die junge Frau nahm ihn, begutachtete ihn und meinte : „Der ist tatsächlich echt, würde ich sagen. Aber ich sag's noch mal, ich kenne jeden einzelnen aus dem Büro, wir sind ja nur vierzehn Leute, und der hier," sie sah noch einmal kurz auf den Ausweis, „nein, einen Gökhan haben wir nicht. Das kann Kubilay bezeugen."

Batdorj verstand nicht recht, was um ihn vorging. „Aber Gökhan ist ja zusammen mit Kubilay gekommen, wir haben bis jetzt alle Aktionen zu dritt besprochen."

„Das verstehe ich nicht," sagte Yelda.

„Ich noch weniger," knurrte Batdorj, „und was ich nicht verstehe, mag ich auch nicht besonders. Was ist hier los, Gökhan ? Sie haben mir doch gestern gesagt, die Ministerin lehnt es ab, jemanden zu schicken ? Ändert die ihre Meinung doch über Nacht ?"

„Ich, äh," die junge Frau war sichtlich verlegen, „ich wollte es ja vorhin schon sagen, die Antwort auf Ihre Frage vorhin, die lautet, ich bin nicht von Ojuncaral geschickt. Ich hab' mich kurzfristig im Büro beurlauben lassen, ich bin nur wegen Kubilay hier."

Batdorj sah von Yelda zu Gökhan und dann wieder von Gökhan zu Yelda.

„Ich blicke noch nicht ganz durch," meinte er zweifelnd, „Sie kommen also doch nicht im Auftrag der Ministerin ? Nein ? Was in aller Welt wollen Sie dann ?"

„Haben Sie mir bisher nicht zugehört ?" Jetzt war sie wieder von der selbstsicheren Sorte. „Ich bin in großer Sorge um Kubilay. Ich kenne ihn, seit ich sehen und hören kann, er war der beste Freund meines Vaters und ist für mich nichts anderes als ein Vaterbruder. Wir haben vorgestern noch miteinander telefoniert....."

Batdorj unterbrach sie. „Alles recht und schön, weitere Familiengeschichten vielleicht später. Klären wir doch erst mal, warum Sie beide behaupten, aus dem Büro zu sein und sich aber doch gegenseitig nicht kennen. Wann Sie das letzte Mal mit Kubilay telefoniert haben wollen, interessiert mich eigentlich nicht."

„Jetzt verstehe ich auch nicht mehr, was hier los ist," sagte die junge Frau verwundert, „wissen Sie denn nichts von diesem Anruf ? Aber da ging es doch genau um das, weswegen Kubilay hier ist."

„Allmählich wächst mir diese Geschichte über meine Toleranzgrenze hinaus," Batdorjs Ärger war deutlich in seinem Gesicht zu lesen, „wenn wir dieses Puzzlespiel jetzt nicht augenblicklich zusammen bringen, dann werf' ich Sie beide raus ! Sie sind beide vom selben Büro, haben die gleichen Ausweise, kennen sich aber nicht ! Der einzige, der Ordnung reinbringen kann in diese Geschichte, ist nicht greifbar ! Probieren wir's ein letztes Mal, und wenn's nicht hinhaut, dann ..... Also, sagen Sie, um was ging es bei diesem Anruf ?"

„Kubilay bat mich, einen Namen zu überprüfen, und tatsächlich konnte ich rausfinden, dass dieser Tunjin im fraglichen Zeitraum Kontakt zu Battulga gehabt hat."

„Was für ein Tunjin ?"

„Tsend Tunjin, ein höherer Regierungsbeamter, der war zu der Zeit, um die Kubilay nachgefragt hatte, auf einer Dienstreise hier in Chowd."

„Sagt mir nichts, der Name," Batdorj schüttelte den Kopf, „und mit einem Regierungsbeamten aus der Hauptstadt bin ich in meinem Leben noch nie zusammengekommen." Er wandte sich an Gökhan. „Wissen Sie was davon ?"

Gökhan schüttelte auch nur den Kopf und sagte nichts.

„Kubilay hat diesen Namen und den Zusammenhang mit Battulga hier entdeckt," Yelda ließ nicht locker, „und das ganz sicher nicht beim Spazierengehen. Vielleicht in irgendwelchen Unterlagen ?"

„Ja, Batdorj," nun rührte sich Gökhan wieder, „wissen Sie nicht mehr, er hat doch mit Sergej einiges durchgeschaut."

Was entdeckt und dann für sich behalten, Batdorj sagte das natürlich nicht laut, wie immer, da werd' ich auch Sergej nicht fragen brauchen, dem hat er auch nichts gesteckt, sonst hätte der mich informiert.

„Gut, da lässt sich vielleicht was feststellen," sagte er, „und wie lösen wir das Puzzleteilchen, dass Sie sich nicht kennen ?"

„Ohne Kubilay ?" Yelda zuckte mit den Achseln.

„Wenn ich einen Vorschlag machen darf," Gökhan sah beide an, „Batdorj, rufen Sie doch die Ministerin an und fragen Sie sie nach uns beiden. Wir haben Wichtigeres zu tun als uns untereinander zu bekriegen."

Batdorj sah ihn zufrieden an, dann befahl er Yelda : „Das klingt vernünftig. Diktieren Sie mir die Telefonnummer !"

Die junge Frau zögerte und Batdorj wollte schon ärgerlich werden, der Vormittag konnte doch so nicht weitergehen, da sagte sie : „Unter der normalen Nummer des Ministeriums werden Sie kaum zur Ministerin vorstoßen. Ich kann sie aber am Handy anrufen, nur," sie zögerte nochmals, „nur bin ich nicht befugt, die Nummer weiterzugeben."

Batdorj hatte das Knurren schon im Hals, da sagte Gökhan : „Die Nummer ist null-sieben-eins-sieben-drei-null-drei-null-drei-null."

Batdorj wählte an seiner Anlage. „Ich stelle auf Lautsprecher, dann können wir alle mithören, wenn Sie," er sah Yelda an, „wenn Sie reden."

Es dauerte eine Weile, dann meldete sich eine Stimme.

„Ojuncaral."

„Ojuncaral, hier ist Yelda. Ich bin in Chowd und habe ein Problem mit Kommissar Batdorj, Sie wissen schon, mit dem Kubilay zusammenarbeitet."

„Geben Sie mir den Kommissar," befahl die Ministerin.

Batdorj räusperte sich. „Ich höre, Frau Ministerin."

„Lassen Sie das, sagen Sie Ojuncaral ! Worin besteht das Problem, außer dass Kubilay verschwunden ist ? Bitte kurz, Batdorj, meine Zeit ist leider arg knapp."

„Ja. Ich habe hier zwei Personen, die sich nicht kennen, aber beide bestehen darauf, zum Büro zu gehören. Ohne Kubilay für mich nicht lösbar."

Kurzes Lachen klang aus dem Lautsprecher.

„Sie reden von Yelda und von Gökhan. Batdorj, beide gehören zu mir, beiden können sie vertrauen. Noch was ?"

„Yelda ist aber nicht im Dienst ?"

Einen Moment war Schweigen und Batdorj fürchtete schon, dass die Verbindung unterbrochen sei, da erklang Ojuncarals Stimme erneut.

„Ab jetzt schon. Kommissar Batdorj, Sie haben die Leitung, bis Kubilay wieder auftaucht, was ich stark hoffe, und Sie haben in jeder Angelegenheit meine volle Rückendeckung."

Ein Klicken, und die Verbindung war tot.

„Und wenn sie ...." beide, Yelda und Gökhan hatten gleichzeitig mit den selben Worten zu sprechen begonnen, dann verstummte Gökhan und ließ die junge Frau weiterreden.

„Und wenn sie das sagt, dann meint sie das auch so."

„Das hätte ich gerne auf Tonband," sagte Batdorj, „das mit der vollen Rückendeckung hätt' ich wirklich gern auf Tonband."

Jetzt lächelte Gökhan wie früher. „Darauf können Sie bei Ojuncaral verzichten. Die sagt nie etwas nur so dahin. Niemals."

\* \* \*

Batdorj hatte Yelda Gökhan überlassen mit der Anweisung, sie in alles Bisherige einzuweihen, ihr im Hotel ein Zimmer zu besorgen und sie auch ein bisschen was von Chowd sehen zu lassen, er werde sich mit ihnen wie vorher mit Kubilay mittags im Restaurant treffen. Dann hatte er Sergej gefragt, mit welchen Unterlagen sich Kubilay beschäftigt habe und beim Durchschauen rasch diesen Tunjin entdeckt. Das half ihm zwar nicht weiter im Moment, es befriedigte ihn aber, dass er nun den Zusammenhang Tunjin – Battulga wusste. Nun wollte er noch mit Gulnaz reden.

Während der Fahrt mit seinem alten Lada kam er fast in richtig fröhliche Stimmung. Wann hätte er so was je gehabt, Anweisungen von oben zu bekommen mit dem Zusatz ‚...volle Rückendeckung' ? Jetzt freute er sich direkt auf die nächste Auseinandersetzung mit Battulga oder wem auch immer, der in dieser Geschichte eine Rolle spielen würde.

Der Alte sah ihm die gute Stimmung sofort an. „Hej, Söhnchen, so ist's richtig, was kümmert uns der Misserfolg von gestern !" Er kicherte. „War doch eine prima Inszenierung von Battulga, und mit einem tüchtigen Gegenspieler zu tun zu haben, das lässt das Herz eines Kämpfers doch höher schlagen. Einen guten Gegner besiegen, das bringt Ehre, mit einem schlechten wird auch ein Anfänger fertig."

„Ihr habt vermutlich nichts weiter Verwertbares gehört, oder ?" fragte ihn Batdorj.

„Nein, leider," bedauerte Gulnaz, „die haben sich zwar nach deinem Abmarsch kräftig lustig über dich gemacht, aber sonst, nein, leider."

Batdorj konnte nicht anders, er musste dem Alten den Grund für seine Hochstimmung mitteilen.

„Ich hab' heute früh von Ojuncaral, der Innenministerin, volle Rückendeckung zugesagt bekommen für alle notwendigen Aktionen, weißt du was, Gulnaz, ich hab' gute Lust und geh auf deinen Vorschlag ein, dass ihr Battulga rausholt als Gegengeisel. Nicht dass das als offizielle Aktion gelten kann," schränkte er ein, „aber wenn wir das machen, dann seh' ich wenigstens eine Chance, meinen Kollegen zu befreien."

„Wir brauchen ihn nicht einmal als Gegengeisel, hi hi, wir bringen in kürzester Zeit aus ihm raus, wo dein Kollege steckt, da verlass dich drauf, Söhnchen. Und wenn du willst, kann's jede Nacht los gehen, unser Einsatzplan steht, hi hi, musst uns nur mit einem Auto helfen, denn mit unserm Lastwagen, hi hi, das wär zu auffällig, was kleineres haben wir leider nicht."

Verdammt, Batdorj erschrak, er hatte wieder zu wenig weit gedacht. Die würden den Kerl foltern.

Als ob Gulnaz ihm seine Gedanken im Gesicht abgelesen hätte, sagte dieser jetzt : „Brauchst dir keine großen Sorgen machen, Söhnchen Polizist, dem lieben Battulga passiert nicht viel, hi hi hi. Wetten, dass der feine Herr redet wie ein plätschernder Wasserfall, sobald er ein Skalpell auch nur sieht ? Harte Burschen sind die oberen, die feinen Herren nie, hi hi, also keine Sorge, dem fehlt danach schon kein Finger oder Ohr, hi hi hi."

Batdorj kratzte sich heftig am Kopf, zu seinem Glück an der linken Seite.

„Das wär' mir ganz sicher lieber. Und ein Auto ?" Sein Lada ? Nein, den kannte hier jeder Polizist, und wer einmal darin transportiert wurde, freiwillig oder unfreiwillig, der konnte diesen Wagen leicht beschreiben. Und sonst ? Ha, wie wär's denn mit Gökhans Japaner ? Verflixt, gute Idee, doppelt gute Idee, erstens war der neuer und viel leiser und damit unauffälliger und zweitens, ha, zweitens ist gut ! Zweitens war der Herr aus Ulan Bator dann nämlich mit eingebunden, nie schlecht für spätere Zeiten, für eventuelle spätere Auseinandersetzungen. Man würde ihn ja nicht einmal groß einweihen müssen, er musste nur Chauffeur spielen und konnte dann sofort wieder zum Hotel fahren.

Vergnügt sagte er also zu Gulnaz : „Auto geht klar. Hab' ich ein passendes parat und den richtigen Fahrer auch noch dazu. Wann legen wir los ?"

„Söhnchen," antwortete der Alte ebenfalls sichtlich erheitert ob der kommenden schönen Aufgabe, „Söhnchen, ein Militär schiebt nichts auf die lange Bank, sonst hat der Gegner bloß Zeit für neue Dummheiten. Die Planung steht, hi hi, die Ausrüstung ist jederzeit greifbar und wenn dein Auto pünktlich dort ist, wo wir es brauchen, na dann, hi hi hi, dann weißt du noch heute Nacht, wo dein Kollege zu holen ist."

* * *

Gökhan hatte Yelda in sein Auto gesetzt und war zunächst zum Hotel gefahren, um für sie ein Zimmer zu buchen, Gepäck hatte sie nur das Nötigste dabei, sie war in der Nacht mit dem Flugzeug nach Chowd gekommen. Dann machten sie sich zu Fuß auf den Weg durch die Innenstadt, nicht wegen der wenigen Sehenswürdigkeiten, die es gab, sondern eigentlich nur um die Zeit bis Mittag zu überbrücken, den Weg zwischen Polizeizentrale und Hotel hatte sie sich bereits beim Fahren eingeprägt. In einem kleinen Cafe blieben sie eine Weile sitzen und Yelda ließ sich von Gökhan berichten über das bisher Vorgefallene, das Erreichte und natürlich auch über die Misserfolge. Dabei spürte er sehr wohl, dass sie sich brennend dafür interessierte, in welchem Zusammenhang er in die Arbeit des Büros zur Bekämpfung der Korruption eingesetzt worden war, ging aber nicht darauf ein, er erzählte ihr nur, dass er von der Ordnungspolizei abgestellt sei. Dass sie daraufhin die Stirn in Falten legte, da sie beide ja genau wussten, dass ein Einsatz für das Büro einen ganz besonderen Grund und besondere Fähigkeiten bedingte, ignorierte er und erzählte rasch weiter von Kubilays Verschwinden, und damit konnte er sie erfolgreich von allen anderen Themen ablenken.

Knapp eine Stunde vor dem Treffen mit Batdorj machten sie sich wieder auf den Weg. Als sie am großen Tempel vorbeikamen, sagte Yelda : „Ich möchte schnell hineingehen und für meinen Vater Räucherkerzen anzünden."

Gökhan nickte und ging mit in den Tempel. Obwohl der Mongole im allgemeinen nicht sonderlich religiös ist, auf gar keinen Fall so extrem und fanatisch wie viele Angehörige christlicher Kirchen oder des Islam, respektiert jeder doch aus Tradition Mönche, Tempel und religiöse Riten, und wenn es die Möglichkeit gibt, für bestimmte Sachen wie Wünsche oder zu Ehren verstorbener Familienangehöriger Räucherstäbchen glimmen zu lassen, dann tut man dies. Da fand auch Gökhan, der nicht im geringsten mit Religion etwas am Hut hatte, nichts dabei, er ging also mit und sah ruhig und ernst zu.

Als beide nach einigen Minuten aus dem Tempel kamen und die breite Treppe hinunter stiegen, sahen und hörten sie Radau auf dem Platz.

Ein etwas größerer Bus mit Touristen hatte offensichtlich beim Ein- oder Ausparken einen kleineren angefahren und die Seite auf fast zwei Meter zerschrammt. Über die Schuldfrage gab es aber augenscheinlich sehr kontroverse Ansichten und eine aufgebrachte Reihe von Fahrgästen aus beiden Bussen war gerade dabei, die Diskussion in handfestere Bereiche zu verlagern. Den vielen Bierbüchsen nach, dabei bereits herumflogen, waren wohl etliche der am Zank Beteiligten nicht mehr nüchtern.

„Das ist Sache der Ordnungspolizei," meinte Gökhan und hielt Yelda am Arm fest, „wir sollten jetzt besser nicht da über den Platz gehen."

In dem Moment, in dem sie zustimmend nickte, war es auch schon passiert, eine aufgerissene, aber noch halb volle Bierdose flog Yelda so unglücklich an die Stirn, dass der Dosenverschluss die Haut aufsprengte und ihr ein Gemisch aus warmem Bier und Blut in die Augen lief. Sie konnte nichts mehr sehen und hielt sich an Gökhan fest.

Der reagierte blitzschnell. Er hob Yelda hoch und rannte mit ihr die Stufen zum Tempel hoch, um sie im Eingangsbereich in Sicherheit zu bringen. Die zwei Mönche, die hier wie Torwachen den ganzen Tag über auf den steinernen Bänken saßen, eilten herbei und boten Gökhan sofort Tücher an. Vorsichtig wischte er ihr die Augen sauber.

„Das ist eine Platzwunde, die genäht werden muss," sagte er dabei, „wir müssen zu einem Arzt oder in ein Krankenhaus. Aber wer fährt uns ?"

Er sah sich um, aber weit und breit war kein Taxi zu sehen und vermutlich würde auch die nächste Zeit hier am Platz keines stehen bleiben beim Anblick der Randalierer. Also zog er sein Handy und wählte Batdorjs neue Nummer. Batdorj war gerade dabei, in den Hof der Zentrale einzufahren, machte sofort kehrt und fuhr, so schnell er konnte, mit Blaulicht zum Tempel. Sein Geländewagen hatte keine Mühe, zweimal über hohe Randsteine hinwegzukommen und er blieb direkt unterhalb der Treppe stehen.

„Das ist ja ein schöner Einstand," bedauerte er, als er Yelda geholfen hatte sich auf den Beifahrersitz zu setzen und dann den Fahrersitz zurückklappte, damit Gökhan nach hinten durch kriechen konnte.

„Dafür hat sie das unvergleichliche Erlebnis," spöttelte dieser, kaum saß er hinten, „in dieser Sonderklasse von Auto mitfahren zu dürfen. Erschrecken Sie nicht," sagte er zu Yelda, „und halten Sie sich fest, damit sich der Blutverlust bis zum Krankenhaus in Grenzen hält."

„Sie haben ja direkt Humor," war Batdorjs Antwort, während er vorsichtig zurück über die Randsteine zur Straße fuhr, „aber Sie könnten mir noch so viel bieten, dieser Wagen bleibt mit mir zusammen bis wir beide in Rente gehen." Keiner von den dreien hörte, wie vor den Bussen beide Busfahrer laut schimpften, dass die Polizei mit Blaulicht wieder abfuhr, ohne sich um die Randale zu kümmern.

* * *

Der Arzt hatte Yelda krankschreiben wollen, was sie aber strikt abgelehnt hatte. Batdorj hatte ihr klar gemacht, dass sie mindestens heute Nachmittag Zeit hätte zum Ausruhen, das einzig Wichtige heute noch wäre eine Aktion in der Nacht, und da, so umschrieb er es vornehm, war jeder Einsatzplatz bereits besetzt und sie also nicht vonnöten. Gökhan, der für heute Nachmittag noch vorhatte, sich um den nächsten Schlag gegen Battulga zu kümmern, wurde für den späten Abend zur Polizeizentrale einbestellt, mehr sagte ihm Batdorj nicht, wies ihn nur darauf hin, dass sein Auto gebraucht würde, und Gökhan nahm es gelassen hin.

Pünktlich Mitternacht erschien Gökhan mit seinem Auto im Hof der Zentrale und sagte auch kein Wort, als nur Batdorj einstieg. Während Batdorj ihm den Weg wies, erklärte er in knappster Form, um was es ging.

„Wir beide haben nur Transportaufgabe. Wir fahren zu einem Treffpunkt, von dort ohne Licht und ja nicht mit aufheulendem Motor bis zu einer Stelle, an der wir warten. Dort wird uns etwas gebracht und wir bringen es zu, na, das sag' ich Ihnen dann, wenn's soweit ist. Dort vorn rechts."

„Ich hab' nicht die besten Augen in der Nacht," meinte Gökhan und bog wie angegeben ab, „ist der Teil, den wir ohne Licht fahren, einigermaßen einsichtig?"

„Nein," Batdorj schüttelte den Kopf, „und jetzt links, dann gleich wieder rechts, nein, da ist's dunkel und das ist gut so, denn wir wollen ja nicht gesehen werden. Wir werden aber von Taschenlampen eingewiesen."

„Ho ho," lächelte Gökhan, „das klingt aber eher nach Pfadfindereinsatz."

Batdorj sagte nichts.

„Oder nach Militär oder Geheimdienst," meinte Gökhan.

„Sie tun ganz einfach, was ich Ihnen anschaffe," befahl Batdorj, „jetzt langsam, und hier, ja, genau, stopp."

Er wollte das Fenster runterkurbeln, fand aber keine Kurbel.

„Elektrisch," grinste Gökhan und ließ die Scheibe herunter. Batdorj steckte den Kopf hinaus und flüsterte mit jemandem, Gökhan konnte weder etwas erkennen noch hören.

„So," wies ihn dann Batdorj an, „Fenster wieder zu und ohne Licht weiter."

Oh, verflixt, da hatte er nicht daran gedacht, er war von seinem Lada her einfach gewohnt, dass es so gut wie keine Hindernisse gab für das Auto!

„Jetzt geht's gleich ein Stück über eine Wiese," flüsterte er, „schafft das Ihr Wagen ohne stecken zu bleiben?"

„Ich hab's noch nie probiert, aber wir werden's gleich sehen."

Im Schritttempo ging es dahin, ab und zu rutschte ein Antriebsrad durch, fing sich aber wieder, denn die Wiese war trocken. Ein Stückchen weiter vorn war immer wieder das Aufleuchten einer kleinen abgeschirmten Lampe zu sehen und gab die Richtung vor.

Als eine Lampe direkt auf die Frontscheibe zeigte und sie in die Augen blendete, sagte Batdorj : „Halt ! Hier beginnt der Weg wieder, hier warten

86

wir, wenn wir unsere Ladung erhalten, dann fahren wir auf dem Weg weiter, nur noch ein paar Meter ohne Licht, dann kommt die Straße, dann Licht an und Gas geben. Klar ?"

Gökhan nickte. „Alles verstanden. Fenster aufmachen oder zulassen ?"

Batdorj ärgerte sich, dass er nicht selbst daran gedacht hatte. „Ja, aufmachen ist besser, da hören wir alles rechtzeitig."

Gökhan ließ beide Scheiben herunter und schaltete den Motor aus.

Eine Weile war alles still, kein Rascheln, kein Ruf, kein Laut. Dann zerriss das Knallen eines Schusses die Stille. Dann ein zweiter Schuss, ein dritter, ein vierter. Gökhan wollte aufspringen und riss die Tür schon auf, aber Batdoj hielt ihn am Arm.

„Da bleiben," zischte er, „was auch passiert, da bleiben ! Uns beide brauchen die nicht nicht. Meine Leute sehen auch im Dunkeln, wir beide aber nicht, wir geraten nur in die Schusslinie."

Ein heftiger Schusswechsel war zu hören, und Batdorj war klar, dass gelinde gesagt etwas schief gegangen war.

Nach einer Weile hörten sie Keuchen und eine Stimme : „Hilf uns, Söhnchen, er ist uns zu schwer !"

Batdorj stürzte aus dem Auto. Da kamen Gulnaz und noch drei Alte und zogen ein Bündel hinter sich her, nein, nicht Bündel, einen Menschen.

„Schnell, wir müssen alle weg," krächzte Gulnaz.

Batdorj fragte und überlegte nicht, er riss die hintere Wagentür auf, die vier Alten zwängten sich hinein und Batdorj half ihnen, das Menschenbündel auf die Knie zu legen. Dann hüpfte er mit einem Satz wieder auf den Beifahrersitz, warf die Tür zu und wollte „Losfahren !" schreien, aber Gökhan hatte schon Gas gegeben, bevor die Tür ganz zu war. Das Auto rumpelte über den Weg, Gökhan schaltete das Licht an und raste auf die Straße.

„Wo lang ?" fragte er kurz.

Gulnaz krächzte : „Wir müssen zu uns, schnell !"

Und Batdorj wies Gökhan den Weg zur Plattensiedlung. Bis dorthin war nur erregtes Geschnaufe zu hören, als sie vor dem Haus der Alten anhielten, fragte Batdorj : „Habt ihr ihn ?"

„Nein, Söhnchen," erwiderte Gulnaz, „nein," und seine Stimme klang nicht im Mindesten nach Kichern, „das ist Batu. Sie haben ihn erschossen."

Batdorj und Gökhan drehten sich fast gleichzeitig nach hinten um, Batdorj nicht, aber Gökhan staunte, da hatte er in seinem Auto eine Truppe Rentner, bewaffnet und mit Nachtsichtgeräten.

„Nun hat es mal einen von uns erwischt," krächzte Gulnaz, „ich hab' dir ja schon mal gesagt, Söhnchen, nicht alle kehren heil zur Basis zurück. So ist unser Job."

Es war schon so gewesen bisher, dass die Sicherheitsleute Battulgas die Rückseite des Anwesens vernachlässigt hatten, man hatte sich verlassen auf Zaun und Hecke, aber das bedeutete ja nicht, dass man nicht ab und zu Kontrollgänge durch den Garten, besonders entlang der Grundstücksgrenze, machte. Und bei einem dieser Kontrollgänge war das Loch in der

Hecke doch entdeckt worden, und man schloss aus der Tatsache, dass die Zweiglein der Hecke von außen sorgfältig wieder über das Loch gebreitet waren, dass irgendjemand hier gewesen war und sicher vorhatte, nochmals auf dem selben Weg einzudringen. Der Chef der Sicherheitsleute postierte zwei Männer dort und schärfte ihnen ein, wachsam und entschlossen zu sein. Wachsam waren sie, das mussten die alten Helden erleben, und entschlossen sein, das interpretierten die beiden Sicherheitsmänner mit sofortigem Gebrauch der Schusswaffe. Als Batu als erster hindurch kroch, wurde er sofort erschossen. Daraufhin agierten die alten Helden so, wie sie es gelernt und ihr Leben lang praktiziert hatten, der nächste hinter Batu schob sich nicht langsam und vorsichtig durch die Hecke, sondern blitzartig, und nahm die Sicherheitsleute unter Beschuss, der dritte zog Batu an den Beinen heraus und gab so dem vierten Gelegenheit, ebenfalls durch das Loch zu hechten und mitzuhelfen, die beiden Sicherheitsleute zu erschießen.

Als im Haus alle Lichter angingen und die übrigen Sicherheitsmänner mit gezogenen Pistolen im Garten ausschwärmten, waren die alten Helden gerade beim Auto und drückten sich hinein.

„Verflucht, verflucht," murmelte Batdorj, „Mensch, Gulnaz, das tut mir leid um Batu, das wollt' ich nicht."

„Söhnchen," antwortete der Alte, „das will keiner, aber Vorwürfe sind unnötig, sein Leben lang hat Batu gewusst wie jeder von uns, irgendwann einmal kann der Gegner schneller sein. Hätte es mich erwischt, dann hätte Batu jetzt dasselbe zu dir gesagt."

Dann kicherte er. „Und jetzt geht es nicht mehr nur darum, dass wir dir helfen, Söhnchen, jetzt geht es um die Ehre der Elitetruppe der Sowjetarmee. Batu hier heißt für uns Battulga dort, hi hi."

„Was machen wir denn jetzt mit der Lei.., äh, mit Batu ?" fragte Batdorj.

„Wenn ihr uns zu unserer Scheune fahrt, dann bekommt Batu dort das ihm zustehende Begräbnis," war Gulnaz's Antwort, ganz ohne Kichern.

Batdorj sah Gökhan an. Der verzog keine Miene.

„Meine Aufgabe ist heute Nacht, den Wagen zu fahren. Also sagen Sie mir, wohin, dann geht's los." Mit einem Blick nach hinten setzte er hinzu : „Wir sind zwar etwas überladen, aber wenn wir in eine Verkehrskontrolle kommen sollten, dann müssen halt Sie, Batdorj, den Strafzettel zahlen."

Gut eine halbe Stunde ging die Fahrt, Gulnaz dirigierte sie aus Chowd hinaus, am ersten und zweiten Dorf vorbei bis zu einem Waldstück, das etwas abseits von der Landstraße begann, und dort stand eine ziemlich verfallene Scheune, von der Straße her überhaupt nicht zu sehen.

„Kommt nie jemand hier vorbei," kicherte der Alte, als sie ausstiegen, „hat sich noch nie jemand an unserem Zeug zu schaffen gemacht."

Gökhan hatte die Scheinwerfer angelassen und der Leichnam wurde ins Gras gelegt. Zwei der Alten holten aus der Scheune Schaufeln, der dritte kam mit einer Rolle Stoff. Als die beiden Alten zu schaufeln beginnen wollten, nahm Gökhan dem einen die Schaufel aus der Hand.

„Lasst mich ein bisschen vorzeitigen Frühsport machen, morgen früh werd' ich ihn sowieso verschlafen." Und er grub los, dass die Erde nur so flog.

Inzwischen sah Batdorj erstaunt, dass das Tuch, in dem die anderen Alten Batu eingewickelt hatten, die Flagge der glorreichen Sowjetarmee war, die mit den mittlerweile verpönten und verhassten Sichel und Stern. Aber es kam noch dicker.

Als das Grab fertig war, wollten die Alten den Leichnam in die Grube legen, aber er war ihnen zu schwer, fast wäre er ihnen davongerutscht. Gökhan sprang hinzu, nahm das eine Ende, und Batdorj nahm ohne Aufforderung das andere, und langsam und einigermaßen würdevoll, so hoffte Batdorj wenigstens, brachten sie ihn nach unten.

Als sie sich wieder aufrichteten, standen die alten Helden von Chowd-Aimag links und rechts vom Grab stramm und salutierten, während Gulnaz eine ganz kurze Rede hielt, in der es um den Kameraden ging, der in Ausübung seiner Pflicht sein Leben gelassen hatte. Dann zogen alle Alten ihre Waffen, Gulnaz rief : „Legt an !" und danach „Feuer !" und eine dreifache Salve, bei der Batdorj jedes Mal zusammenzuckte, schoss in den Nachthimmel.

Bei der Heimfahrt wurde kein einziges Wort gesprochen. Sie setzten die Alten vor ihrem Wohnblock ab, Gulnaz sagte nur : „Ich ruf dich an, Söhnchen," und Batdorj und Gökhan fuhren weiter. Erst im Hof der Zentrale, wo Batdorj in seinen Lada umsteigen wollte, meinte Gökhan : „Jetzt ist mir klar, wer verantwortlich ist für Verbrecher, die von vorne und von hinten gleichzeitig erschossen werden. Alle Achtung vor Ihrem Väterchen, Batdorj, die Zeit der glorreichen Sowjetarmee ist zwar schon ewig vorüber, aber Ihr Väterchen und seine Mannen, alle Achtung." Dann setzte er sich kerzengerade hin, hob die rechte Hand zum Salutieren und sagte : „Ich habe heute Nacht nichts gesehen, Kommissar, ich habe nur Ihren Anweisungen zufolge für Sie dieses Auto gesteuert."

„Das ist nicht..." setzte Batdorj an und fuhr statt dessen fort : „Man könnte eher sagen, das ist meine, äh, Leibgarde. Die Leibgarde des Batdorj Khan." Gleich darauf ärgerte er sich, so etwas Blödes gesagt zu haben.

Er lag kaum im Bett, fühlte sich wie zerschlagen, da klingelte das Handy. Das alte ? Dann geh ich nicht ran, dachte er. Doch es war das neue.

„Söhnchen," es war Gulnaz, „Söhnchen, eine schlechte Nachricht. Nichts zum Freuen heute, nur Tiefschläge. Alle unsere Wanzen sind stumm. Nicht einen Pieps kann man mehr hören."

Nachdem zwei seiner Sicherheitsleute bei dem Schusswechsel an der Hecke getötet worden waren, vermutete Battulga, dass es sicher kein einfacher Einbrecher gewesen war, der hier eindringen wollte. Er ließ das gesamte Grundstück ausleuchten und absuchen, Zentimeter für Zentimeter. Gleichzeitig durchsuchte der Chef der Sicherheitsleute mit zwei Spezialisten das Haus. Draußen gab es nichts zu finden, aber im Haus fand und zerstörte man kleine Abhörmikrofone. Eine Zeit lang wütete Battulga herum, aber niemand konnte die Herkunft dieser Wanzen klären, sie arbeiteten mit Funksignalen, und wer konnte da schon sagen, wo sich der Empfänger aufhalten würde.

Mit grimmiger Miene hockte sich Battulga in sein Lieblingszimmer, verbat sich jegliche Störung und grübelte eine geschlagene Stunde nach, ob es womöglich in Chowd-Aimag jemanden geben könnte, der sich als Konkurrent aufbauen und ihn deshalb ausspionieren wollte, und dann noch viel bedeutender im Moment, was alles der oder die Unbekannten am anderen Funkende womöglich Wichtiges gehört haben konnten und verflucht noch mal, seit wann.

Stimmungsmäßig hätten sich in dieser Nacht Battulga und Batdorj also die Hand reichen können. Nur mit dem Einschlafen tat sich der Kommissar leichter. Bevor er die Augen zumachte, dachte er noch : „Hat sich was mit Rückendeckung einer Ministerin, was ich bräuchte, wär' eine gute Fee, die dafür sorgt, dass endlich mal was klappt !"

* * *

Wie heißt es oft so schön in den Nachrichten ? Kommissar Zufall bringt die Polizei auf die richtige Spur. Batdorjs Lehrer in der Polizeischule vor vielen Jahren, ein kerniger alter faltiger Mongole, der auf Biegen und Brechen immer aussprach, was ausgesprochen werden musste, hatte damals zu diesem Thema gesagt : In Wirklichkeit ist Kommissar Zufall unser tüchtigster Kollege. Wenn wir sechzig Prozent aller Kriminalfälle aufklären können, dann ist schon eine Superquote erreicht, und davon gehen wiederum sechzig Prozent auf das Konto dieses ideellen Kollegen.

Batdorj war sowieso schon zu spät gekommen, saß jetzt unausgeschlafen, müde und unlustig auf seinem wackligen Drehstuhl und starrte aus dem Fenster. Verdammt noch mal, ihm fiel nichts ein, er wusste nicht, wie's weitergehn sollte, da half diesmal keine graue Wand und gar nichts. Unten hatte ihn Solongo abgefangen, ihn von oben bis unten streng gemustert, ihm den links verbogenen Kragen wieder gerade gerichtet und dann bestimmt : „Du brauchst wieder einmal eine normale Nacht. Heute schläfst du bei mir, klar ?" Na viel Spaß, so wie er sich heute fühlte, war damit der nächste Misserfolg vorprogrammiert.

Ein kurzes Klopfen und die Tür ging auf. Der Kommissar der Ordnungspolizei steckte den Kopf herein.

„Batdorj, ich hab' hier jemanden, ich glaube, das dürfte für Sie interessant sein, was der erzählt."

Dann öffnete er die Tür ganz, schob einen jüngeren Mann, so in den Dreißigern vermutlich, herein, der sehr befangen wirkte, und sagte zu ihm : „Das ist Kommissar Batdorj, dem erzählen Sie alles noch einmal, der ist dafür zuständig."

Damit verschwand er und zog die Tür hinter sich zu.

„Guten Morgen," sagte der Mann, „mein Name ist Shadar, und, also, ich hab zwei Söhne, und die haben, ja, also, ....."

Einen Moment musste Batdorj wirklich verärgert ausgesehen haben, dessen war er sich bewusst, musste denn die Ordnungspolizei ihm was zuschieben, haben die nicht selber Leute, aber dann kam ihm, dass der Besucher ja nichts dafür konnte.

Er stand auf, zog aus der Ecke den alten Holzstuhl her, den er immer als Ablage für Mantel oder Jacke benutzte, und sagte : „Jetzt setzen Sie sich erst einmal hin, so, jetzt, also um was geht's." Und mit ein bisschen Bemühen gelang es ihm sogar zu lächeln dabei.

„Es geht um meine beiden Söhne, ja also um das, was die gesehen haben, wissen Sie, meine Frau und ich, wir stammen beide aus einer Jurte, und Nomadenblut bleibt Nomadenblut."

Hier stoppte er ab und sah Batdorj an, ob diesen das auch interessiere.

„Ah ja," sagte Batdorj, „das kenn ich, meine Frau kommt auch aus der Jurte, und meine Söhne, na, Nomadenblut merkt man, das weiß ich. Also was haben die gesehen ?"

So ein hoher Polizist, der auch Nomadenblut in der Familie hatte, das ermutigte den Besucher.

„Ja, dann wissen Sie's ja, Nomadenkinder, also still sitzen, das geht nicht, die sind dauernd unterwegs. Und weil ich in der Fabrik arbeite, wegen dem Geld, wissen Sie, also deswegen wohnen wir auch mitten in Chowd. Natürlich sind die beiden in den Schulferien draußen bei ihren Großeltern," sein Blick bekam etwas Wehmütiges, „ja, beim Herumziehen, da ist es natürlich viel schöner für die zwei, aber ich muss ja ...."

„Das kenn ich, das kenn ich," unterbrach ihn Batdorj und versuchte, freundlich zu bleiben, „aber was haben sie denn jetzt gesehen ?"

„Ja, ich muss nur sagen, weil die beiden eben nur in den Ferien draußen bei den Großeltern sind, streifen sie immer hier in Chowd durch die Stadt, am liebsten durch verlassene Häuser, so durch alte Fabriken oder leere Geschäfte von früher. Und da ist , von da, wo wir wohnen, ganz schön weit weg, also da ist ein altes Genossenschaftsgebäude, das steht wohl schon ewig leer, so mit einem großen Hof davor, und da sind die beiden durch ein Fenster hinein, ja, Sie wissen ja, Abenteuer halt."

Wieder sah er Batdorj prüfend an. Der nickte nur. Weiter !

„Und da sind die beiden von Männern vertrieben worden, die haben laut geschimpft und gedroht, dass was passiert, wenn sie sich noch mal dort blicken lassen."

Batdorj schloss kurz die Augen. Zwei Sätze geb' ich ihm noch, dann ..... !

„Und weil die beiden durch ein Fenster, so eins, was nur im Flur ist, also weil die zwei da einen Mann gesehen haben, der mit Handschellen an ein Rohr festgemacht war, hab ich Angst gekriegt, dass die Männer den Kindern wirklich was tun könnten. Und da bin ich zur Polizei."

Mit einem Schlag war Batdorj hellwach.

„Wo ist das ?" fragte er.

„Moment," antwortete sein Besucher, „nicht dass Sie denken, meine Söhne erzählen Märchen, also das kennen die schon, wie Handschellen ausschauen, das sieht man ja heutzutage im Fernsehen und so."

„Wo ?" bohrte Batdorj ungeduldig nach.

Der Mann dachte nach. „So von uns aus, da geht man so ungefähr zwanzig Minuten."

Grundgütiger Buddha ! „Wissen Sie nicht den Namen der Straße, oder ist es vielleicht ein Platz ?"

„Das kann ich nicht sagen," der Mann zuckte mit den Schultern, „lesen hab' ich erst in der Fabrik gelernt, aber alles, wenn's schwieriger ist, alles kann ich noch nicht entziffern."

„Wenn ich Sie mit dem Auto hinfahre, jetzt gleich, finden Sie dann hin ?"

„Natürlich find ich da hin," war die Antwort, aber was Anderes war scheinbar wichtiger, „kriegen meine beiden da jetzt Ärger ?"

Batdorj war schon aufgestanden und schüttelte den Kopf. „Ganz im Gegenteil, ganz im Gegenteil. Wenn wir den gefesselten Mann finden, dann ist eine Belohnung fällig, das verspreche ich Ihnen. Wie war gleich Ihr Name ?" Er machte eine Notiz auf seinem Schreibtisch, Jacke brauchte er keine anziehen, die hatte er immer noch an, riss die Tür auf und sagte : „So, dann los ! Wir gehen hinunter zu meinem Auto und fahren dorthin."

Der Mann rührte sich nicht. „Belohnung," sagte er, „ach nein, das ist nicht notwendig."

Batdorj schüttelte unwillig den Kopf. „Da reden wir später drüber. Und jetzt aber los !"

Als sie im Lada saßen, war der Mann sichtlich enttäuscht, das war ja gar kein richtiger Polizeiwagen.

„Wenn die ganze Angelegenheit vorbei ist," meinte Batdorj zu ihm, „wenn sie so vorbei ist, dass alles gut gelaufen ist, dann fahr ich Ihre ganze Familie einmal rund durch die Stadt, mit so einem weißen Auto, wo Polizei drauf steht und oben ein rotes und ein blaues Licht ist. Ist das dann richtig als Belohnung ? Aber jetzt dürfen wir nicht mit so einem dort vorbeifahren, sonst merken die dort was und alles geht daneben."

Das verstand Shadar, und auch die versprochene Art der Belohnung war genau das Richtige. Batdorj ließ sich in die Nähe des alten Genossenschaftshauses lotsen, fuhr nicht zu nahe hin und drehte wieder ab. Dann fragte er, wo Shadars Familie wohnte, setzte ihn dort ab und bestellte per Handy Gökhan und Yelda in sein Büro.


„Wir wissen also nicht," sagte er, als die beiden in seinem Büro standen, Yelda deutlich nervös, „ob die Geschichte stimmt, aber möglich ist es. Wie gehen wir vor ? Das ganze Gelände umstellen, Hof und großes Haus, das ist viel zu riskant, wir dürfen Kubilay natürlich nicht gefährden. Am besten wäre es, meine ich, wenn wir zunächst vorsichtig erkunden könnten, was machbar ist, Einstiegsmöglichkeiten und Fluchtwege, Sie wissen ja, was ich meine. Vorschläge ?"

„Ich traue mir zu, mich da ranzupirschen," bot Gökhan an.

Batdorj schüttelte den Kopf. „Nein, jemand, den Battulgas Leute schon irgendwo einmal gesehen haben, nein, das könnte alles ruinieren."

„Und ich ?" Yelda sah mit dem großen Pflaster über dem linken Auge nicht besonders einsatzbereit ein.

Batdorj winkte wiederum ab. „Sie sehen einfach zu auffällig aus, jetzt mit dem Pflaster, aber ohne auch, jeder Mann, der da drin auf Lauer liegt, schaut sicher einer schönen Frau nach, nein, uns muss was anderes einfallen."

„Und Sie sehen heute noch ziemlich müde aus," meinte Gökhan mit seinem öligen Grinsen.

„Was soll das denn," fragte Batdorj unwirsch, „machen Sie sich lustig über mich oder meinen Sie, ich selbst ...."

Gökhan stand stramm, legte die rechte Hand an die Schläfe zum Salutieren und bellte mit militärisch korrekter Stimmlage, allerdings politisch nicht ganz aktuell : „Es gibt geeignete Leute, Genosse Kommissar !"

Batdorj stutzte, aber bevor er etwas antworten konnte, fuhr Yelda Gökhan an : „Lassen Sie doch die Kindereien ! Wir haben doch jetzt keine Zeit für Blödsinn."

„Nein, er hat recht," verteidigte ihn Batdorj zu Yeldas Erstaunen, „gut, dass er mich erinnert, ich bin heute wirklich ein bisschen langsam."

Er nahm sein Handy vom Tisch, bemerkte unterm Wählen, dass es das alte war, legte es wieder hin und holte aus der Jackentasche das neue.

„Gulnaz," sagte er, als der Alte sich meldete, „ich brauche euch, und zwar ganz dringend. Was ? Ja, hier bei mir in der Polizeizentrale. Ich kann euch holen lassen. Wie ? Mit Taxi ? Ja, ist recht, dann schick ich Gökhan zum Eingang runter, das ist der, der gestern das Auto gefahren hat, der bringt euch zu mir hoch. Bis dann. Halt, Moment, warte Gulnaz, hörst du, ohne Waffen, ist das klar ? Gut, also bis nachher."

Vor langen Jahren war das Genossenschaftshaus einmal ein zentraler Punkt gewesen, an dem ein Kommen und Gehen geherrscht hatte, tagaus, tagein, manches Mal sogar an Sonn- und Feiertagen. Mit dem Zerfall des Sowjetreiches war auch die Planwirtschaft, die die Arbeit hier dirigiert hatte, zerfallen. Die aufblühende Privatwirtschaft sorgte dafür, dass selbst der hartnäckigste Kommunist im einstmals so bedeutenden Handelshaus vor leeren Regalen, vor leeren Zimmern und vor allem vor leeren Kassen stand. Und waren die ersten privaten Unternehmen und Geschäfte noch so klein, sie lernten bald, dass Werbung die Kassen eher klingeln ließ als die eintönigen grauen Mauern der staatlichen Läden, dass bunte Farbe den Kunden eher anzieht als die alten Aushänge, wer im letzten Halbjahr Held der Arbeit gewesen war. Und ebenso zog kein einziger der privaten Händler in solch einen hässlichen Betonblock. Die Folge war, dass diese Häuser zuerst nur leer standen und dann allmählich anfingen, wie das ehemalige Kommunistische Reich zu zerfallen. Kein Mensch kümmerte sich darum, kaum eine Gemeinde hatte das Geld für einen ordnungsgemäßen Abriss. Ab und zu bekamen die Häuser und Hallen Besuch von neugierigen Kindern, aber es waren eben keine verborgenen Schätze zu finden, nicht einmal irgendetwas Interessantes, sie boten sich eher an als gelegentlicher Treffpunkt für die auch hier zahlreicher werdenden Drogendealer sowie für vereinzelte arme Rentner, die gleich den Kindern darauf hofften, doch noch etwas Brauchbares herauszuholen.

Also schafften es die zwei Alten mit den bunten Strickmützen, die zunächst ganz am Rand des Hofes gesessen waren und jeder langsam ein halbes Fladenbrot gekaut hatten, nach ihrer Pause bei der zweiten Schlurfrunde durch diesen Hof in das Gebäude zu schlüpfen. Solange sie unbeobachtet waren, bewegten sie sich plötzlich rasch und erstaunlich behende, kontrollierten und sahen in jeden Winkel und in jede Ecke und durch jede noch so blinde und schmutzige Scheibe und fielen dann mit einem Schlag in ihren Rentnerschlurfgang zurück, als aus einem Raum zwei Männer kamen.

„Verschwindet von hier," befahl der eine, „und zwar auf der Stelle ! Das Haus ist einsturzgefährdet, da hat niemand was drin verloren ! Los, raus mit euch !"

Die beiden Alten schienen nicht gut zu hören, jedenfalls reagierten sie nicht sofort.

„Habt ihr nicht gehört," fuhr sie der zweite Mann an und packte den einen Alten hart am Arm, „raus hier, oder wir machen euch Beine !"

„He, lasst uns in Ruhe, wir haben nichts getan !" murmelte der eine Alte, aber sie ließen sich beide zum Ausgang schieben und trotteten dann quer über den Hof. Aus den Augenwinkeln konnten sie beobachten, dass ihnen die Männer nachsahen.

Nachdem sie um zwei Ecken gebogen waren, wurde ihr Gang schneller und nach der dritten Ecke gingen sie auf ein Auto zu, das dort gewartet hatte, und stiegen ein.

„Ging aber schnell," meinte Gökhan, der am Steuer saß.

„Schnell und effizient," antwortete der eine Alte, „wir wissen, in welchem Bereich die sich aufhalten. Außerdem gibt es nur noch zwei Zugänge, einer vorn, einer hinten, das große Tor für die Lieferwägen ist nicht nur mit alten dicken Ketten versperrt, sondern auch noch so verrostet, dass man es ohne großen Werkzeugeinsatz nicht mehr öffnen kann. Gut also für jeden Angreifer zum Einkesseln, Teil von vorn, Teil von hinten."

„Nichts gesehen von Kubilay ?" fragte Gökhan, legte den ersten Gang ein und fuhr los.

„Definitiv nein," sagte der zweite Alte, „aber ich könnte mir vorstellen, dass sie das Fenster zugestellt haben, nachdem sie neugierige Kinder wegjagen mussten."

„Und jetzt auch neugierige Alte," setzte der zweite hinzu, „eine Befreiungsaktion sollte also rasch über die Bühne gehen, bevor die womöglich einen Umzug in Erwägung ziehen."

„So schnell wie nur irgend möglich," stimmte Gökhan zu, „die Frage ist nur wie."

Das klärte aber Gulnaz rasch. Wie selbstverständlich zog er das Kommando an sich und erklärte, wie die Sache abzulaufen hatte. Yelda hatte nicht erwartet, dass sie als Neue und Ortsunkundige hier groß um ihre Meinung gefragt werden würde, aber was hier sich vor ihren Augen und Ohren abspielte, war sehr mühsam zum Begreifen.

„Bei einer Befreiungsaktion geht es stets um Zeit," dozierte der Alte, der auf Yelda nicht im Mindestens wie ein Polizist wirkte, „die zwei wichtigen Eckpunkte sind Ablenkung und Überraschungsmoment. So was machen die Deutschen gut, die benutzen fast immer Blendgranaten, aber die haben wir nicht, auch die Amerikaner können das, weil deren Personal keine wertvollen Sekunden mit Skrupeln oder Hemmungen vor dem Töten verliert, da können wir gleichziehen, aber am raffiniertesten haben das immer die Schweden gehandhabt, stets mit originellen und völlig unerwarteten Ablenkungsmanövern, und da hätt' ich was. Auch eine Nachtaktion bietet sich oft an, wenn der Feind an Ausrüstung unterlegen ist, also in unserem Falle wäre es so, denn im Gegensatz zu uns haben die sicher keine Nachtsichtgeräte, aber davon rate ich in einer Stadt ab, in der es tagsüber so laut zugeht wie hier in Chowd und nachts dann alles leise ist, monotoner Alltagslärm hat in diesem Fall seine Vorteile. Ich meine, wir machen es wie die Schweden, denn wir haben ja etwas, was wunderbar als Ablenkung eingesetzt werden kann."

Er sah Batdorj an. „Soweit alles klar, Söhnchen?"

Ach, dachte Yelda, sein Vater? Klingt wie ein alter Feldwebel, aber der wird doch nicht alte Leute .....

Batdorj nickte. „Soweit alles klar, wenn du uns auch noch verrätst, wie diese Ablenkung aussieht, die wir deiner Meinung nach haben?"

„Kommst du nicht drauf?" Gulnaz kicherte, kicherte hier zum ersten Mal. „Was hältst du von unserem Gast? Wir schlagen zwei Fliegen mit einer Klappe, wir werden ihn los, und er nützt uns sogar was als Ablenkungsmanöver, sozusagen als Einstieg in das Ganze."

„Ja, ich glaube, ich verstehe," sagte Batdorj langsam, „die erkennen ihn als einen der ihren und sind einen Augenblick oder vielleicht sogar länger abgelenkt und beschäftigen sich mit ihm, und wenn wir dann schnell sind, dann ...... Gute Idee, Gulnaz, wirklich eine sehr gute Idee. Aber hast du auch schon eine Vorstellung, wie du verhindern kannst, dass der Kerl seine Kumpane warnt, wenn sie sieht?"

„Hi hi hi," zuerst kicherte Gulnaz ausgiebig, dann erklärte er, „das ist so einfach wie sonst nur was. Wir füllen ihn vorher mit Wodka ab, verstehst du, so, dass er noch gehen kann, aber immerhin doch so viel, dass sich alles um ihn dreht. Was er dann plappert und um sich herum wahrnimmt, na das dürfte für uns ziemlich ungefährlich sein."

„Einwandfrei," nickte Batdorj anerkennend und wandte sich an Gökhan und Yelda. „Sie sind selbstverständlich mit einbezogen in die Überlegungen. Wenn Sie Vorschläge haben, dann immer raus damit."

Yelda starrte noch immer Gulnaz an, und Gökhan nickte : „Ich für meinen Teil mache gerne mit, ich denke, ich hab' ja heute Nacht schon meinen Willen gezeigt. Aber ehrlich gesagt, Sie müssen mir auch die Chance geben, alles zu verstehen." Er zuckte die Schultern. „Von welchem Gast ist die Rede ? Unser Neuankömmling hier," er wies auf Yelda, „kann ja doch wohl nicht gemeint sein, oder ?"

Jatzt wurde Batdorj doch richtig verlegen. Natürlich hatte keiner von den beiden eine Ahnung. Bloß, wie sollte er das jetzt erklären ? Er versuchte, sich mit der rechten Hand am Kopf zu kratzen, zuckte aber bei der ersten Berührung zurück und wiederholte das Manöver links, was natürlich seine Verlegenheit deutlich betonte.

„Also das," er begann schon zu reden, während er noch nachdachte, „also, äh, mit Gast meinen wir, also wie soll ich sagen," da fiel ihm die Formulierung ein, „also Gulnaz und seine Leute haben einen aus Battulgas Bande in, sagen wir mal, sicherem Griff. Der könnte vorgeschickt werden."

„Verstehe. Nach der heutigen Nacht kann ich mir durchaus vorstellen, wie das Gästezimmer aussieht." Gökhan grinste wieder so ölig. „Gehen Sie also davon aus, dass ich kapiert habe. Dann stimm ich dem Vorschlag Ihres Väterchens zu."

„Ich aber nicht im Mindesten," protestierte Yelda, „und nachdem es um Kubilay geht und nicht um irgendeinen Kriminellen, bitte ich doch sehr darum, auch so informiert zu werden, dass ich befähigt zu einer Mitarbeit bin."

Batdorj seufzte. „Das alles ist etwas schwierig und langwierig zu erklären, wie soll ich sagen ...."

Gökhan fiel ihm ins Wort. „Schauen Sie Yelda, bei mir hat es eine Nacht- und Nebelaktion gebraucht, bis ich annähernd informiert war. Lassen Sie es im Moment doch dabei bewenden, ich meine, wir haben jetzt eigentlich keine Zeit zu verlieren."

„Gut gesprochen," stimmte Gulnaz zu, „jede Minute kann wertvoll sein. Also bitte aufpassen, wir machen das folgendermaßen !"

Obwohl es ihnen streng untersagt worden war, sich irgendwie anderweitig als mit der Bewachung zu beschäftigen, hatten die drei, die Battulgas Geschäftspartner für solche Angelegenheiten ausgesucht hatte, einen kleinen tragbaren Fernseher auf einen Klapptisch gestellt und sich die Zeit damit ein wenig vertrieben. Die Anweisung Battulgas, auf jeglichen Konsum von Wodka zu verzichten, hatte der Geschäftspartner gar nicht erst weitergegeben, da er aus Erfahrung wusste, dass bei seinen Männern zu solchem Thema jedes Wort sinnlos war. Abwechselnd lugte immer wieder einer aus den vier Fenstern, die zum großen Hof zeigten, aber was sollte hier schon groß geschehen. Kinder und alte Männer aus der Riege der Lumpensammler waren doch kein Anzeichen von Gefahr oder einer Bedrohung.

Um derartige Eindringlinge zu vertreiben, dafür brauchte man ja nicht einmal die Pistole aus der Tasche zu ziehen. Und der Gefangene, was sollte der schon groß unternehmen, der war mit ein Paar Handschellen an ein Heizungsrohr in einem kleinen Nebenraum mit nur einem Fenster zum Flur angekettet, und die Heizungsrohre aus der Erbauerzeit waren keine feinen, dünnen Röhrchen, wie man sie heute kaufen konnte, das waren solide, dicke Eisenrohre, die sich nicht einen Millimeter rührten, so fest man auch daran rüttelte. Ganz am Anfang hatte er zweimal eins aufs Maul bekommen, weil er nicht aufgehört hatte, sie ganz wirre zu machen mit seinem Gerede, er könne ihnen Strafmilderung verschaffen, wenn sie ihm frei ließen oder mit ihm zusammenarbeiteten. Waren sie denn blöd ? Was war das überhaupt für eine seltsame Figur, benahm sich wie ein Bulle, aber sein Ausweis besagte, dass er Beamter aus einem Büro war, also keiner, bei dem man auf Lösegeld hoffen konnte. Na, das war ja nicht ihr Problem, solange sie anständig bezahlt wurden, hätte er auch ein chinesischer Mandarin sein können.

Temudschin, der Anführer der drei Bewacher, grunzte laut und freute sich wie die beiden anderen über das Fernsehprogramm, ein Trickfilm, der offensichtlich in Japan gezeichnet worden war. Er schob seinen Becher mit einem nochmaligen Grunzen zu seinem Nachbarn, da der gerade die Wodkaflasche in der Hand hielt, grunzte ein drittes Mal, weil ihm die eingeschenkte Menge zu wenig war, und fuhr dann auf. Draußen im Flur war ein Poltern zu hören.

Wie bei den Kindern und bei den Alten stellte der eine sofort das Fernsehgerät aus und Temudschin lugte aus dem Fenster.

„Ein besoffenes Schwein," sagte er zu den andern beim Anblick des im Flur Herumtorkelnden, „ich geh' raus, hau ihm eins über den Schädel und schmeiß ihn auf die Straße."

Doch schon eine Minute später sahen die beiden anderen erstaunt, wie Temudschin wieder herein kam und den Besoffenen hinter sich her zog.

„Es ist Munkhbat," keuchte er und schob den Mann zu einem der Feldbetten, die an der Wand standen.

Sie staunten alle. Munkhbat ? Seit der Geschichte nachts, als sie die zwei Polizisten in eine Falle gelockt und den einen Polizisten erschossen hatten, während der andere von plötzlicher Hilfe gerettet worden war, seit dieser Nacht war er doch spurlos verschwunden gewesen.

„Spinn' ich," Temudschin schüttelte den Kopf, „wo hat sich denn das versoffene Schwein rumgetrieben ? Und was macht er ausgerechnet hier ?"

Sie umstanden alle drei den so unerwartet aufgetauchten und vor sich hin babbelnden Munkhbat und redeten heftig auf ihn ein, dass sie gar nicht auf den Gedanken kamen, ihre Waffen zu ziehen, sondern automatisch nur die Köpfe einzogen, als auf zwei Seiten die riesengroßen Fenster mit einem lauten Krachen aus der Verankerung flogen und jede Menge Glassplitter über sie hereinregnete.

Auf der einen Seite sprangen Sergej und Gökhan in den Raum, auf der anderen Seite stiegen Batdorj und Yelda durch den zerfetzten Rahmen und nach ihnen auf beiden Seiten jeweils noch der Polizist, der die Ramme bedient hatte.

Als noch Leben und Geschäftigkeit geherrscht hatte in diesem Haus vor vielen, vielen Jahren, da war dies das üppig angelegte Zimmer des hohen Genossen Direktors gewesen, bewusst mit Fenstern nach fast allen Richtungen, um die niederen Genossen Werktätigen gut im Blick und stets unter Kontrolle zu haben.

In wenigen Augenblicken waren die drei entwaffnet und gefesselt. Die Tür zum kleinen Nebenraum ließ sich ohne weiteres öffnen, denn den dreien war es viel zu mühsam und umständlich gewesen, sie jedes Mal auf- und zuzusperren. Auf einem uralten Feldbett saß ein unrasierter Kubilay in recht unbequemer Stellung, unbequem, weil der rechte Arm mit Handschellen angekettet an einem dicken Rohr hing, und der Gefangene sah aus dem eben genannten Hygienemangel etliche Jahre älter aus und machte ein überraschtes Gesicht.

Als das Wort des mächtigen Genossen Direktor, eines treuen und in der Hierarchie bereits weit aufgestiegenen Aktiven der alleinregierenden Kommunistischen Partei, hier alles galt vor vielen, vielen Jahren, da waren am Fenster zum Flur noch schwere, dicke Vorhänge, die stets zugezogen wurden, wenn der wichtige Genosse hier etwas zu bereden gehabt hatte mit einer Arbeiterin, die nicht gekündigt werden wollte, oder mit einem jungen Mädchen, das gerne einen Arbeitsplatz haben wollte in dem Genossenschaftshaus. Selbstverständlich stand damals nicht ein altes Feldbett hier herinnen, sondern etwas wesentlich Bequemeres.

„Wo bleiben Sie denn, Batdorj," rief Kubilay fröhlich, nachdem er sich gefangen hatte, „ich müsste dringend mal in ein vernünftiges Bad, und außerdem hab ich einen Hunger wie ein Wolf, der seit Tagen hinter der Schafherde herrennt."

„An mir lag's nicht," Batdorj zuckte überbetont die Schulter, „ich bin pünktlich im Restaurant an userm Tisch gesessen, aber wer nicht kam, waren Sie." Dann wies er mit der Hand zur Tür. „Ach," meinte er, „dafür hab' ich Ihnen jemanden mitgebracht."

Jetzt war Kubilay mehr als überrascht. „Yelda," rief er, „was machst du denn hier ? Jetzt sag bloß, du kommst extra wegen mir hier runter."

Yelda warf sich ihm an den Hals und drückte ihm links und rechts einen Kuss auf die Bartstoppeln. „Meinst du, ich hätte in Ulan Bator ruhig sitzen bleiben können ? Außerdem hab' ich mit dir was zu besprechen. Ich dachte, du bist allein hier unten." Und mit einem Seitenblick sah sie zu Gökhan, der jetzt ebenso wie Sergej in den Raum gekommen war.

„Ah, ja," meinte Kubilay verstehend, „das kann ich mir denken, dass dir das Kopfzerbrechen macht. Macht mir mal einer die Handschellen auf ?"

\* \* \*

98

Kommissar Zufall ? Der Zufall wäre nur auf Seiten der Rechtshüter ? Sagen wir mal lieber, er ist ein unzuverlässiger Geselle. Zwar hatte Batdorj Sergej mit den beiden restlichen Polizisten für heute Nachmittag in dem alten Genossenschaftshaus gelassen, um sonstige Beteiligte, die sich hier blicken lassen würden, in Empfang zu nehmen, aber der der Zufall wollte es, dass die drei Bewacher eben zur Mittagszeit Besuch bekommen hätten, nämlich von einem Kumpel, der ihnen bei einem in der ganzen Welt zu findenden Schnellrestaurant sogenanntes Fast Food - auch in der Mongolei kennt man mittlerweile diesen Ausdruck - also Essen und Trinken besorgt hatte und um ein Haar auch geliefert hätte. Er fuhr mit seinem Motorrad gerade um die Kurve, als er sah, dass seine Kollegen in zwei Autos verfrachtet wurden, und das konnte ja nur eines bedeuten.

Da er nicht ganz unterbelichtet in der Birne und diese durch den Helm auch nicht zu sehen war, fuhr er ohne mordsmäßig Gas zu geben und ohne aufzufallen vorbei und drehte den Abzug erst durch, als er ein gutes Stück weg war.

Und so erfuhr Battulga zur gleichen Zeit von der Befreiung Kubilays, haargenau in der Minute, in dem sich Batdorj, Kubilay, Yelda und Gökhan im Restaurant an den Tisch setzten. Und da er sich in seiner Wut sicher war, dass die Polizei von diesem Gefangenenversteck nur gewusst haben konnte durch die inzwischen zerstörten Wanzen, glaubte er infolge dessen auch, dass auf welche Weise auch immer dieser Kommissar sie hatte in seinem Haus anbringen lassen.

Seine Wut wurde noch größer, als ihn der Anwalt, den er sofort herbei telefoniert hatte, darauf hinwies, dass seiner Meinung nach die Zerstörung und Entsorgung der Wanzen wohl ein Fehler gewesen war, denn wie sollte man jetzt irgendetwas nachweisen. Ja gewiss, das Abhören war ungesetzlich und mehr als eine Frechheit, aber jetzt hatte man ja nichts mehr in der Hand. Bliebe allerdings die Frage, meinte der Anwalt nachdenklich, wer auf welche Weise in dieses Haus hatte kommen können zum Anbringen von Abhörmikrofonen. Sind die Sicherheitsleute zu lasch ? Ja, das konnte Battulga, der an das Loch in der Hecke und die zwei erschossenen Männer dachte, durchaus bejahen. Da muss sich dann etwas ändern, war die klare Meinung des Anwaltes. Oder, und damit versetzte er seinem Arbeitgeber einen Stich ins Herz wie mit einem spitzen Degen, oder aber in der Mannschaft war eine Person, die der Polizei zuarbeitete, vielleicht jemand, der für Geld zum Verräter geworden war, ob sich Battulga guaj so etwas vorstellen könne ?

Und das konnte Herr Battulga sehr wohl, denn wer selber besticht, der bezieht eine solche Möglichkeit nur allzu gern und rasch mit ein. Und also wurde Herr Battulga recht unsicher und misstraute fortan jedem, der in seiner Nähe war. Und Misstrauen hat meist die unangenehme Eigenschaft, unsicher zu machen.

* * *

99

Während der Mahlzeit ließen die anderen drei Kubilay in Ruhe, obwohl sie alle recht ungeduldig waren, zumal sie über eine halbe Stunde warten hatten müssen, bis er frisch geduscht und rasiert aus seinem Zimmer gekommen war. Es war jedoch nicht viel, was er berichten konnte.

„Das, was ich Ihnen sagen kann, ist eigentlich gar nichts wert," begann er, „ich habe mich im Park umgeschaut und bin ein bisschen herumgeschlendert, nichts Besonderes eben, und ich hab' auch nichts Erwähnenswertes gesehen. Plötzlich waren zwei Männer neben mir, der eine muss mich geschubst und der andere ein Bein gestellt haben, und im nächsten Moment hatte ich zwei Pistolen in der Seite. Die zogen mich hoch und brachten mich zu einem Auto und ab gings. Ich weiß nicht einmal," sagte er mit entschuldigendem Blick, „was für eins. Ich hab' einfach nichts übrig für diese Karren und deswegen null Ahnung."

Mit seinen Entführern war er auch nicht ins Gespräch gekommen und konnte damit nicht die geringste auswertbare Information bieten.

„Was soll's," meinte Batdorj und hob wie zum Anprosten sein Glas Cola, „Sie sind gesund wieder da, das ist eh wichtiger als alles andere."

„In Wirklichkeit wären Sie froh gewesen, wenn schon mal einer der ungeliebten Hauptstadt-Kollegen weg gewesen wäre, geben Sie's nur zu," grinste Kubilay.

„Hätte mir ja gar nichts genutzt," protestierte Batdorj und zeigte mit der Hand auf Yelda, „es kommt doch immer wieder einer, Entschuldigung, eine nach von Ihrer Sorte."

„Zumindest die Schönheit in dieser Runde hätte sich schlagartig verbessert." Kubilay sah Yelda und Gökhan an. „Hat schon einer von euch Ojuncaral Bescheid gegeben ?"

Yelda nickte. „Sie hat nur geantwortet, dass ich mit dieser Meldung automatisch wieder in Urlaub bin."

„Den du, wie ich dich kenne, garantiert hier in Chowd verbringen wirst."

„Davon kannst du ausgehen, mir scheint, du kannst ein bisschen Bewachung ganz gut brauchen."

„So, genug geplaudert," Batdorj kam zum Thema, „wie soll's denn jetzt weitergehen ?" Er sah Gökhan an. „Wann startet die nächste Aktion ?"

„Ich erkundige mich heute Nachmittag," versprach dieser, „wir dürfen ja auf gar keinen Fall locker lassen."

Erkundige mich heute Nachmittag ! Batdorj musste sich innerlich eingestehen, dass er mittlerweile mit dieser unästhetischen Visage zwar ganz gern zusammenarbeitete, aber ihn wurmte nach wie vor, dass er sich nicht im Mindesten vorstellen konnte, wo hier in Chowd-Aimag der Kerl Beziehungen haben konnte. Und sein Ärger wuchs noch, als ihn Gökhan gleich darauf auf etwas brachte, an das er selbst nicht gedacht hatte,

„Sagen Sie mal, Batdorj, was wird denn, wenn Ihr Väterchen in Punkto Battulga Ernst macht ? So wie ich ihn und seine Mannen erlebt habe, kann ich mir das durchaus vorstellen."

„Um was gehts ?" erkundigte sich Kubilay sofort interessiert, noch bevor Batdorj eine Antwort eingefallen war.

Gökhan sah Batdorj an, offensichtlich wollte er ihm hier den Vortritt lassen. Wie er das hasste, in Zugzwang zu sein bei Erklärungen. Batdorj überlegte hin und her, verflucht noch mal, ihm fiel nichts ein. Und ausgerechnet der, der ihn in diese Lage gebracht hatte, bot ihm die Möglichkeit, zu entrinnen.

„Wenn ich das sagen darf," meinte Gökhan, „unser gemeinsames Ziel rechtfertigt auch den Einsatz unkonventioneller Mittel, soweit wir uns," sein öliges Grinsen, „soweit wir uns überhaupt gegenüber irgendjemandem rechtfertigen müssen. Ich schlage vor, dass wir Väterchen in unseren Kreis mit einbeziehen, zum einen, entschuldigen Sie, Batdorj, aber zum einen schließen wir durch gemeinsame Strategie eventuelle Alleingänge und daraus resultierende Fehler aus, und zum andern können wir von Unterstützung, von zuverlässiger Unterstützung, nur profitieren."

Batdorj starrte ihn an. Die anderen drei sahen ihn an, Gökhan mit seinem unangenehmen Gegrinse, und die beiden andern, das konnte er deutlich erkennen, mit Unverständnis und, um es mit den Worten dieses Gescheitmeiers zu formulieren, mit daraus resultierender Begierde nach Aufklärung. Aber, na ja, ehrlich gesagt, auf der anderen Seite war das irgendwie doch ein Weg, bot sich hier nicht vielleicht die Möglichkeit, die Geschichte mit den alten Helden ohne großes Aufsehen und vor allem ohne Ärger für ihn in die rechten Geleise zu schieben ?

„Ja, gut, wär zu überlegen," antwortete er vorerst ziemlich lahm, ärgerte sich gleich darauf wieder über diese banale Aussage und setzte hinzu, „doch, halte ich für richtig."

„Viel Informationsvorsprung vor Yelda hab' ich vermutlich nicht," merkte hier Kubilay an, „Väterchen ist wohl der, der zu Ihnen Söhnchen sagt, Batdorj, und ist, Moment, der kann ja nicht mehr aktiv sein, also der war Militär. Und was hat der mit Battulga zu tun ?"

Gökhan war wieder schneller als Batdorj. „Der könnte uns Battulga aus dem Weg räumen," sagte er mit seinem widerlichen Gegrinse, „und zwar effektiv und endgültig. Falls wir es wünschen, sogar mit anschließendem Staatsbegräbnis." Er kicherte wie Gulnaz, und Batdorj war sich nicht ganz sicher, ob er den Alten nachmachte oder ob es wirklich aus seinem Inneren kam. „Staatsbegräbnis allerdings mit einer heute nicht mehr ganz aktuellen Flagge, hi hi."

Jetzt konnte Batdorj nicht mehr anders. So wie ihn Kubilay und Yelda nun anglotzten, konnte er nicht mehr anders. Er hatte schon die rechte Hand gehoben, aber gerade noch rechtzeitig fiel ihm die richtige, die linke Seite ein, er kratzte sich am Kopf und seufzte laut : „Meinetwegen, ich erklär Ihnen die ganze Geschichte."

Muss ja nicht wirklich alles sein, zumindest kann man weglassen, wie man sich kennen gelernt hat. Ach, und das mit Väterchen, da lassen wir's auch dabei, da brauchts dann den Anfang sowieso nicht, und wer weiß, für was das gut ist.

Als Batdorj mit Erzählen fertig gewesen war, hatte sich Kubilay auf sein Zimmer zurückgezogen, nachdem im Moment sowieso nichts los war, wollte er sich zwei Stunden Ruhe genehmigen, und Yelda wollte in seiner Nähe bleiben.

Gökhan hatte sich auf den Weg zu seinen Erkundigungen gemacht und Batdorj war zu Gulnaz gefahren, hatte ihm die Lage erklärt und ihn anschließend gleich in seinem Auto mitgenommen, denn für den Spätnachmittag war das nächste Treffen ausgemacht, Ort war Batdorjs Büro, in das er von einem jungen Polizisten genügend Stühle hatte bringen lassen.

Sie waren alle etwas früher da als ausgemacht , und Gökhan berichtete bedauernd, dass er über seine Beziehungen nichts in Erfahrung hatte bringen können, Battulga war zur Zeit sehr vorsichtig und nicht besonders redefreudig.

„Wenn wir nichts anderes haben," war daraufhin Kubilays Vorschlag, „wie steht's dann mit der alten Polizei-Strategie schikanieren ?"

„Das klingt gut," kicherte sofort der Alte, „schikanieren hört sich in meinen Ohren gut an, wenn ich an Battulga denke. Wie geht das ?"

Na, die uralte Taktik halt, wenn man keine Beweise und nichts zum Festnageln hat, die meist sogar neben der normalen Polizei-Alltagsarbeit herlaufen kann, rein zufällig Verkehrskontrolle, die sich aus unerfindlichem Grund zeitlich etwas ausdehnt, öfteres Nachfragen wegen ungeklärter Einbrüche in diesem Stadtviertel, ach oh, da haben Sie gar nichts mitbekommen, wir dachten, Ihnen wäre vielleicht etwas aufgefallen, na dann entschuldigen Sie die Störung, und was einem Polizeibeamten halt so verschiedenes Fieses einfallen kann.

Batdorj war nicht so angetan davon, auch Gökhan schaute irgendwie skeptisch, und Gulnaz gab auf diese Erklärung hin klipp und klar zu verstehen, dass er sich unter schikanieren schon etwas anderes vorgestellt hatte.

Und dann saßen sie alle wie belämmert auf den unbequemen Holzstühlen und keiner wusste weiter. Es war so ruhig geworden, dass sie  fast erschraken, als in die Stille hinein die Tür aufgerissen wurde und Sergej hereingestürmt kam.

„Chef," keuchte er atemlos, „Chef, ich hab' was. Ich hab' was, wo wir Battulga was anhängen können."

In den letzten Jahren machte eine politische Gruppierung, die sich ‚Nationale Mongolische Demokraten' nannte, immer wieder von sich reden. Sie agierte auf der billigsten und verwerflichsten  Schiene, die es in der Politik weltweit gibt, nämlich das Ausnutzen von Angst und das Schüren von Fremdenfeindlichkeit und Hass : Sowohl Westen als auch Osten, sprich Amerikaner, Europäer und Chinesen, würden das Land nur ausbeuten wollen, nähmen den Mongolen Arbeit, Bodenschätze und Freiheit weg und die sonstigen Parteien der Mongolei wären alle Verräter, Verräter  am Volk und an der gesamten Nation. Selbstverständlich waren die ‚Nationalen Mongolischen Demokraten' in jeder ihrer Druckschriften gegen Gewalt, doch ihre Fahnen- und sonstigen Aufmärsche, die die Polizei jede Menge Personal und Zeit und den Steuerzahler Unsummen an Geld kosteten, endeten nur allzu oft in Prügeleien, Sachbeschädigung und eben Erzeugung von Angst.

Die Mitgliederzahl dieser militanten Gruppe hielt sich in Grenzen, und also fragte sich mancher normal denkende und politisch interessierte Bürger, woher wohl die Finanzierung solch einer zerstörerischen Vereinigung kommen mochte.

Ein guter Freund von Sergej, der bei der Chowder Finanzbehörde arbeitete, hatte ihm nun Kopien von verschiedenen Seiten der Abrechnung der Organisation gegeben, auf der als Einkünfte einige Spenden in beträchtlicher Höhe verzeichnet waren, dazu Kopien von der Steuerabrechnung Battulgas, in denen die exakt gleichen Summen erschienen, hier aber ausgewiesen als Einkäufe bei fliegenden Händlern, also adressenmäßig nicht nachprüfbar. Spenden und Einkäufe stimmten aber jedesmal mit dem Datum überein.

„Also das nenn' ich einen Glücksfall," meinte Batdorj bei der Durchsicht begeistert, „damit zerren wir ihn das erste Mal in seinem Leben vor den Richter."

„Wenn auch nicht allzu viel dabei rauskommen wird," bremste Kubilay, „so wird es auf alle Fälle dafür reichen, dass er einigermaßen beschädigt ist in seinem Ruf. Aber wir sollten jetzt nichts überstürzen, erst müssen wir nachprüfen, was nachzuprüfen geht."

Batdorj stimmte widerwillig zu. „Ist richtig, wir müssen uns ja nicht unbedingt noch eine Blamage einhandeln."

„Die aber ja wohl wieder auf mich gehen würde," merkte Kubilay an, „egal was passiert, Ihnen kann ja doch keiner was."

Batdorj wandte sich an Sergej. „Sergej, Sie prüfen mal bei allen Leuten, Händlern und so weiter, alle, die in Frage kommen, nach, ob man nicht vielleicht ein paar der fliegenden Händler erwischen kann."

Sergej nickte.

„Wenn es geht," warf Gökhan ein, „dann bräuchte ich heute noch ein, zwei Stunden, an meinem Wagen müsste was repariert werden, ich will nichts riskieren, dass ich da irgendwo mal liegen bleibe."

„Soll ich Ihnen eine gute Werkstatt zeigen?" bot Sergej an.

Gökhan winkte ab. „Hab ich schon. Hab' schon eine gesehen, da draußen Richtung Flughafen ist eine Vertragswerkstatt, das ist mir am liebsten, die haben fast immer die richtigen Teile auf Lager."

„Und ich," sagte Kubilay und verbesserte sich sofort, „also Yelda und ich, wir setzen uns mal mit Ulan Bator in Verbindung, wer weiß, vielleicht gibt's was Interessantes über diese Nationalen, das wir brauchen können."

Batdorj nickte. „Und ich bleibe hier an meinen Schreibtisch und entwerfe den Schlachtplan. Dieses Mal kann ich mir nicht vorstellen, dass Battulga Wind davon bekommt, wenn jeder von uns, und davon gehe ich aus, wenn jeder von uns seinen Mund hält. Ach ja, und du, Gulnaz?"

Der Alte kicherte. „Nach dem albernen Schikanier-Vorschlag hätt' ich mir fast schon überlegt, wie wir den Battulga auf althergebrachte Weise ausschalten, hi hi, also ich würd' sagen, meine Leute streunen wie gehabt in Battulgas Viertel herum und ich setz' mich in unserem Hauptquartier ans andere Ende vom Funk und notier' wieder alles auf."

„Dann könnten wir uns eigentlich heute Abend alle wieder im Restaurant treffen und uns kurz besprechen," schlug Kubilay vor.

„Nicht gut," lehnte Gökhan ab, „da ist, finde ich, die Gefahr zu groß, dass jemand Fremdes etwas mitkriegt."

„Ich bin auch dagegen," fügte Batdorj hinzu, „zum einen soll uns niemand mit Gulnaz zusammen in der Öffentlichkeit sehen, und zum andern hab' ich heute schon was vor. Was ziemlich Wichtiges." Alles in allem war es ja heute trotz der miesen Stimmung morgens ein erfolgreicher Tag gewesen, da fühlte sich Batdorj nun doch um einiges wohler, und er war sich ziemlich sicher, dass seine Stimmung gut genug war, um den Abend erfolgreich zu überstehen.

Kubilay nickte. „Na dann, treffen wir uns morgen in der Früh hier in Batdorjs Büro wieder."

Am nächsten Morgen kam Batdorj zwar als letzter in sein Büro, dafür war aber seine Laune weit besser als die der anderen vier. Gökhan schien etwas nervös zu sein, und Yelda und Kubilay hatten nichts, aber auch überhaupt nichts in Erfahrung gebracht, was von Nutzen gewesen wäre für die heutige Aktion. Dass Sergej ebenfalls nichts herausgebracht hatte über die herumwandernden Händler, war abzusehen gewesen, nicht umsonst stammten die meist aus Nomadenfamilien und waren eben nirgends registriert, ansprech- und festnagelbar waren sie immer nur, wenn sie sich vor Ort aufhielten.

„Alles nicht weiter tragisch," urteilte Batdorj optimistisch, „es reicht uns doch, was wir an Hand der Kopien Battulga vorwerfen können."

Er erklärte den anderen, wie er plane vorzugehen.

„Sind eigentlich wir fünf schon fast zu viel, aber wer weiß, was kommt, vielleicht muss jemand in Schach gehalten werden oder sonst was, aber außer uns kommt niemand mit. Je weniger Leute dabei sind, desto geringer die Gefahr, dass Battulga gewarnt wird. Sagen Sie, Kubilay, bin ich jetzt offiziell davon informiert, dass Yelda nur im Urlaub hier ist, oder ist sie Angehörige Ihrer, im Endeffekt also unsrer Truppe?"

„Die heilige Bürokratie," Kubilay lächelte, „seien Sie nur unbesorgt, Sie wissen nichts anderes, als dass Yelda zum Büro gehört."

„Dann ist alles klar. Gibt's noch Fragen, Anregungen, Hinweise? Nein? Jeder bewaffnet? Gut, dann rücken wir aus. Wir fahren mit zwei Autos, Kubilay, Sie und Yelda bei Gökhan, ich mit Sergej in meinem Wagen. Und los geht's!"

Am Tor das altbekannte Spiel. Keiner der Leute Battulgas zu sehen, auf's erste Klingeln keinerlei Reaktion, erneutes, hartnäckiges Klingeln und so weiter. Schließlich kam ein Mann dahergeschlurft, langsam und bedächtig, rüttelte am Tor, schlug sich dann sichtbar mit der Hand an die Stirn, ach herrjeh, Schlüssel vergessen, schlurfte wieder davon, dann zehn Minuten nichts, Sergej nahm inzwischen den Daumen nicht von der Klingel runter, und dann kam der Mann wieder im selben Schneckentempo und sperrte das Tor gemächlich auf.

An der Haustür wie gehabt. Rechtsanwalt Dschamts ließ sich alle Ausweise zeigen, zog bei dem von Yelda die Stirn kraus, ließ ihn aber dann doch großzügig gelten und wies Batdorj darauf hin, dass sein Mandant zwar anwesend sei, auf seinen Rat hin aber jede Aussage verweigere, man müsse alles mit ihm als Battulgas Anwalt sprechen.

„Das kann er halten wie er will," sagte Batdorj ungerührt, „wenn sich unser Verdacht bestätigt, dann wird er vor dem Richter den Mund schon auf machen müssen."

„Verdacht?" fragte Dschamts langgezogen. „Verdacht? Ich weise Sie darauf hin, Herr Kommissar, dass wir Ihre ständigen Unterstellungen nicht weiter hinnehmen werden. Was haben Sie denn diesmal?"

Batdorj zeigte ihm wortlos zwei der Kopien und wies mit dem Finger auf die jeweils gleichlautenden Beträge. Mit Vergnügen beobachtete er, dass der Anwalt offensichtlich erschrak.

„Das ist was Geschäftliches," meinte der Anwalt nach einer kleinen Denkpause, „das ändert die Geschichte. Da kann ich nichts dazu sagen, das muss Herr Battulga doch selbst machen."

Er machte einen Schritt beiseite und ließ die fünf in die Vorhalle, verschwand in einem Nebenzimmer, kam wieder heraus und wies mit der Hand in das Zimmer. Dort saß Battulga mit drei nicht sonderlich gepflegt ausehenden Männern, stand nicht auf, sagte auch nichts zur Begrüßung, sondern ließ, als alle im Zimmer standen, mit saurer Miene hören: „Was haben Sie? Sie schnüffeln in meinen Geschäftsunterlagen herum, sagt Dschamts?"

In diesem Moment klingelte Batdorjs Handy, das neue.

Kubilay nahm ihm die Kopien aus der Hand, ging zum Tisch und sagte mit völlig neutraler, ruhiger Stimme: „Es wäre sehr freundlich, wenn Sie uns dies hier erklären könnten. Wie kann es sein, dass die Beträge haargenau übereinstimmen? Nachdem das Datum jedes Mal identisch ist, liegt für uns der Verdacht nahe, dass es sich hier um ungesetzliche Zahlungen handelt."

Inzwischen war Batdorj die paar Schritte bis zur Tür gegangen und meldete sich am Handy. Und nun hörte er zwei Sachen gleichzeitig.

Er hörte mit dem linken Ohr, wie Gulnaz hastig sagte: „Söhnchen, Vorsicht, du hast einen Verräter neben dir, ich erklär dir's später, woher ich das weiß, aber pass auf! Es ist dieser Gökhan!"

Und er hörte mit dem rechten Ohr, wie Battulga mit dickem Unterton der Schadenfreude hässlich lachte. „Sie halten mich wohl für einen Dummkopf, Kubilay? Das trifft sich aber sehr gut, dass ich gerade heute Besuch von den drei Händlern habe, die mir damals was verkauft haben. Hier, schauen Sie nur, hier liegen die drei Kassenbücher von ihnen, und jetzt vergleichen Sie doch bitte, entsprechen die Summen den Zahlungen ? Ja ? Dann sind Sie alle also heute wieder grundlos hier, nur um mich zu belästigen ?"

Batdorj stand wie vom Blitz getroffen starr da und musste in seinem Kopf das Gehörte erst einmal einordnen.

Yelda hatte eines der Kassenbücher genommen und darin geblättert.

„Dieses Kassenbuch," meinte sie, „da sieht alles so neu aus, alles immer mit dem gleichen Stift geschrieben, das ist wohl vor unserem Besuch erst hergerichtet worden ?"

„Sie können mich mal, junge Frau," war Battulgas eisige Antwort, „Sie können mich mal kreuzweise. Können Sie diese Unterstellung beweisen ?"

Er stand mit einem Ruck auf und zeigte auf die Tür.

„Verlassen Sie sofort ....."

Weiter kam er nicht, denn die Verarbeitung des Gehörten war inzwischen bei Batdorj abgeschlossen und rief einen Wutanfall besonderer Güte hervor. Gökhan ! Dieser ölige Schleimer ! Jetzt ließ Battulga sie erneut auflaufen, und warum ? Wegen diesem Verräter ! Batdorj vergaß seine Hausnummer. Alles, was bisher schief gegangen war wegen solcher Verräterei, brach aus ihm heraus.

„Sergej," schrie er und packte den Widerling an der Jacke, „Sergej, leg das Schwein in Handschellen ! Das ist Battulgas Informant !"

„Chef," erwiderte Sergej erschrocken mit einem Seitenblick auf Battulga, „Chef, der Kollege ?"

„Batdorj, nicht !" raunte Kubilay, der herangegangen war, ihm leise zu.

Doch der kannte sich nicht mehr.

„Handschellen, Sergej," befahl er mit fast überschlagender Stimme, „Handschellen und abführen !"

Sergej sah ratlos Kubilay an, doch der nickte jetzt, lieber raus hier als Battulga ein Theaterstück zu liefern.

Und so verließen sie Battulgas Heim, Gökhan, der gar nichts sagte, in Handschellen, und fuhren zur Zentrale zurück, der Gefesselte mit Sergej und Batdorj im Lada, den Japaner musste Yelda lenken.

In seinem Büro war Batdorjs Wut noch nicht im Mindesten verraucht. Er stieß Gökhan auf einen der Stühle.

„Verräter ! Korrumpiertes Schwein !" zischte er den teilnahmslos vor sich Hinschauenden an. „Du wirst bezahlen für alles, für Jamar und für alle sonstigen Schweinereien, die du für Geld ausgeplaudert hast ! Du bist die längste Zeit Polizist gewesen, dafür sorge ich !"

„Chef," sagte begütigend Sergej, „das mit Jamar, da kann der aber nichts dafür, das war doch bevor der hier war."

„Er ist kein Polizist," Kubilays Stimme klang sehr ernst.

„Hab' ich doch gesagt," Batdorj ließ sich nicht beirren, „ich sorge dafür, dass der keine Minute länger Polizist ist."

Kubilay seufzte laut. „Batdorj, wenn Sie sich endlich mal beruhigen, dann kann ich Ihnen alles erklären. Es wird uns zwar nicht mehr helfen, denn Sie haben jetzt alles kaputt gemacht, aber, na ja, was soll's jetzt noch."

„Was hab' ich kaputt gemacht ?" Batdorj starrte Kubilay an.

„Setzen wir uns nicht erst einmal alle hin ?" Yelda zog sich selbst als erste demonstrativ einen Stuhl her. „Wir kommen nicht weiter, wenn wir uns anschreien, bitte, Kubilay, erklär uns, was du meinst."

„Jetzt ist alles hin," wiederholte dieser und schüttelte den Kopf, „Batdorj, dass Sie Gökhan ausgerechnet vor Battulga haben auffliegen lassen, das hat alles kaputt gemacht." Er stützte den Kopf in beide Hände. „Und rausschmeißen kann ihn keiner, denn er ist kein Polizist."

Kubilay sah wieder hoch. „Sergej, nehmen Sie ihm die Handschellen ab. Und Sie, Gökhan, erklären Sie selbst. Mir ist jetzt irgendwie die Lust am Reden vergangen."

Kurz wollte wieder Wut aufflammen in Batdorj, aber er schaffte es diesmal, sich zu beherrschen und blieb ruhig.

„Also," begann Gökhan, „ich kann mir nur vorstellen, dass Sie, Batdorj, bei diesem Anruf erfahren haben, dass ich ein Verräter sein soll, und dann ist Ihre Wut natürlich nur zu verständlich. Dumm ist nur, dass es genau vor Battulgas Augen und Ohren geschah, aber das kann man jetzt nicht mehr ändern. Ich bin, wie Kubilay gesagt hat, kein Polizist. Ich gehöre dem Inland-Geheimdienst an und bin für diese Aktion dem Büro unterstellt worden. Denn wir vom Geheimdienst können etwas, was die Polizei nicht kann, wir haben Battulgas Telefon abgehört. Das waren," dies sagte er mit Blick zu Batdorj, „das waren meine Beziehungen, ich hab' nur in Ulan Bator anrufen müssen und das Neueste erfahren."

„Der Plan der Ministerin," jetzt fuhr Kubilay fort, „der Plan sah vor, dass Gökhan sich bei Battulgas Leuten anbiedern sollte, was auch prima und rasch geklappt hat, und dadurch, dass er zwei-, dreimal Informationen an Battulga weitergab, sollte er für diesen wertvoll, wenn nicht sogar unentbehrlich werden. Es sollte sich alles zuspitzen, Battulga sollte sich sicher fühlen und überheblich werden, und irgendwann würde dann die Gelegenheit kommen, Battulga mit einem großen Schlag für immer zu vernichten."

„Was jetzt nicht mehr geht," nickte Yelda.

„Was jetzt nicht mehr geht," bestätigte Kubilay.

„Vielleicht hätte man dem Provinz-Polizisten vertrauen und ihn einweihen sollen," meinte Batdorj, „dann wäre heute nichts passiert."

„Ach, kommen Sie," lächelte Kubilay müde, „Sie wissen doch selber, wie so was ist, woher soll man so schnell wissen, wem man vertrauen kann, erzählt man was zu früh, dann kann alles von Anfang an schief gehen und so weiter und so weiter. Woher sollte ich außerdem wissen, ob Sie gut schauspielern können ? Na, jetzt ist's, wie's ist. Jetzt sitzen wir schön da und wissen nicht weiter. Ich mache Ihnen ja auch keinen Vorwurf, umgekehrt, also ich meine, ich an Ihrer Stelle hätte mich vermutlich ganz genauso verhalten."

„Das hättest du garantiert," setzte Yelda hinzu und fuhr energisch fort, „und bevor ihr beide euch gegenseitig beweihräuchert und euch leid tut : Klar sitzen wir jetzt da, aber wir sitzen deshalb da, um auszudiskutieren, was wir nun machen, nur aus diesem einzigen Grund. Soll sich dieser Battulga nur freuen, heute hat er uns reingelegt, aber wir lassen doch nicht locker, oder ? Immerhin wissen wir nun, dass Battulga tatsächlich die Nationalen finanziert, denn die Show mit den Kassenbüchern der Händler, na das war ja so was von offensichtlich. "

Die Antwort kam von Gökhan. „Das würd ich auch sagen, wir lassen nicht locker, und ich hab' auch schon eine Idee."

Dabei lächelte er wieder so ölig, dass Batdorj völlig vergaß, sich bei ihm zu entschuldigen.

„Und die wäre ?" erkundigte sich Kubilay.

„Wir haben ja nicht viel Auswahl," Gökhan sah rundum, „also nehmen wir es doch, wie es ist. Ich werde aus dem Polizeidienst geworfen und wegen Bestechlichkeit angeklagt, tauche rechtzeitig unter und mach' mich so an Battulga heran. Dann ist jemand in seiner Nähe, und mit ein bisschen Glück...." Er hob beide Hände, so quasi ungewisse Zukunft.

„Mmmmh," war Batdorjs einzige Reaktion.

„Klingt mir nach einem Fernsehkrimi," meinte Kubilay lustlos, „ich fürchte, so was geht nur dort gut, was für einen Grund sollte Battulga denn haben, Sie in seine Nähe zu nehmen ?"

„Mein Insider-Wissen," Gökhan zuckte die Achseln, „es wäre ja auch nur ein Versuch."

„Nein," Yelda schüttelte energisch den Kopf, „wir machen es völlig anders." Sie sah Batdorj an. „Wäre Ihr Väterchen hier, dann würde er als alter Militär sagen : Wenn du dem Gegner nicht wenigstens Schaden zufügen kannst, dann verunsichere ihn. Bring ihn in eine Lage, in der er nicht weiß was los ist. Und wenn schon nichts Anderes, das können wir."

„Ich verstehe nicht ganz, was du meinst," murmelte Kubilay.

„Folgendes !" Yeldas Stimme klang, als ob sie die Führung übernommen hätte. „Kein Rauswurf, keine Anklage, kein Garnichts ! Wir machen als Team, wenn es erlaubt ist, dass ich mich mit einschließe, also wir machen als Team so weiter wie bisher, ganz deutlich mit Gökhan. Sobald Battulga das mitbekommt, und das wird er spätestens, wenn wir wieder bei ihm auftauchen, also sobald er das mitbekommt, wird er nicht mehr verstehen, was los ist. Der einzige Schluss, den er daraus ziehen können wird, ist, dass das, was heute passiert ist, Theater gewesen sein muss. Er wird dann wissen und verstehen, dass Gökhan sich nur zum Schein auf ihn eingelassen hat, aber er wird vergeblich herumrätseln und herumrätseln, was wir mit dem heutigen Auftritt bezweckt haben."

„Aha," Kubilay klang nicht überzeugt, „ob uns das was bringt ?"

Batdorj trommelte mit den Fingerspitzen auf seinem Schreibtisch, überlegte kurz und sagte dann : „Auf alle Fälle Fälle ist es besser als Gökhans

Vorschlag, da hätte ich nämlich ziemlich Bedenken. Und wer weiß, es könnte ja durchaus ...."

Es klopfte an der Tür, nein, eher so, als würde eine breite Bärentatze an das Holz patschen. Im nächsten Moment ging die Tür auf.

„Timur," staunte Batdorj und schüttelte den Kopf, „Sie sind ja seit zehn Jahren nicht mehr bei mir herunten gewesen. Ist etwas passiert?"

Rasch stand er auf und wollte dem Polizei-Präsidenten seinen Stuhl anbieten, aber der winkte ab.

„Ich geh' gleich wieder rauf. Batdorj," er warf einen Blick in die Runde, „und zwar mit Ihnen, ja, Kubilay, Sie und Ihre Leute auch, ich glaub, das ist auch was für Sie, also Sie müssen alle zu mir rauf kommen."

Er spähte in den Flur und entschied sich dann, ganz einzutreten, und schloss die Tür hinter sich, setzte sich aber nicht.

„Ich hab' oben eine Ausländerin, eine von Interpol, die ist aus," er holte einen Zettel aus der Jackentasche und buchstabierte, „ja, die ist aus einem Land, das heißt B-e-l-g-i-e-n, ich hab' bis heute nicht mal gewusst, dass es so ein Land gibt, und zwar aus der Stadt B-r-u-x-e-l-l-e-s."

Während er den Zettel wieder einsteckte, sagte Yelda : „Das spricht sich Brüssel, das ist die Hauptstadt eines kleinen Landes in der Europäischen Union."

„Aha," Timur nahm ihr die Belehrung keineswegs übel und fuhr fort, „die kann natürlich keinen Brocken Mongolisch, und drum hat ihr jemand aus dem Ministerium eine Dolmetscherin mitgegeben, ein bisschen umständlich, aber na ja, geht halt nicht anders. Und was die erzählt, von Medikamenten und Schmuggel, also ich bin da etwas überfordert. Immerhin hab' ich so viel verstanden, dass es sich um organisierte Kriminalität handelt, und das, Batdorj, das ist ja Ihr Gebiet."

Auch Kubilay war aufgestanden. „Das klingt nicht uninteressant, wenn aus so einem fernen Land jemand hergeschickt wird, muss es ja auch einen gewichtigen Grund geben. Aber sagen Sie, Timur, Interpol haben wir doch nur eine einzige Abteilung und die ist in Ulan Bator, warum ist die Kollegin dann hier in Chowd ?"

„Wie gesagt," Timur zuckte die Schultern, „ich bin nicht ganz mitgekommen. Fragen Sie sie selbst." Er wandte sich an Yelda. „Können Sie etwa die Sprache von diesem B-e-l, ach, wie immer das heißt ?"

„Ich glaube, es gibt gar kein belgisch, dort spricht man zwei verschiedene Sprachen, die eine ist französisch, und die andere, ich hab's mal gehört, aber ich kann mich nicht daran erinnern, wie die heißt."

Dass in einem Land zwei verschiedene Sprachen gesprochen wurden, das erstaunte Timur nicht, denn so war es ja in der Mongolei auch während der Zeit des Kommunismus gewesen, neben dem Mongolischen gab es damals Russisch als Amtssprache. Aber selbstverständlich hatte ein normaler Mongole stets vorrangig seine eigene Muttersprache benutzt, und dass es da weit weg von hier in Europa ein Land geben sollte, in dem die Einwohner keine eigenen, sondern nur fremde Laute hervorbringen sollten, das leuchtete ihm nicht ein. Etwas skeptisch schaute er auf Yelda, entschloss sich dann aber, ihr zu glauben, was allerdings zur Folge hatte, dass diese offenbar muttersprachlosen Belgier in seiner Achtung enorm absanken, machte dann die Tür auf und gab allen ein Zeichen, ihm zu folgen.

Die Europäerin, die in Timurs Büro mit der Dolmetscherin, einer Frau in den Vierzigern in modischer Kleidung, auf der Couchgarnitur saß und wartete, wirkte arg genervt. Kubilay, der mittlerweile den Betrieb in einem Ministerium in- und auswendig kannte, konnte sich gut vorstellen, warum. Die Kollegin von Interpol war sicher eine Weile herumgereicht worden, bis sie an der richtigen Stelle gelandet war, und das war keineswegs geschehen wegen Inkompetenz oder Bürokratismus, nein, den älteren Mongolen saß nun einmal die althergebrachte Gastfreundschaft in den Knochen, so dass es Abteilungsleitern dieser Art niemals in den Sinn käme, einen ausländischen Gast einfach so weiter zu schicken, auch wenn dieser in seiner Abteilung völlig fehl gelandet war. Ein Gast wurde stets höflich behandelt, in ein langes Gespräch verwickelt, auch Essen und Trinken musste angeboten werden, und dass dieser Gast dies, eben weil er in der falschen Abteilung war, als mühsam und Zeitverschwendung erachten könnte, nein, solch Gedankengang war für einen Mongolen nicht nur abwegig, sondern schlichtweg unmöglich.

Also übernahm Kubilay die Initiative. Er lächelte die belgische Kollegin beruhigend an und stellte alle vor, natürlich immer über den Umweg Dolmetscherin. Timur schien dies recht zu sein, er setzte sich nicht mit auf die Ledergarnitur, sondern auf seinen Stuhl am Schreibtisch und verfolgte das Gespräch so mit etwas Distanz. Er wusste, es wäre mehr als unhöflich gewesen, auch nur anklingen zu lassen, dass er, Kollegin hin oder her, dass er Menschen, die wohl aus irgendeinem Grund nicht einmal eine eigene Muttersprache entwickelt hatten, nicht für ebenbürtig hielt, also demonstrierte Timur dies mit dieser Sitzentfernung. Und zudem hatte es noch den Vorteil, dass er nicht mitmischen musste im Gespräch.

Es war ein wenig umständlich und auch zeitraubend, alles Gesagte immer erst übersetzen zu lassen, zumal die Dolmetscherin, sie hieß Narantsetseg, manchmal, wenn die belgische Kollegin zu schnell redete oder Fachausdrücke gebrauchte, auch noch nachfragen musste, aber im Großen und Ganzen war nach einer Stunde ein recht klares Bild entstanden.

Francoise Farcont, Timur konnte nicht umhin den Kopf zu schütteln ob dieses unaussprechlichen Namens, war eine Beamtin Ende der Vierziger mit einem ganz besonderen Spezialgebiet, und was sie berichtete und an Tatsachen und Fakten auf den Tisch legte, erstaunte nicht nur alle, sondern beeindruckte tief. Niemand von ihnen hatte mit diesem Gebiet bis heute zu tun gehabt, und keiner von ihnen hätte am Anfang des Gesprächs geahnt, um welche Dimensionen des Organisierten Verbrechens es da ging. Diese neue Spielweise der internationalen Mafia schien die bisher leiseste, aber bei weitem effektivste zu sein, für Batdorj, Kubilay und die anderen noch nicht hautnah, da die Mongolei für diese Mafia-Spielart keinen Markt bot, aber dennoch dringlich, weil trotzdem involviert.

Nun gut, leicht zu verstehen war es für einen Mongolen nicht, aber es musste wohl so sein, wie die belgische Kollegin es drastisch schilderte. Die Menschen im Westen, also grob in Europa und Amerika, schienen in den letzten Jahrzehnten einen solchen Wahn oder vielleicht besser gesagt eine solche Gier entwickelt zu haben nach Medikamenten gleich welcher Art, dass der weltweite Umsatz in dieser westlichen Region kaum noch in Milliarden Dollar zu messen war. Egal, ob krank oder gesund, jeder Amerikaner und jeder Europäer gab laut Statistik im Jahr mehr Geld aus für die so genannte Gesundheit als ein Durchschnittsmongole Geld zur Verfügung hatte für Lebensmittel.

Timur schwirrte der Kopf, als er versuchte, alles Gesagte zu verstehen und in der Abfolge mitzudenken, aber er registrierte dabei auch, dass die anderen offensichtlich auch Mühe hatten, das bewies ihr öfteres Nachfragen. Eben weil das Geschäft mit Medikamenten so ungeheuer gut lief, wurden bei jeder Gelegenheit die Preise erhöht, und weil die Menschen im Westen offensichtlich verweichlicht waren und bei jeder Gelegenheit sich vom Arzt jede Menge Tabletten und immer mehr Medikamente verschreiben ließen, war das Geschäft praktisch ein Selbstläufer, ja es wurde dort sogar so verrückt, Timur konnte sich das gar nicht vorstellen, es wurde so verrückt, dass sich die Leute selbst dann, wenn sie eigentlich kerngesund waren, dennoch Medikamente und Tabletten besorgten und das widerliche Zeug als Vorsorge schluckten. Oder um die Potenz zu stärken. Oder um dem Körper die Vitamine zuzuführen, die sowieso in Obst und Gemüse schon drin sind. Oder um kräftige Zehennägel zu bekommen. Oder um abzunehmen. Oder um .... Wie gesagt, Timur schwirrte der Kopf.

Während die ausländische Kollegin von Interpol sprach, betrachtete Batdorj sie genau, ab und zu trafen sich ihre Blicke. Man sah es ja in den Fernsehfilmen, dass die Gesichter der Europäerinnen meist viel glatter waren als die Haut der Mongolinnen, die Schminkerei war offensichtlich hübsch gleich, etwas dezenter bei der Belgierin, so von hautnah hatte Batdorj ja noch nie eine Frau aus solch westlichen Regionen gesehen, dieses andersartige exotische Aussehen war schon irgendwie erregend, na, schalt er sich, reiß dich zusammen, du bist im Dienst und so eine wird gerade auf dich gewartet haben, hör lieber aufmerksam zu.

Die erste Folge war natürlich nichts Kriminelles gewesen. Die Medikamente wurden in ärmeren Ländern auf billigere Weise hergestellt, aber dennoch in den reichen Ländern genau so teuer wie vorher verkauft. Gut verdienen ist an sich nicht kriminell.

Kriminell wurde die Geschichte in der zweiten Folge. Die Medikamente, hauptsächlich die Tabletten, wurden nun vielfach dort hergestellt, wo sie nicht viel kosteten, und in falscher Verpackung, also mit dem Namen des Originalherstellers, mit großem Gewinn verkauft. Erschwert wurde jegliche Kontrolle durch die neue Möglichkeit, seine Ware über das Internet zu verkaufen. Diese zweite Folge war also kriminell, richtete aber nur finanziellen Schaden an und zwar bei den Originalherstellern, was dem Endkunden natürlich hübsch egal war. Ganz genauso wie beim Geldfälschen stört es den einfachen Mann der Straße, den Normalbürger, nicht weiter, dass es falsche Dollarnoten gibt, solange er es nicht persönlich ausbaden muss, sprich an einer Blüte hängen bleibt.

Doch jetzt kam die dritte Folge. Der Mensch ist findig und besitzt Phantasie, leider auch die Herrschaften im Organisierten Verbrechen. Was jetzt kam, müsste eigentlich unvorstellbar sein, doch jeder, dem man es erzählt, sieht im Nachhinein ein, dass die dritte Folge innerhalb des Verbrechens eine in sich logische ist. Die dritte Folge war verheerend.

Billiger herstellen als in den ärmsten Ländern, mit den gar nicht oder am schlechtesten bezahlten Arbeitskräften, lässt sich ein Medikament, eine Tablette nicht. Es sei denn, man ersetzt einen Teil der Zutaten oder einfach sogar alles durch völlig wertlose andere Inhaltsstoffe, eventuell sogar durch alte, unbrauchbare Stoffe oder durch welche, die die gleiche Konsistenz und das gleiche Aussehen haben, aber giftig sind. Wobei es für einen wirklich Kranken, der dringend ein spezielles Medikament benötigt, völlig unwichtig ist, ob er wertlose oder hochgiftige Inhaltsstoffe zu sich nimmt, bis der behandelnde Arzt versteht, was passiert ist, können die Folgen dämonisch sein.

In den USA, dem Staat mit den schlechtesten Kontrollen, gab es durch solche gepanschten Medikamente allein von einer einzigen nachgewiesenen Fälschung 250 Tote. Zweihundertfünfzig gutgläubige Kranke, Kinder, Erwachsene und alte Leute, die auf Anweisung ihres Arztes die Tabletten schluckten in der Hoffnung auf Besserung, wurden von den Nutznießern der Fälschung ermordet.

Heimlich, still und leise überrundeten die Medikamentenfälscher mit ihren Gewinnen alles bisher Dagewesene. Drogenhandel ? Schutzgelderpressung ? Schmuggel ? Menschenhandel ? Die Unterlagen, die Francois Farcont vorlegte, bewiesen, dass die Organisierte Kriminalität mit dem Fälschen von Medikamenten längst ein viel lukrativeres Geschäft führte als alles Vorherige gewesen war, unbemerkt von der Öffentlichkeit, merkwürdigerweise kaum beachtet von den sonst so sensationsgeilen Medien.

Und was hatte die Mongolei damit zu tun ? Timur war schon ziemlich unruhig geworden und überlegte, ob er sich nicht doch einmischen und diese Frage stellen sollte, da kam sie von Batdorj.

„Ja," bestätigte die Belgierin, „die Mongolei ist noch kein Markt dafür." Bei dem *noch* runzelte Timur die Augenbrauen. „Wissen Sie, eine der Spuren, die Interpol seit Jahren versucht, zurück zu verfolgen, führt nach China."

Ihr Ton wurde bitter. „Zwei lange Jahre habe ich mit chinesischen Behörden verhandelt, zwei wertvolle Jahre, bis mir so halbherzig Unterstützung zugesagt wurde. Ein weiteres Jahr verging, bis ich endlich ein Ergebnis in Händen hielt. Und nach den Angaben der chinesischen Kollegen handelt es sich bei dieser Spur, was China betrifft, nur um Transport und Zwischenhandel. Immerhin wurde nun die Angelegenheit gründlich erledigt, denn man teilte mir mit, chinesische Fahnder hätten den Hersteller ausgemacht. Es handelt sich um ein Labor hier in Chowd-Aimag."

Das konnte sich Batdorj gut vorstellen, also nicht die Sache mit einem Labor, in dieser Richtung hatte er noch nie etwas gehört oder damit zu tun gehabt, aber bei den vielen chinesischen Touristen, die oft über das Wochenende herüberkamen, da war ein Einsatz von Fahndern kinderleicht möglich, natürlich nicht erlaubt, aber unkontrollierbar und damit möglich.

„Sie wissen, wo genau ?" erkundigte er sich.

Die Interpol-Kollegin nickte, und Timur registrierte amüsiert, dass die Dolmetscherin es sah und automatisch auch nickte.

„Das ist scheinbar so," meinte die Belgierin und zog aus ihren Unterlagen ein offensichtlich gefaxtes Foto mit Lageplan heraus, „dass die Chinesen, wenn sie endlich mal loslegen, es dann richtig gründlich machen. Mit dieser Lageplanskizze muss das Haus eigentlich leicht zu finden sein."

Batdorj nahm das Blatt. „Es ist eher so," meinte er dabei abfällig, „dass die chinesischen Kollegen genaue Arbeit geleistet haben, weil sie die Wurzel des Übels hier bei uns gefunden haben. Wäre das Labor auf der anderen Seite der Grenze, dann bezweifle ich, dass Sie informiert worden wären. Durchaus möglich, dass man das Problem gelöst hätte, ohne Ihnen je Bescheid zu geben."

Er besah sich Foto und Skizze. „He, das ist im Gewerbegebiet kurz vor dem Flughafen, da, wo die großen Speditionen ihre Hallen haben."

Timur räusperte sich und hielt seine Hand hin, schaute kurz auf das Blatt, gab es Batdorj zurück und meinte kurz : „Ja, am nördlichen Ende, die letzte kleine Sackgasse."

„Seit wann kennen Sie sich dort aus," wunderte sich Batdorj, „das ist ja wohl keine Gegend zum Spazierengehen."

„Ich und spazierengehen, ich bitte Sie, Batdorj," Timur lächelte ob dieses Gedankens, „da ist doch diese billige Tankstelle kurz davor, dort tanke ich ab und zu. Ist mir schon zweimal passiert, dass ich da hinten rausfahren wollte und nicht daran gedacht habe, dass es eine Sackgasse ist, und drum kenne ich das Haus, ja, da stehen Lieferwagen dort, aber, wenn ich mich recht entsinne, kein Firmenschild."

„Na, dann werden wir uns mal drum kümmern," Batdorj wandte sich an Kubilay, „wir kommen ja bei der anderen Sache im Moment sowieso nicht weiter, oder was meinen Sie, könnten wir doch zusammen ....?"

„Immer zu," bekräftigte dieser, „Sie haben vollkommen Recht, wir haben gerade Stillstand im Falle Battulga, also warum nicht das, wer weiß, was dabei rausspringt."

„Battulga ?" Francoise Farcont sah auf, sie hatte zwar den Satz nicht verstanden, aber der Name ließ sie aufhorchen. „In den chinesischen Unterlagen ist die Rede von einem Speditionsunternehmen, das einem gewissen Battulga gehört."

„Ha," rief Kubilay fröhlich, als die Dolmetscherin dies übersetzt hatte, „was wollen wir mehr, wir sind wieder an ihm dran. Jetzt müssten wir bloß noch Glück haben mit dem Auskundschaften, dann könnte die nächste Aktion starten."

„Dafür haben wir mittlerweile eine ganz spezielle Truppe," grinste Gökhan, „wenn es Batdorj nicht stört, dann schlage ich Väterchens Kämpfer vor."

„Väterchens Kämpfer?" Timur beugte sich interessiert vor. „Ist das was Neues, Batdorj?"

Der warf Gökhan einen warnenden Blick zu in der Hoffnung, dass dieser verstehe, und erwiderte : „Ach, äh, Timur, das ist nur, also die Hauptstadt-Kollegen machen sich manchmal so ein bisschen lustig über, äh, die Arbeit bei uns, das hat nichts zu sagen."

Timur schien nicht ganz zufrieden mit dieser Erklärung, sagte aber nichts mehr.

„Dann meine ich, machen wir's vorläufig so," Batdorj wartete nach jedem Satz, bis die Dolmetscherin übersetzt hatte, „Yelda und Gökhan begleiten unsere beiden neuen Gäste und bringen sie im Hotel unter. Inzwischen kümmere ich mich mit Kubilay um das Auskundschaften." Er sah kurz auf seine Armbanduhr. „Na, das trifft sich ja wieder mit der Zeit, wir setzen uns in einer Stunde im Restaurant zusammen und essen erst einmal zu Mittag. Bis dahin haben Kubilay und ich das Wichtigste erledigt."

* * *

Das neue Gewerbegebiet an der Straße zum Flugplatz war vor zehn Jahren ausgewiesen und bebaut worden, die Nachfrage aus der Wirtschaft war recht groß gewesen, auch weil die Lage ideal war, nah am Flughafen und noch näher an zwei wichtigen Überlandstraßen. Einige wenige der alten Häuser und Hallen aus der Zeit, die die Russen den Großen Vaterländischen und die Menschen im Westen den Zweiten Weltkrieg nennen und die hier noch standen, hatte man beim Bau als Lagerhallen oder Schlechtwetterunterkünfte genutzt und auch danach nicht abgerissen, da sich kleine Unternehmer mit geringerem finanziellen Hintergrund dafür interessiert hatten. Heute herrschte hier in diesem Gewerbegebiet ein reges Verkehrsaufkommen, ein Ein- und Abfahren. Die Arbeiter in den einzelnen Firmen interessierten sich nur für die Fuhrwerke, die ihre eigene Firma betrafen. Und auch die wie überall gewohnten Rentner, die mit ihren Tüten trotz des weiten Weges von der Stadt bis hierher kamen, lohnte es sich in diesem Gebiet doch allemale zu sammeln, auch diese alten Rentner störten und interessierten niemanden. Wenn sie großes Glück hatten, hielt sogar manchmal ein leerer Lastwagen an, und die Alten durften auf der Ladefläche wieder mit zurück in die Stadt fahren.

Die vier aber, die sich heute Nachmittag immer wieder in der letzten Sackgasse herumtrieben, hatten den Weg hierher weder zu Fuß noch auf einer Ladefläche machen müssen. Gökhan hatte sie bis zur Tankstelle kutschiert und an einer unübersichtlichen Stelle aussteigen lassen. Auf einem Parkplatz in der Nähe stand zwischen fünfzehn-zwanzig anderen Autos Batdorj mit seinem Lada, auf dem Beifahrersitz Kubilay und auf dem Rücksitz Gulnaz mit seinem Funkgerät, und sie lauschten den Funksprüchen der Alten. Als erstes erfuhren sie, dass Timur nicht ganz recht gehabt hatte, es war sehr wohl ein Firmenschild an dem bewussten Haus, und sogar ein ziemlich großes, aber es war schon vor etlicher Zeit aus der Halterung gebrochen und nun unten an die Hausmauer gelehnt, deswegen konnte man es vom Auto aus gar nicht sehen. Laut diesem Schild handelte es sich hier um Lager und Werkstatt einer Chowder Spedition, darunter stand fett gedruckt *hier kein Büro,* dafür eine Telefonnummer, die sich Batdorj natürlich notierte. Mehr brachten die Alten nicht in Erfahrung, denn es waren alle Fenster von innen so verklebt, dass man nirgends hinein schauen konnte. Weder kam ein Lieferwagen angefahren noch fuhr einer ab.

Batdorj und Kubilay beratschlagten im Auto, welche weitere Verfahrensweise angebracht sei. Bevor man das Labor ausräuchern könnte, sollte man erst alles überprüfen, was in diesem Zusammenhang möglich war, da waren sie sich einig, also feststellen, wer der Hausbesitzer war, die Spedition und ihre Wege Richtung China feststellen und in der Steuerbehörde nachforschen lassen, welche Steuern mit welcher Begründung bei diesen Transporten gezahlt oder eventuell nicht gezahlt worden waren.

„Allzu lange darf das aber auch nicht dauern," warnte Kubilay, „sonst sitzt in irgendeinem Amtszimmer ein Gefolgsmann Battulgas und dann ....."

„Das muss alles möglichst gleichzeitig passieren," nickte Batdorj, „länger als zwei Tage geb' ich uns dafür nicht. Und am wichtigsten wäre es," er drehte sich zu Gulnaz um, „wenn das Haus hier bis dahin lückenlos überwacht werden würde, also Tag und Nacht. Halten das deine Leute durch?"

Gulnaz kicherte ein bisschen wehmütig. „Ganz so wie in unseren besten Zeiten ist es ja ehrlich gesagt nicht mehr, in unserem Alter spürt man schon seine Knochen, aber na, klar ist das möglich. Nur, Söhnchen, für Essen und Trinken müsstest du schon sorgen, hi hi."

„Das dürfte das kleinste Problem darstellen, wir machen bestimmte Zeiten aus und entweder ich oder Sergej oder Gökhan kommt mit dem Auto genau hierher und wir bringen euch was. Bloß, wo schlüpft ihr abwechselnd unter? Ich kann hier ja schlecht für euch ein Zelt aufstellen lassen, und zwischen den alten Autos?"

Das Kichern des Alten wurde etwas übermütiger. „Dort drüben stehen ein paar alte Lastwägen, wenn da auf zwei Nächte noch einer steht, das fällt doch keinem auf. Dann hätten wir ein, hi hi, ein mobiles Hauptquartier."

Batdorj sah zu den Lastwägen, die alle schon etliche Jährchen auf dem Buckel hatten, offenbar aber noch ab und zu benutzt wurden, denn auf fast allen waren Firmenaufschriften, die noch gut lesbar waren.

„Sicher," meinte er, „guter Platz, aber wo soll ich denn einen Lastwagen herkriegen?"

„Söhnchen," kicherte der Alte, „du doch nicht. Wir haben doch zwei, in der Scheune, hast du doch gesehen, einen davon nehmen wir, fällt auf zwei Nächte doch nicht auf."

Klar hatte die Batdorj sich kurz angeschaut, die alten oliv farbenen Planen würden wahrscheinlich wirklich nicht weiter auffallen, denn ausrangierte Militärlastwägen sah man immer wieder, das waren billige solide Autos für junge Unternehmer, aber die zwei von Gulnaz und seinen Leuten, die hatten ja, das war ihm als erstes aufgefallen, die hatten ja vorne und hinten noch die alten Nummernschilder der Roten Armee.

„Na und ? Hi hi, wir fahren den Laster in der Nacht her und später dann wieder nachts in die Scheune, und wenn er hier steht, dann häng ich einen Lumpen drüber und fertig."

„Mmmh," brummte Bardorj, warum eigentlich nicht, er wusste schließlich keine bessere, nein, gar keine andere Lösung, „also ja, so machen wir's."

„Wenn uns dieser Gökhan, der ausschaut, als wenn er schon unter Dschingis Khan gekämpft hätte, also wenn uns der rausfährt, dann können wir den Wagen bis zum Abend herrichten," bot Gulnaz an, „und dann genügen inzwischen ja zwei, die hier bleiben."

Batdorj nickte. „Und dann können wir beide, Kubilay, jetzt noch ins Grundbuchamt und den Hausbesitzer raussuchen und anschließend uns um die Spedition kümmern, die, wie ich ganz fest hoffe, wirklich Battulga gehört."

„So umständlich," fragte Kubilay, „kommen Sie nicht über Ihren Computer an Grundbuchauszüge heran ?"

„Wir sind nicht in Ulan Bator," grinste Batdorj, „so was funktioniert bei uns bei Halterfeststellungen oder Personalienüberprüfungen, aber Grundbuch, nein, da haben wir noch keinen Zugriff."

Kubilay zog sein Handy aus der Tasche. „Wir sollten möglichst wenig Zeit verlieren und außerdem, wer sagt uns, dass der zuständige Beamte im Grundbuchamt nicht auch auf Battulgas Lohnliste steht, nein, wenn es Ihnen recht ist, dann rufe ich einen meiner Leute im Büro an, der kann uns das garantiert über den Ministeriums-Computer klären."

„Spart uns Zeit," gab Batdorj zu, „dann sind wir vielleicht sogar bis heute Abend mit allem Speditionskram fertig."

„Ich hätt' noch was," kicherte Gulnaz hinter den beiden, „ meinst du Söhnchen, euer Gökhan ist wirklich zuverlässig ? Stehen nämlich noch so einige Dinge auf der Ladefläche, die runtergeräumt werden müssen und die nicht unbedingt jeder sehen sollte."

Batdorj schnaufte tief durch. „Flakabwehrraketen oder bloß ein paar Panzerfäuste ?"

Gulnaz kicherte laut. „Siehst du, endlich blickst du durch, ja, so was in der Art, kann man doch nie wissen, ob man es nicht noch einmal braucht. Also was ist jetzt mit dem Gökhan ?"

Batdorj sah Kubilay an.

„Mir ist noch nicht alles klar," meinte der, „was hier so läuft mit den alten Herren von Ihrem Väterchen. Offenbar ist Gökhan da schon besser informiert, vielleicht erfahr' ich ja bei Gelegenheit mehr, ich meine, interessieren würd's mich schon." Dann drehte er sich um zu Gulnaz. „Ich verbürge mich für Gökhan, ich meine, ich kenne ihn tatsächlich auch erst seit jetzt, seit wir beide zusammen in diese Aktion gesteckt wurden. Aber Ojuncaral, die Ministerin, hält große Stücke auf ihn, und ich wiederum lasse mir beide Hände abhacken für Ojuncaral, die ist schwer in Ordnung."

„Und Söhnchen scheint Sie für gut zu befinden," kicherte der Alte, „dann verlassen wir uns also auf Gökhan. Nebenbei bemerkt, der riecht eigentlich gar nicht nach Polizei, eher so in unsere Richtung."

„Feines Gespür, Ihr Väterchen," nickte Kubilay und sah Batdorj an, „meine Frage ist dann wohl bloß rethorisch, ob ich es sagen kann ?"

„Sagen Sie's ihm nur," murmelte Batdorj, „ich kann mich bis heute nicht beklagen über Gulnaz' Zuverlässigkeit."

Kubilay drehte sich wieder um. „Gökhan ist tatsächlich kein Polizist, er kommt vom Inland-Geheimdienst. Die Ministerin wollte, dass wir damit so manche Fähigkeit ausnutzen können, die die Polizei sonst nicht hat."

Gulnaz stieß einen Pfiff aus, der Batdorj in den Ohren weh tat, und kicherte danach wieder. „Vom Geheimdienst, ja, danach riecht er." Ernster fuhr er fort : „Hoffentlich taugt er wirklich was, denn zu unserer Zeit, da hatten wir bei Einsätzen ziemlich oft Ärger mit dem KGB, das waren vielleicht Hampelmänner. Wenn die uns dazwischengepfuscht haben, dann hatten wir allerhand zum Ausbaden."

Kubilay lächelte amüsiert. „KGB und Hampelmänner ? Das sah früher wohl nicht jeder so. In welcher Abteilung waren dann Sie, Väterchen ?"

„Wir waren Speznaz."

Jetzt stieß Kubilay einen überraschten Pfiff aus, fast noch lauter als vorhin Gulnaz, und Batdorj zuckte zusammen. „Speznaz ? Jetzt wird mir klar, warum Batdorj Sie und Ihre Männer gerne einsetzt. Speznaz war ja wohl *die* Eliteeinheit schlechthin der gesamten Roten Armee."

„Und wir waren die Besten der Besten," erwiderte Gulnaz stolz.

„Genug palavert !" Batdorj stoppte dieses Gespräch jetzt energisch ab. „Es ist also klar, wir können Gökhan vertrauen. Und jetzt an die Arbeit." Dann verzog er das Gesicht. „Und vor allem hört beide auf mit diesem Pfeifen, da spür ich meine Streifschusswunde, als wär sie ganz frisch."

\* \* \*

Es lief bis zum Abend alles so reibungslos und ohne jegliche Komplikation, dass Batdorj kein einziges Mal ärgerlich oder ungeduldig werden musste. Aus Ulan Bator kam innerhalb einer Stunde bei Kubilay ein Rückruf : Das Haus gehörte tatsächlich Battulga, und das war nicht sein einziger Besitz hier im Gewerbegebiet. Die Spedition lief unter einem anderen Namen, aber Batdorj konnte zu seiner Genugtuung feststellen, dass Battulga in den

Papieren zweifach eingetragen war, einmal als Compagnon und außerdem als Geschäftsführer. Nahm man nun noch die Lieferpapiere, die die chinesische Polizei an Interpol gefaxt hatte und die bewiesen, dass von dieser Spedition an ein zweites Fuhrunternehmen, nun eines in China, Medikamente geliefert worden waren zwecks Weitertransport nach Europa, dann konnte morgen der Doppelschlag durchgeführt werden, einmal eine Razzia in der Spedition selbst und gleichzeitig das Auffliegenlassen des Labors. Nein, dachte Batdorj genüsslich bei sich, das sollte ein dreifacher Schlag werden, denn nach den ersten beiden Aktionen würde ja der Weg zu Battulgas Heim führen, und wie sich dieser dann herauswinden wollte, mit oder ohne Anwalt, darauf war Batdorj gespannt. Und, was das Beste war, diesmal konnte Battulga nichts im Vorhinein vertuschen oder verdrehen lassen, denn wer sollte ihn denn informieren, niemand außer Kubilay und er, Batdorj, selbst hatte Kenntnis davon, was wie morgen ablaufen würde. Ganz, wirklich nur ganz kurz kam ihm das ölige Grinsen Gökhans vor Augen, aber nein, hier lief nichts mehr nach dem Plan der Ministerin, nein, es war schlicht und einfach von keiner Seite mit irgendeiner Art von Verrat zu rechnen. Diesmal nicht.

Und so lag am Abend eine gewisse Art von Fröhlichkeit über dem gemeinsamen Abendessen im Restaurant des Hotels, eine Atmosphäre wie unter Freunden, die zusammensitzen und plaudern, und nichts Dienstliches störte. Auch nach dem Essen saß man noch eine Weile zusammen und unterhielt sich, ja natürlich, wie es so ist, man trank ein bisschen viel, nicht so viel, dass man aus Versehen etwas sagen würde, was nicht für fremde Ohren bestimmt war, aber immerhin so viel, dass alle lustig und ausgelassen wurden.

Die Dolmetscherin übersetzte und übersetzte, für Batdorj und die anderen alles ins Mongolische, was die belgische Kollegin von daheim erzählte, und für die Belgierin alles, womit die mongolischen Herren Eindruck schinden wollten, also nur Kubilay und Batdorj, denn Gökhan hatte sich nach dem Essen verabschiedet und sich zu Gulnaz aufgemacht.

Manches blieb unverständlich, so sehr sich die Dolmetscherin auch bemühte, und vieles wurde durch die Übersetzungbarriere lustiger als gedacht. Immer wieder trafen sich Francoises und Batdorjs Blicke, denn die beiden saßen sich genau gegenüber. In ihm machte sich immer mehr eine ganz gewisse Erregung breit und er sah die meiste Zeit nur noch in ihr Gesicht. Wie es wohl sein mochte, wenn man mit einer Europäerin näher, ganz nah zusammen war ? Waren die völlig anders als Mongolinnen ?

Schließlich mahnte Yelda : „Wir haben morgen allerhand vor, sollten wir nicht allmählich Schluss machen ?

Das war natürlich völlig richtig. Sie tranken alle aus, bezahlten und verabschiedeten sich, dabei sah die belgische Kollegin Batdorj lange und fest in die Augen.

Er trödelte noch ein bisschen herum und ließ allen Zeit, in ihrem Zimmer anzukommen. Nach einer Viertelstunde ging Batdorj ebenfalls durch den

Flur zum Hotelaufgang und stieg die Treppe in den ersten Stock hoch. Aus dem Gespräch hatte er mitbekommen, dass Francoise das Zimmer neben Kubilay hatte. Als er vor der Tür stand, zögerte er kurz, klopfte aber dann doch an. Zuerst blieb es ruhig, dann hörte er leichte Schritte und die Tür wurde geöffnet.

Narantsetseg sah müde aus, begann aber zu strahlen, als sie Batdorj erkannte. Sein erster Gedanke war ein erstaunter: Braucht eine Europäerin dazu auch eine Dolmetscherin ? Er war so verdattert, dass er mehr stolperte als ging, als sie ihn am Ärmel ins Zimmer zog, und nicht wusste, was er sagen sollte, aber reden war auch nicht notwendig und hätte ihm auch nichts genützt. Kaum war er herinnen, schloss die Dolmetscherin die Tür und ließ den Seidenmantel fallen. Mehr konnte sie nicht fallen lassen, denn mehr hatte sie nicht an. Mit einem Schlag war Francoise Farconts Bild in seinem Kopf wie weggewischt, und nun erwies es sich als sehr vorteilhaft, dass Batdorj nur so viel getrunken hatte, dass er eher aufgeputscht war, und nicht so viel, dass sich ihm alle Sinne gedreht hätten.

Allerdings kamen beide nicht mehr viel zum Schlafen in dieser Nacht, vor Mitternacht überhaupt nicht, und nach Mitternacht nur bis ungefähr vier Uhr, denn Batdorj hatte darauf bestanden, das Hotel auf alle Fälle so frühzeitig zu verlassen, dass ihn ganz sicher niemand von den Kollegen hier sehen würde. Vor allen Dingen wollte er nicht der Interpol-Kollegin allein begegnen.

Er stieg in seinen Lada und fuhr zu seinem Haus. Batdorj hatte es von seinen Eltern geerbt und es war ihm eigentlich nun zu groß, jetzt da er allein war. Früher, ja, da war alles voller Leben gewesen, als seine beiden Söhne noch Kinder gewesen und die Schwiegereltern zu unberechenbaren Zeiten aufgekreuzt waren, aber heute, na ja. Nachdem beide Söhne bei ihren Besuchen stets andeuteten, dass das Haus im Familienbesitz bleiben müsse, hatte er sich natürlich nicht zu einem Verkauf durchringen können. Unangenehm blieb aber dennoch das Gefühl der Einsamkeit, wenn man ganz allein in einem großen Haus wohnt und sich in jeder Ecke und in jedem Winkel an Vergangenes erinnert.

Vor seinem Haus stieg er mehr in die Bremse, als er beabsichtigt hatte, die Wirkung blieb natürlich aus und der Wagen blieb keinen Zentimeter eher stehen als sonst auch. In seinem Haus brannte Licht ! Und in der Einfahrt stand ein Lieferwagen, nein, eher so ein kleiner Lastwagen mit Plane.

Batdorj legte den Rückwärtsgang ein und rollte langsam so vor die Einfahrt, dass der Weg für den Laster blockiert war. Dann stieg er aus, und obwohl er das Schulterhalfter ganz genau spürte, langte er trotzdem wie zur Überprüfung, ob sie noch da ist, zur Waffe. Das Licht brannte praktisch in allen Zimmern.

Er stieß die Haustür auf.

„Ach, der Herr kommt schon nach Hause," rief ihm Sarantuya, seine Frau, entgegen, „ich will gar nicht wissen, wo du warst, im Dienst jedenfalls nicht, Sergej hatte keine Ahnung, wo ich dich auftreiben könnte."

In diesem Moment, bevor Batdorj etwas antworten konnte, kam aus dem Wohnzimmer ein Mann, deutlich jünger als er, mit einem großen Karton heraus.

„Das ist Shadar," sagte Sarantuya, „ich ziehe in seine Jurte. Und mir wäre ganz recht gewesen, wenn du gestern Abend da gewesen wärst, dann hättest du gesehen, was ich alles eingepackt hab'."

Sie zuckte mit den Schultern. „Jetzt ist fast alles schon im Auto. Wenn es dich interessiert, was, dann musst du auf die Ladefläche steigen und alles durchschauen, aber bitte beeil dich, wir wollen nach dem Frühstück zurückfahren."

Langsam stieg in Batdorj Ärger hoch.

„Warum hast du dich nicht vorher angekündigt ? Dann wäre so eine Nachtaktion nicht nötig gewesen."

Seine Frau, na jetzt war's ja klar, seine ehemalige Frau, funkelte ihn an.

„Ankündigen ? Der Herr Polizist will doch nicht behaupten, dass er gerade dann Zeit gehabt hätte, wenn ich kommen will ! Ich bin jetzt da und damit Schluss, mir gehört die Hälfte von all den Sachen hier und deswegen nehm' ich mit, was ich will. Von den Möbeln brauch' ich sowieso nichts, die kannst du alle behalten. Und was ist jetzt ? Schaust du draußen nach ?"

Batdorj schüttelte den Kopf. Der Ärger war schon wieder weg.

„Nimm mit, was du willst. Hast du deine Sachen schon aus dem Badezimmer raus ? Ja ? Gut, dann kann ich da rein, ich muss mich frischmachen, bevor der Dienst losgeht."

Er stieg die Treppe zum Bad hoch, hielt aber auf der letzten Stufe inne und rief hinunter : „Und lasst mir was übrig in der Küche, ich will auch frühstücken, wenn ihr weg seid !"

Er duschte ausgiebig, viel länger als sonst, was nicht unbedingt notwendig war, aber so hoffte er, dass die beiden verschwunden wären, wenn er wieder nach unten ginge. Dummerweise ging das Badezimmerfenster nach hinten hinaus und so konnte er nicht nach dem Lastwagen schauen. Als er sich dann endlich entschloss, nach unten zu gehen, knallte unten die Hautüre genau in dem Moment, als er auf die erste Stufe trat. Automatisch blieb er stehen und lauschte, richtig, nach zwei Minuten röhrte der Motor des Lastwagens auf. Beruhigt stieg er die Treppe ganz hinunter und sah in der Küche nach, was die beiden ihm an Frühstück übrig gelassen hatten. Ins Wohnzimmer wollte er jetzt nicht, im Moment war ihm egal, was seine Frau mitgenommen hatte und was nicht.

Pünktlich war Batdorj in seinem Büro, und ebenso pünktlich alle anderen. Zuerst war ihm ein wenig mulmig im Magen, wie sollte er sich verhalten gegenüber den beiden Frauen, hatte die belgische Kollegin womöglich auf ihn gewartet gehabt, vielleicht links neben Kubilays Zimmer, und er war vom Flur her gleich ins erste, gleich rechts, und bei Narantsetseg gelandet, sollte er dienstlich distanziert bleiben oder so freundschaftlich, wie man seit dem Abendessen miteinander war ?

Er kam aber nicht weiter zum Nachdenken über dieses Problem, denn kaum waren sie beisammen, lief alles Schlag auf Schlag. Kubilay und Yelda übernahmen zusammen mit Sergej die Spedition, dazu bekamen sie zwei Polizistinnen und zwei Polizisten von der Ordnungspolizei, das müsste genügen, um in Büro und Geschäftsführung Papiere und Unterlagen zu beschlagnahmen.

Batdorj und Gökhan machten sich zum Ausheben des Labors auf, Batdorj legte Wert auf Gökhan, da dieser mittlerweile die Alten alle kannte und sie ihn, begleitet von der Interpol-Kollegin plus Dolmetscherin. Francoise Farcont wollte verständlicherweise dabei sein, und damit war ja auch Narantsetseg notwendig. Batdorj hatte nichts dagegen, zum einen war die Belgierin ja nun einmal auch Polizistin, zum anderen hatte er sechs seiner eigenen Leute mit für diesen Einsatz eingeteilt, also dürfte wohl kaum eine der Frauen in Gefahr kommen. Zur Sicherheit gab er der Kollegin eine Pistole, die sie kurz prüfte, offensichtlich war es ein für sie ungewohntes Modell.

Gökhan hatte ihm von Gulnaz ausgerichtet, die Alten würden in der Nähe sein, aber unsichtbar bleiben, außer, es wäre nachts etwas Gravierendes passiert. Dies war nicht der Fall, denn sie waren tatsächlich nicht zu sehen, Gökhan nickte nur kurz zu dem Armee-Laster hinüber, als sie am Parkplatz vorbeifuhren.

Sie hielten direkt in der Zufahrt des alten Hauses. Batdorj postierte an jedem Hauseck einen Mann, so dass jeder von ihnen zwei Seiten unter Kontrolle haben konnte. Die Belgierin bat er, mit Narantsetseg hier an seinem Auto, die Dolmetscherin im Auto, zu bleiben, bis im Haus alles gesichert sei, dann würde er sie rufen lassen, zudem könnte sie inzwischen die Zufahrt beobachten, dass ihnen niemand in den Rücken käme. Francoise Farcont akzeptierte sofort, und Batdorj registrierte zufrieden, dass sie die Waffe dabei bereits in der Hand hielt, sie war also keine Bürostute, die womöglich Schwierigkeiten in der Praxis aus dem Weg ging. Die Türe aufzubrechen, war kein großes Problem. Mit gezogenen Waffen stürmten die beiden jungen Polizisten voraus, Gökhan und Batdorj hinterdrein.

Das Erdgeschoß bestand aus drei Räumen, zwei davon waren mit Schachteln und Kisten und Gläsern vollgestellt, und zwar säuberlich getrennt, ältere wohl schon benutzte Schachteln auf der einen und eine Anzahl frischer, noch nicht gefalteter Schachteln auf der anderen sowie jede Menge Gläser in verschiedenen Formen und Ausführungen in einfach gezimmerten Regalen aus ungehobelten Latten. Im dritten Zimmer fanden sich einige Personen, das Zimmer stank elendiglich, nicht wegen der Menschen, sondern wegen deren Arbeit. Das war wohl das Labor an sich, denn hier brannten zwei Bunsenbrenner, hier liefen einige kleine Maschinen, die wie Apparate aus einer Großküche aussahen, und hier stapelten sich auf einem Tisch mit metallbezogener Platte Formen, kleine und größere, und die zwei Frauen und die zwei Männer, die hier waren, waren damit beschäftigt, irgendwelche Flüssigkeiten in diese verschiedenen Formen zu gießen. Aus einem riesigen Waschbecken aus verbeultem Metall gluckerte es laut und kleine Rauchwölkchen stiegen auf, wohl die Ursache des unangenehmen Duftes.

Erschrocken fuhren die hier Arbeitenden hoch, als sie von Batdorj angebrüllt wurden, und streckten blitzschnell ängstlich die Hände in Richtung Zimmerdecke, kaum dass sie die auf sie gerichteten Waffen sahen. Nachdem ihnen Handschellen angelegt worden waren, ließ Batdorj einen Mann zur Bewachung hier und stieg dann mit Gökhan und dem anderen Polizisten die Treppe hinauf.

Oben war niemand. Von den zwei großen Räumen, die sich hier erstreckten zwischen den ungleich abfallenden Dachseiten, war der eine völlig leer bis auf eine kleine Menge uralten Mülls, der mit so einer dicken Schicht klebrigen, fettigen Staubes überzogen war, dass jeder ganz vorsichtig darüber hinweg stieg, und im anderen Raum waren auf vier fleckigen, halb zerfetzten Matratzen ein paar Decken und einige zerfledderte Zeitschriften. Sonst war hier nichts zu finden.

Batdorj rief Francoise Farcont herein. Die Interpol-Kollegin zückte ein Handy und machte Fotos, Fotos von den verängstigten Frauen und Männern in Handschellen, Fotos von den Apparaten, von dem stinkenden Ausguss, von halbfertigen Tabletten und von allem, was es hier gab.

„Ich bezweifle," meinte Gökhan und rümpfte die Nase dabei, was allerdings an seinem Aussehen kaum etwas änderte, „ich bezweifle stark, dass wir hier irgendetwas finden werden, das direkt auf Battulga hinweist. Das hier sind wohl eher kleine Subunternehmer, oder wenigstens die Gehilfen von einem Subunternehmer, wenn man es so nennen darf."

„Nein, finden werden wir wohl kaum so was," bestätigte Batdorj, „aber nachdem ihm das Haus gehört, kann er sich nicht allzu leicht herausreden."

„Wenn er aber einen gültigen Mietvertrag vorweist, dann steht er gut da, dann ist sein Mieter schuld, dann können wir ihm nicht viel."

„Na ja," Batdorj wiegte den Kopf, „so wird's wohl tatsächlich sein im Endfeffekt, aber zum einen haben wir das Labor selbst ausgehoben, das ist schon ein Erfolg, und zum andern hängt er auf alle Fälle mit drin wegen seiner Spedition. Ach, Gökhan, ich hab' mit Kubilay ausgemacht, dass er mich anruft, wenn sie in der Spedition fertig sind, bis dahin haben wir Zeit, alles zu verladen. Ich glaub, zwei Leute genügen draußen als Wache, dann räumen wir anderen alles in Schachteln," er zeigte auf den Stapel zusammengefalteter Pappkartons, „da sind ja genug saubere, und dann ab damit ins Auto. Es bleibt mir nichts hier."

In der Spedition lief alles so, dass Kubilay und Yelda die Geschichte auch allein hätten erledigen können, denn im Büro, das nicht besonders groß war, waren lediglich drei Angestellte, die zwar nicht verstanden, wieso die Polizei ausgerechnet an ihrem Arbeitsplatz etwas Kriminelles vermutete, aber sich recht eifrig zeigten und alles an Geschäftspapieren und Unterlagen aus den beiden großen Schränken herausräumten, was sich dort drin befand. Einen Battulga kannten sie nicht und hatten sie hier noch nie erlebt, auf Sergejs Hinweis, dass er nicht nur Mitbesitzer, sondern auch der Geschäftsführer dieser Spedition sei, zuckten die drei nur ratlos mit den Achseln. Ihr Chef säße an diesem Schreibtisch dort unter dem mittleren Fenster, sei aber meist unterwegs, um, wie er immer sagte, Aufträge hereinzuholen. Aber Battulga, nein, so hieß der nicht.

So nahmen Yelda, Kubilay und Sergej diesen Tisch in Beschlag, ließen sich alle Papiere vorlegen und siebten alles aus, was in Beziehung zu dem Labor stand oder auch nur stehen konnte. Dies kostete natürlich einiges an Zeit, aber nicht so viel, wie Kubilay vorher befürchtet hatte, denn die Mitarbeiter der Spedition kannten sich in den Unterlagen aus und gaben bereitwillig und kompetent Auskunft.

Und dann fand sich das Entscheidende, die Europäer würden sagen, die Nadel im Heuhaufen, für einen Mongolen hieß es ‚Ein Körnchen Hirse im Yak-Dung'. Und dann noch ein Körnchen. Und dann noch ein Körnchen. Dreimal hatte Battulga Transportlisten, die genau zu dem Medikamenten-Weg über China nach Europa passten, selbst abgezeichnet. Sergej hielt sie den Angestellten sofort unter die Nase und wies auf den Namen hin, doch die drei schüttelten nur verständnislos den Kopf, keiner konnte sich daran erinnern, diese Blätter bearbeitet oder schon einmal in Händen gehabt zu haben.

Gut eine Stunde vor der Mittagszeit waren sie fertig mit der Durchsicht. Sergej erklärte den Angestellten, dass die drei Listen mit Battulgas Namen beschlagnahmt seien und die übrigen Unterlagen, die etwas mit dem Transport von Labor Richtung China zu tun hatten, ebenfalls vorläufig mitgenommen würden. Kubilay rief nun Batdorj an, und sie verabredeten, sofort zur Polizei-Zentrale, in Batdorjs Büro zurückzukehren.

Batdorj brauchte etwas länger, denn er ging vor der Rückfahrt noch kurz zu dem Lastwagen der alten Helden hinüber und bat Gulnaz, noch bis heute Abend ein Auge zu haben auf das alte Haus, nein, bitte länger, bis es richtig dunkel wäre, dann käme er mit Gökhan und sie würden den Laster zurück zur Scheune fahren.

„Das reicht aber alles nicht, um von der Staatsanwaltschaft einen Haftbefehl zu bekommen," Kubilay schüttelte zweifelnd den Kopf, als sie sich gegenseitig Bericht erstattet hatten, „Batdorj, noch ist ja mit den Transportpapieren nichts bewiesen, der Staatsanwalt wird sagen, ja, verdächtig ist das alle Male, aber noch lange kein Beweis. Was denn, wenn er bestreitet, dass das seine Unterschrift ist, oder wenn er sagt, er hat nicht richtig hin geschaut und gar nicht gemerkt, was er da abzeichnet, also Beweis, nein, das reicht nicht für einen Haftbefehl. Und schon gar nicht das Labor, unter jeder Garantie wird er uns einen Mietvertrag vorlegen und wie bitte schön, wie wollen Sie dann beweisen, dass er mit der Medikamentensache was zu tun hat?"

Er warf einen Blick auf Francoise Farcont, die sichtlich fröhlich und dabei war, zum zweiten Mal die Bilder per Handy wegzuschicken.

Kubilay lächelte. „Wenigstens ein großer Erfolg, die Kollegin kann auf alle Fälle nach Hause melden, dass sie ihre Reise nicht umsonst gemacht hat."

„Und wenn wir die Sache mit Tunjin dazutun ?" fragte Yelda. „Ist die Staatsanwaltschaft hier mit sowas beeinflussbar, Batdorj ?"

„Welcher Tunjin ?" Batdorj sah im Moment keinen Zusammenhang.

„Der Regierungsbeamte," erklärte Yelda, „der, den Kubilay in der Akte entdeckt hat. Bei uns in Ulan Bator würde der Staatsanwalt bei Verdacht auf Korruption ziemlich rasch anspringen."

„Na ja," antwortete Batdorj etwas lahm, „vielleicht könnte man's versuchen, aber ich fürchte, das ist in Chowd noch nicht so, Kubilay hat schon recht, wir wissen, dass Battulga der Drahtzieher ist, aber richtig beweisen, nein, schaffen wir nicht, also kein Haftbefehl."

„Herrschaften," jetzt meldete sich Gökhan, „auf alle Fälle können wir doch das machen, was Yelda gestern vorgeschlagen hat. Wir fahren zu Battulga und konfrontieren ihn mit der Tatsache, dass ich wie selbstverständlich noch im Team bin, das wird ihn schon mal verunsichern, und dann ...."

„Halt," rief Batdorj, „ so machen wir's, aber nicht in Battulgas Haus. Was wir haben, ist noch kein Beweis, der für eine Verhaftung genügt, aber der Anfangsverdacht reicht doch dick, um ihn zur Befragung hierher zu holen, das kann kein Rechtsanwalt verhindern. Und hier, in unserem Vernehmungsraum, da konfrontieren wir ihn nicht nur mit den Unterlagen, sondern auch mit Gökhans Anwesenheit. Und soll der Herr Anwalt dabei sein oder nicht, das wird ihm Kopfschmerzen machen !"

„Gut," Kubilay war zufrieden, „wer holt ihn ?"

„Das machen Sergej und ich," entschied Batdorj sofort, „niemand anders. Wir nehmen ihn einstweilen fest wegen Verdachts des Medikamentenschmuggels, das reicht einstweilen dafür, alles andere dann hier."

Er gab Sergej ein Zeichen und ging zur Tür, blieb aber nochmal stehen.

„Kubilay," sagte er, „seien Sie so nett und gehen Sie doch inzwischen mit Gökhan die wichtigsten Punkte durch, damit er weiß, an welcher Stelle der Befragung er einen Part übernehmen kann." Er sah Gökhan an. „Und zwar einen bitte recht unfreundlichen."

Gökhan grinste. Hatte sich Batdorj mittlerweile schon daran gewöhnt oder kam ihm das Grinsen heute weniger ölig vor ?

Als Batdorj und Sergej zurück kamen, nur die beiden, ohne erwünschte Begleitung, da konnte jeder in Sergejs Gesicht den Frust ablesen, in Batdorjs Miene noch zusätzlich die tiefe Verärgerung.

„Jetzt sagen Sie bloß nicht," empfing ihn Kubilay mit Kopfschütteln, „dass der Kerl schon wieder vorbereitet war und Sie abgefertigt hat."

Batdorj ließ sich auf seinen Stuhl plumpsen, was dieser mit einem lauten Knacken beantwortete. An seiner Stelle sagte Sergej : „Nichts ist passiert.

Battulga ist angeblich heute nach China, hat dort Termine und geschäftliche Besprechungen, wird nicht vor nächster Woche zurück erwartet."

„Und was bedeutet das?" erkundigte sich Gökhan.

„Das bedeutet," Batdorj war stinksauer, „das bedeutet ganz einfach, wir kriegen ihn so schnell nicht. Hätten wir einen Haftbefehl, dann würden die lieben chinesischen Kollegen uns ein paar Tage hängen lassen und danach vielleicht, aber auch nur vielleicht, reagieren. Wegen einer vorläufigen Festnahme brauchen wir gar nicht erst vorsprechen, da lachen die uns ins Gesicht."

„So ein Mist," Kubilay konnte sich nur zu gut vorstellen, wie es jetzt in Batdorj aussah, „da machen wir halt das Beste draus und ermitteln inzwischen bei diesem Tunjin weiter, dann haben wir mit etwas Glück was Handfestes, wenn Battulga wieder im Lande ist. Ach, Batdorj, fast hätt' ich's vergessen, Sie sollen zu Timur raufkommen."

Der erhob sich sichtlich unlustig. „Bin gleich wieder da."

Der Polizeipräsident empfing ihn mit einem strahlenden Lächeln.

„Hereinspaziert, Batdorj, nur hereinspaziert. Was erzählt mir die bl..., die belig..., also die Ausländerin, ein illegales Labor mit allem Drum und Dran, vier Verhaftungen, weiterfolgende Ermittlungen. Wissen Sie, was das bedeutet?" Er wies auf den Stuhl vor seinem Schreibtisch. „Setzen Sie sich doch hin, Mann, und warum schauen Sie denn schon wieder so, als wenn alles schief gegangen wäre? Solch ein Erfolg! Das wird sich gut in den Medien anlassen."

Sein Telefon klingelte, er nahm ab, horchte eine Weile zu und nuschelte dann leise etwas hinein, was Batdorj nicht verstand, ehrlich gesagt, interessierte es ihn auch nicht.

„So," fuhr Timur jetzt fort, „also ein Erfolg nach dem anderen. Wenn Sie so weitermachen, mein Lieber, wenn Sie so weitermachen!"

Er beugte sich etwas zu Batdorj vor. „Unsere Gast-Kollegin hat ihre Fotos schon zur Interpol-Abteilung in Ulan Bator geschickt, die Ministerin hat mich angerufen und zu unserer Arbeit gratuliert. Das ist was, mein Lieber, was? Wissen Sie Batdorj, und jetzt hab' ich mir gedacht, bevor die wieder zurück fliegt in die Hauptstadt, da sollten wir doch noch ein bisschen freundlich zu ihr sein, nicht wahr, weiß man ja nicht, was sie sonst über uns erzählt bei sich daheim in Gel...., äh, Beligi..., also bei sich daheim, nicht wahr? Führen Sie sie doch etwas herum in Chowd, zeigen Sie ihr was, gehen Sie gut essen, na Sie wissen schon, sie soll halt einen guten Eindruck von uns und unserer Gastfreundschaft haben. Nehmen Sie sich ruhig heute Nachmittag Zeit dafür, unsere Bösewichter werden ja mal einen halben Tag ohne Sie auskommen." Er lachte laut über seinen gelungenen Witz, und dabei fiel ihm nicht auf, dass sein Gegenüber nur gequält lächelte.

Das hatte ihm jetzt noch gefehlt, den Fremdenführer spielen und dann noch womöglich mit den beiden Frauen allein, wie sollte er sich bloß verhalten, wenn ihn Francoise wieder so ansehen würde wie gestern Abend, und dann Narantsetseg daneben, die womöglich bei so einer Privat-Tour mit ihm Händchen halten wollte ? Nicht, dass ihm letzteres unangenehm gewesen wäre, nein, nach dieser Nacht keineswegs, aber unter den Blicken von Francoise Farcont ? Verflixt, er tappte doch von einer Schwierigkeit in die nächste. Halt, fiel ihm ein, als er langsam die Treppe hinunterging zu seinem Büro, Kubilay ! Er musste Kubilay bei Gelegenheit beiseite nehmen und ihn bitten, sich möglichst viel um die Belgierin zu kümmern, ihn, Batdorj, ein bisschen aus der Schussweite halten. Ja, und warum nicht auch Yelda und Gökhan ! Die konnten doch mit, ohne ihn, was sollten sie denn da groß weiter ermitteln.

Als er seine Bürotür öffnete, war seine Laune bereits etwas besser.

Drinnen sank der Pegel dagegen wieder, denn der Kommissar der Ordnungspolizei wartete auf ihn. Als der Batdorjs Miene sah, beeilte er sich zu sagen : „Ich bringe Ihnen keine Ungelegenheiten, Batdorj, ich bin in zwei Minuten wieder weg. Ich brauche nur Ihren Rat."

Es ging um eine Angelegenheit, für die die Ordnungspolizei zuständig war, nämlich um Diebstahl. Seit einiger Zeit vermissten die Mönche des großen Tempels immer wieder Kultgegenstände, also Bilder, Figuren oder Altarschmuck. Wenn täglich ganze Herden von Touristen durch das sehenswerte Gebäude strömten, dann war es natürlich kein Wunder, dass der eine oder andere aus einer Gruppe versuchte, sich ein Andenken mitzunehmen, klar müsste jedem bewusst sein, dass dies ganz einfach Entwendung fremden Eigentums ist und für die Mönche noch schlimmer, nämlich Schändung heiliger Gegenstände, aber es hatte sich noch nie verhindern lassen, dass dies immer wieder einmal geschah.

Bisher hatten es die Mönche mit ihrem berühmten Gleichmut hingenommen, sie waren zwar stets bekümmert gewesen, aber die staatliche Obrigkeit deswegen einzuschalten wäre ihnen nie in den Sinn gekommen, das war eine Angelegenheit zwischen Dieb und Gott, Buddha, Krishna, Allah oder an was sonst dieser Frevler glauben mochte.

Nun aber war seit einiger Zeit ganz augenfällig, dass die Diebstähle überhand nahmen, in schöner Regelmäßigkeit verschwand etwas. Nach langem Überlegen und Nachsinnen im Meditieren beschloss der Obere der Mönche, zumindest Bescheid zu sagen bei der Ordnungspolizei.

Polizisten im Tempel zu haben, die nach Fingerabdrücken oder Spuren der Diebe suchten, das kam nicht in Frage. Beamte an der heiligen Stätte zu beherbergen, die hinter einer Säule oder hinter einem Altar versteckt den Besuchern auf die Finger schauen würden, so etwas war einfach unmöglich und unvorstellbar.

„Aber was soll ich denn tun ?" Der Kommissar der Ordnungspolizei war ratlos. „Ich kann doch nicht auf dem Parkplatz Kontrollen und Leibesvisitationen durchführen lassen, das wär doch absurd. Da kommen dreißig Leute aus dem Tempel, ein jeder kann der Dieb sein, und ? Batdorj, Sie denken unkonventioneller, das weiß ich, helfen Sie mir. Wie soll ich vorgehen ?"

Obwohl Batdorj wie so viele Mongolen heute nicht wirklich religiös gesinnt war, saß in ihm wie bei den meisten die althergebrachte Ehrfurcht vor allem, was mit Tempel und Mönchen zu tun hatte, im Hirn, ihn empörte also das Gehörte.

„Eine Aufgabe für Väterchen !" sagten Yelda und Gökhan wie aus einem Mund, sahen sich überrascht an und lachten beide.

„Und das heißt genau ?" fragte sofort der Ordnungs-Kommissar neugierig.

„Ja, ist mir auch als erstes eingefallen," Batdorj war nicht beleidigt wegen des Vorpreschens der beiden, er empfand eher eine Art Stolz, dass er die alten Helden im Hintergrund hatte, „wenn man überlegt, wer so da drin im Tempel am wenigsten auffällt, ja, das wäre eine Aufgabe für Väterchen."

„Also, ich hab' jemanden, der die Sache übernimmt," sagte er zu seinem Kollegen aus dem Erdgeschoß, „aber offiziell bleibt alles bei euch, wenn wir was rauskriegen, benachrichtigen wir euch und alles Weitere, na, Sie wissen schon."

Als der Kommissar der Ordnungspolizei gegangen war, und zwar sehr erleichtert gegangen war, meinte Batdorj : „Wenn die Alten Erfolg haben, dann bin ich nicht scharf drauf, die Lorbeeren dafür einzuheimsen, jedes Mal muss ich mir bei Timur anhören, wie affenstark das Ganze für die Medien ist. Mittlerweile bin ich froh, wenn alles gut läuft und ich meine Ruhe habe."

Dann berichtete er, mit was ihn Timur beauftragt hatte.

„Dann machen wir uns halt einen schönen Nachmittag, warum nicht," lachte Kubilay, „Battulga ist eh nicht im Land, die aktuellen polizeilichen Er-mittlungen übergeben wir dem Rentner-Stoßtrupp, also warum nicht."

„Brauchen wir beide Autos oder sind wir dann zu Fuß unterwegs ?" erkun-digte sich Gökhan.

„Vom Hotel aus alles zu Fuß," antwortete Batdorj, „ich würde sagen, so in einer halben Stunde alle am Hotel-Parkplatz."

Als Yelda, Kubilay und Gökhan zur Tür hinaus wollten, hielt Batdorj Kubilay leicht am Ärmel fest.

„Einen kleinen Moment noch," murmelte er.

Kubilay rief den anderen hinterher: „Ich komme gleich !" und sah Batdorj fragend an.

„Ich hätte da eine Bitte," murmelte der verlegen und kratzte sich leicht am Kopf, zum Glück nur leicht, denn er erwischte diesmal die rechte Seite.

„Na, immer raus damit," erwiderte Kubilay fröhlich, „fürchten Sie, dass Sie nicht genug Geld haben für heute Nachmittag ? Timur wird Ihnen ja wohl keins mitgegeben haben."

„Ach nein," Batdorj winkte ab, „ums Geld geht's überhaupt nicht. Es ist nur, äh, wären Sie so gut, und kümmern Sie sich um Francoise ? Also intensiv, meine ich, damit nicht ich, ja, wie soll ich's erklären, ich ...."

„Wenn das alles ist, brauchen Sie mir nicht viel erklären. Klar mach' ich das, ist doch eine attraktive Person, hab' zwar gestern den Eindruck gehabt, die steht mehr auf Batdorj als auf Kubilay, aber wenn Sie wollen, klar bemüh' ich mich um sie."

Batdorj war erleichtert. „Danke. Dann bis in einer halben Stunde, ich fahr noch schnell zu Gulnaz und erklär ihm, für was wir seine Leute brauchen."

\* \* \*

Neben all den Touristen waren den ganzen Tag über immer wieder Einheimische im Tempel zu finden, die Räucherstäbchen anzündeten, Gebetsmühlen in Bewegung setzten oder auch still in sich versunken vor einem der zahlreichen kleinen, stets bunt geschmückten und kräftig bemalten Altäre meditierten, und oft genug am Tag ruhten sich hier auch die Rentner aus, denn viele von ihnen hatten ja einen langen Anmarschweg von den Außenbezirken Chowds bis in die laute belebte Stadtmitte. Keinem der Mönche würde je einfallen, dem ruhelosen Hin und Her der Touristen eine unwillige Miene zu zeigen oder einen, der zu lange an einer Gebetsmühle verharrte, bitten endlich weiter zu gehen und Platz zu machen, und selbst wenn sie sich tatsächlich einmal gestört fühlten von einem der Alten, der vor dem Altärchen eingenickt war und zu schnarchen begann, so würden sie diesen, wenn überhaupt, nur wecken, um ihm anzubieten, das erbettelte Essen mit ihm zu teilen.

Gulnaz Leute konnten also im Tempel verweilen, so lange sie wollten, fielen weder Einheimischen noch Touristen auf und hatten es nicht im Mindesten nötig, sich zu verstecken, um zu beobachten. Auch dass sie ab und zu vor sich hin murmelten, war völlig normal, das machten hier viele beim Beten, und alte Leute führen ja sowieso oft Selbstgespräche.

Genauso verhielt sich Gulnaz selbst draußen am Rande des Parks, er saß zusammengekauert auf einem der kleinen Bänkchen, auf denen nur eine Person Platz hatte und von dem aus er Eingang und Parkplatz im Blick hatte, horchte auf das, was aus seinem kleinen Kopfhörer an Informationen kam und plapperte immer dann vor sich hin, wenn jemand vorbei ging.

Wenn es in Fernsehkrimis oder Zeitungsberichten heißt, ein Polizist hat immer ein gewisses Gespür für einen Verdächtigen, so ist das in der Praxis reiner Unfug. Ein junger Mann als Hippie verkleidet mit langen Haaren und grell bunter Kleidung wird garantiert in jeder Kontrolle angehalten, zieht er sich aber an wie ein Manager und kommt mit gepflegter Frisur,rasiert und mit Aktentasche daher, dann kann er bei zehn Gängen durch diese Kontrolle mindestens fünf Mal durchschmuggeln, was immer er will, da er, seriös wirkend, kaum angehalten wird.

Also ist es für einen Beobachter unsinnig, auf die Menschen als Personen zu achten, auf ihr Aussehen, auf ihre Kleidung, nein, er muss genau hinsehen, wie sich diese Person bewegt und was sie tut, allein das ist wichtig. Erwähnenswert ist noch, dass die alten Helden jedem Polizisten eine ganz wichtige Eigenschaft voraus hatten : In ihrer Ausbildung waren sie darauf gedrillt worden, auf jede Kleinigkeit zu achten, manche Menschen haben ja von Natur aus ein fotografisches Gedächtnis, doch man kann es sich auch angewöhnen, man kann es zum großen Teil erlernen. War nun diese Ausbildung schon sehr lange her und waren Gulnaz' Männer eben an Jahren schon ,alt', aber diese Fähigkeit besaß und übte jeder gewohnheitsmäßig ständig. Würde sich an einem Altärchen, in einer Gebetsnische, an einem Regal mit Figuren etwas ändern, keiner der alten Helden würde solches übersehen, sondern es sofort registrieren.

Und es wurde einiges von ihrer Beobachtungsgabe verlangt. Immer wieder kam eine Gruppe Touristen, die natürlich vor den schönsten Sachen stehen blieben, manchmal weit auseinander gefächert durch den Tempel zogen und manchmal so dicht an dicht, dass kaum zu erkennen war, wer da was machte. Dazwischen immer wieder Einzelpersonen und Pärchen, die zwar leichter zu überwachen waren, dafür aber oft vor und wieder ein Stück zurück marschierten, also im Grunde genommen auch viel Beobachtungsintensität beanspruchten. Schnell war den Alten klar, dass eine Gruppe, die sich dicht zusammenhält, am leichtesten die Möglichkeit hatte, einem Dieb Sichtschutz zu gewähren.

Und ganz genau so geschah es. Eine kleine chinesische Touristengruppe, die sich bei Gulnaz' Männern allein dadurch schon bemerkbar machte, weil sie in ihren Reihen keine einzige Frau hatte, drehte die Runde durch den Tempel zweimal. Das war höchst ungewöhnlich, fiel aber natürlich bei so vielen Besuchern kaum jemandem auf, nur eben den scharf beobachtenden Alten. An den Altärchen standen sie jedes Mal dicht gedrängt und nach diesem zweiten Durchgang fehlten an drei Stellen Gegenstände.

Die beiden Alten, die dies festgestellt hatten, benachrichtigten Gulnaz und blieben der Gruppe unauffällig auf den Fersen.

Draußen zog Gulnaz sein Handy und wählte Batdorjs Nummer. Er kicherte vor sich hin, Söhnchen würde sich über den raschen Erfolg freuen.

Während der Fahrt zum Hotel hatte Batdorj seine Jacke auf dem Beifahrersitz liegen gehabt und nicht beachtet, wie das Holpern und Schütteln des Lada seine Jacke hin und her rutschen ließ, als dann das Handy in einer Kurve aus der Tasche sauste und in den Spalt zwischen Sitz und Tür fiel, bekam er nichts mit davon. Am Parkplatz des Hotels angekommen, hatte er die anderen schon dastehen gesehen, schnell nach seiner Jacke gegriffen und war ausgestiegen. Das Handy brauchte er den ganzen Nachmittag über nicht, und so merkte er nichts davon, dass es gar nicht wie immer in seiner Jackentasche steckte.

*Die angerufene Nummer ist nicht erreichbar,* zweimal hörte sich Gulnaz diesen Satz an, dann wählte er nicht noch einmal. Außerdem kam die beschriebene Touristengruppe gerade die Treppe vom Tempel herunter, leicht zu erkennen, lauter Chinesen und nur Männer, dahinter die beiden, die Gruppe und Diebstahl beobachtet hatten.

Entgegen Batdorjs Anweisung waren sie alle bewaffnet, da brauchte Gulnaz gar nicht mit Söhnchen diskutieren, nackt in eine Aktion einzusteigen, hatte es nie gegeben und würden sie auch nie machen, aber groß herum zu reden war ja nicht notwendig.

Doch hier in der Öffentlichkeit, hier auf dem belebten Platz vor dem Tempel, eine ganze Gruppe in Schach zu halten, wo man zudem nicht wissen konnte, wer von der Polizei kommen und wie reagieren würde, nein, das war nicht angesagt, das war nicht ihre Art zu arbeiten. Hilft nichts, wenn Söhnchen aus irgendeinem Grund nicht erreichbar ist, bleibt nur eines. Gulnaz winkte seine Leute unauffällig wieder zurück in den Tempel und verfolgte die Gruppe allein. Wie erwartet, gingen sie zum Busparkplatz und stiegen in einen der kleineren Busse. Der Alte registrierte und merkte sich das chinesische Kennzeichen. Als der Bus abfuhr, kehrte er zurück zu seiner Bank und gab den anderen per Funkgerät Bescheid, dass die Beobachtungsaktion weiterlaufe wie vorher.

Und dann geschah doch etwas, das Gulnaz die Möglichkeit gab, trotz fehlender Telefonverbindung etwas zu unternehmen.

Nach einer Stunde kam der gleiche Bus noch einmal mit der gleichen Touristengruppe. Gulnaz versuchte sofort wieder Batdorj zu erreichen, doch dessen Handy lag nach wie vor in seinem Auto. Also setzte er sich mit seinen Leuten in Verbindung, ordnete an, dass einer im Tempel bleiben sollte und erklärte den anderen dreien, was er vorhatte.

Als nach einiger Zeit die chinesische Touristengruppe zum Bus zurückkehrte und rasch einstieg, da bemerkten sie erst, als sie sich setzen wollten, dass hinter ihnen quasi als letzte noch zwei alte Männer mit eingestiegen waren, und dass auf den letzten beiden Sitzen im Bus bereits zwei solche Exemplare saßen. Zum Schimpfen und Aufregen blieb aber keine Möglichkeit, denn sowohl die beiden auf der einen als auch die beiden auf der anderen Seite hatten Pistolen in den Händen. Zwei von den Alten gaben ihre Waffen dem Nachbarn, so dass der nun zwei Pistolen und sie selbst die Hände frei hatten und begannen von jeweils ihrer Seite, die Chinesen nach Waffen zu untersuchen. Hatten sie natürlich keine, wie sich's Gulnaz gedacht hatte, das wäre beim Grenzübergang doch zu riskant.

„So, Herrschaften," sagte er, nachdem alle seine Männer wieder ihre Waffen in den Händen und auf die Businsassen gerichtet hatten, „ich rate euch, schön sitzen zu bleiben, wir verstehen keinen Spaß. Wir machen jetzt eine kleine Fahrt und warten dort brav."

Es stellte sich heraus, dass niemand von den Chinesen Mongolisch verstand, nur einer konnte mit Mühe etwas Mongolisch radebrechen. Schwitzend vor Angst hörte er Gulnaz zu, wie dieser es noch einmal langsam und deutlich erklärte, dann wandte er sich an die anderen und ein Schwall Chinesisch ergoss sich über seine Mitfahrer. Danach saßen alle ruhig da, und Gulnaz dirigierte per Handbewegung den Busfahrer.

Während dies alles geschah, war Batdorj schon einige Zeit in der Nähe. Nachdem er Chowd von verschiedenen Seiten gezeigt hatte, einmal bestand die belgische Kollegin hartnäckig darauf, in ein Museum zu gehen, von dem Batdorj nichts erzählen konnte, da er selbst noch nie drin gewesen war, und danach hatten sie noch ein kleines Geschäft für Volkskunst gefunden, das noch nicht lange eröffnet war und in dem sich die drei Frauen länger aufhielten als in dem Museum, also danach waren sie in einem Straßencafe gesessen, hatten das kulinarische Angebot genossen und befanden sich nun in dem Nomadendorf, das bereits fast vollständig aufgebaut war. Der Zugang war zwar verboten, aber Batdorj hatte ihnen mit seinem Polizei-Ausweis doch die Möglichkeit verschafft, wenigstens die zwei Jurten betreten und besichtigen zu dürfen, in denen keine Arbeiter mehr am Werke waren. Um ein Haar wäre ihm herausgerutscht, dass seine Frau und seine Schwiegereltern aus solch einem Wanderhaus stammten, aber er fing sich rechtzeitig, Narantsetseg war stets so dicht an ihm dran und suchte dauernd Berührung mit ihm, so dass solches Gerede wahrscheinlich nicht sehr passend gewesen wäre.

Francoise staunte, dass solch eine Jurte eine richtige Tür besaß, und so konnte Batdorj mit seine Kenntnissen glänzen : Früher waren Jurten natürlich reine Zelte gewesen, denn Nomade sein, das hieß ja, mit der Herde ununterbrochen auf Suche nach Futterplätzen zu sein. Diese Tatsache, also das ruhelose Wandern den grünen Wiesen hinterher, hatte sich bis heute nicht geändert, aber moderne mongolische Wanderhirten und ihre Familien besaßen heute einen Kleinlastwagen, auf den sie alles verladen konnten, und im Inneren einer Jurte boten Möbel und oft genug auch ein Fernsehapparat eine modernere Unterbringung als früher, daher auch nun die feste Tür, die mitsamt Rahmen jederzeit abgebaut und verladen werden konnte.

Vom Nomadendorf aus waren es nur ein paar Schritte durch den Park bis zu Chowds wichtigster Sehenswürdigkeit, dem Tempel. Wie alle Touristen zogen auch Batdorj, Narantsetseg, Kubilay, Francoise, Yelda und Gökhan durch die prächtigen Räume, und die Belgierin war schwer beeindruckt, vor allem, als sie zusah, wie Yelda Räucherstäbchen entzündete und ganz unbefangen erklärte, das sei in Erinnerung und zu Ehren ihres verstorbenen Vaters. Und in diesem Moment erinnerte sich Batdorj an Gulnaz, merkwürdig, er hatte bisher doch keinen der Alten hier im Tempel gesehen. Obwohl er natürlich nicht im Inneren des Tempels telefoniert hätte, fuhr seine Hand doch automatisch in die Tasche zum Handy - war aber keines da.

„Kann ich mir nicht vorstellen, dass Sie es verloren haben," meinte Kubilay leise, „Sie haben es doch heute Nachmittag gar nicht benützt."

Unruhig drängte Batdorj zu einem Aufbruch, es war sowieso allmählich Zeit, zum Hotel zurückzukehren.

Während die anderen warteten, suchte er sein Auto durch, nichts. Da klingelte es plötzlich, von wo kam denn das ? Gökhan hatte mit seinem Handy Batdorjs Nummer gewählt, lauschte und fand die richtige Stelle.

„Verflixt," schimpfte Batdorj, als er auf das Display sah, „Gulnaz hat schon dreimal versucht, mich zu erreichen. Das muss mir ausgerechnet heute passieren, wo wir den ganzen Nachmittag unterwegs sind."

Er wählte die Nummer des Alten.

„Wo bist du, Söhnchen?" fragte Gulnaz kichernd. „Auf eurem Parkplatz? Bleib dort, wir kommen gleich hin, wir haben eine wichtige Lieferung. Auftrag erfüllt."

Zehn Minuten später bog ein kleinerer Bus, Batdorj registrierte sofort das chinesische Kennzeichen, dreimal hupend in den Hof ein und blieb mitten darin stehen. Die Tür ging auf und Gulnaz stieg aus. Kichernd, aber kurz und bündig erklärte er das Geschehene. Gleichzeitig kamen zwei Beamte der Ordnungspolizei, die im Aufenthaltsraum aus dem Fenster gesehen hatten, herbei, wohl um den Busfahrer zu erklären, wo er sich hier befinde und ihn anschließend weiter zu jagen. Batdorj wies sie an, ihren Chef zu holen, und, als dieser da war, überließ er Gulnaz die Berichterstattung und stieg selbst schnell in den Bus, um den Alten zu sagen, ihre Waffen wegzustecken, bevor sie ausstiegen.

Bei der gründlichen Durchsuchung des Busses stellte die Ordnungspolizei etliche Gegenstände und Bilder sicher, die alle aus dem Tempel stammten. Als sich der Kommissar bei Batdorj für die prompte Hilfe und den Erfolg bedanken wollte, winkte dieser ab.

„Machen Sie ja kein großes Geschrei davon, ich will nichts damit zu tun haben, ich bin froh, wenn ich nicht schon wieder ‚medienwirksames' Material für Timur bin!"

„Ich bringe Väterchen und die anderen heim," bot Gökhan an, „ich will nämlich sowieso noch zu meinen ‚Beziehungen' schauen, vielleicht gibt es ja doch was Neues."

„In Ordnung," nickte Batdorj, „dann treffen wir uns zur gewohnten Zeit im Hotel-Restaurant."

„Dann bringe ich unsere Kolleginnen zum Hotel, die werden sich frisch machen wollen vor dem Abendessen," meinte Kubilay.

„Gut," erwiderte Batdorj und wies mit der Hand auf die offene Beifahrertür seines Lada, „die beiden anderen gern, nur Narantsetseg nicht, die fährt mit mir mit."

* * *

Ungefähr 100 km südlich der mongolischen Grenze liegt eine kleine chinesische Stadt, deren Name international noch nicht bekannt ist, aber bereits eine beachtliche Rolle spielt wegen der hier ansässigen Elektronik-Industrie. Der Grund, warum die Erzeugnisse dieses Gewerbes auf dem Weltmarkt so billig angeboten werden können, liegt im chinesischen Kommunismus begründet, nach wie vor beherrscht diese Partei das riesige Land, nach wie vor bestimmen Parteifunktionäre, wie viel, besser gesagt wie wenig die Menschen verdienen, nach wie vor beutet die Funktionärsklasse die einfachen Menschen aus.

Am Rande dieser Stadt, dort, wo die hohen Parteikader ihr Privatleben in Villen mit gepflegten Gartenanlagen verbrachten, besaß auch Herr Battulga ein Haus, nicht ganz so üppig wie daheim in Chowd, aber dennoch repräsentativ genug. Nun, das Wort Besitz stimmte zwar dem Sinn nach, nicht aber wortwörtlich, denn dass ein Ausländer hier Grund und Boden sein eigen nennen würde, das erlaubte der chinesische Staat natürlich nicht, er hatte es also über einen chinesischen Strohmann gekauft, einen Mann, der in der Partei einiges zu sagen hatte und mit Herrn Battulga gute Geschäfte machte. Und genau zu diesem Zweck, Geschäfte machen, kam Battulga des öfteren hierher.

Einige seiner Geschäftspartner und auch sein Anwalt wussten von diesem Chinesen, mit dem sich Battulga hier traf, aber sie kannten ihn alle nur unter dem Namen Herr Ho. Selbstverständlich war dies nicht sein richtiger Name, den kannte allein Battulga, aber auch dieser sprach ihn stets mit Ho an, so war es ausgemacht, so konnte nicht aus Versehen ein in China wichtiger Name ins Gerede kommen.

„Die Geschichte mit dem Labor ist sehr unangenehm," meinte Herr Ho gerade, „Sie wissen doch selbst, die Zeiten sind sehr hart, und die indischen Anbieter drängen sich in jede Lücke. Warum haben Sie nicht rechtzeitig reagieren können ?"

Battulga zuckte bedauernd mit den Achseln. „Meine Verbindung in die Polizeizentrale ist leider im Moment unterbrochen. Und dann, es hatte so schön geklappt mit dem einen Beamten aus Ulan Bator, aber dieser verfluchte Kommissar Batdorj hat ihn enttarnt, ich weiß nicht, wie, aber er hat es erfahren, dass der Mann Informationen geliefert hat."

In Erinnerung an die Szene lachte er grimmig. „Das war ein Getobe."

Ho sah ihn von unten her an. „Haben Sie einen Maulwurf in Ihren Reihen, hat Ihnen der Kommissar jemanden untergejubelt ?"

Battulga verneinte entschieden. „Nein, absolut nicht." Er zögerte etwas und sagte dann : „Ich habe eher das Gefühl, dass sich mir gegenüber Konkurrenz aufbauen möchte."

„Mit so etwas müssen Sie selbst fertig werden," das interessierte Herrn Ho nicht besonders, „für mich ist wichtiger, dass dieser Kommissar endlich ausgeschaltet wird. Der wird uns zu teuer, so eine Unterbrechung in der Lieferung wie jetzt gerade dürfen wir uns nicht leisten."

Herr Ho zog eine Augenbraue hoch, dabei blieb sein Gesichtsausdruck allerdings genauso nichtssagend wie vorher. „Schaffen es Ihre Leute nicht ? Soll ich Ihnen jemand Zuverlässigen besorgen ? Einen, wie sagt man in den Fernsehkrimis, einen Profi ?"

Herr Battulga durchdachte schnell die mit ihm zusammenarbeitenden ‚Geschäftspartner' in Chowd-Aimag, bis jetzt waren sie bei solchen Sachen eher in die Kategorie Stümper einzustufen gewesen.

„Ich wäre Ihnen sehr verbunden," nickte er deshalb, „das wäre mir sehr angenehm in doppelter Hinsicht, ich brauche mich nicht rumärgern mit

Leuten, die sowas nicht können, und ich wäre endlich das Problem Batdorj los. Ja," nickte er nochmals, „ich wäre Ihnen sehr verbunden."

„Und dann sehen wir zu, dass das möglichst bald geschieht." Herr Ho legte seinen Kopf etwas schief. „Und Sie, Battulga, kommen aber nicht drum herum dafür zu sorgen, dass Sie kompetenteres Personal an die Hand bekommen. Fehlschläge wie diese dürfen nicht überhand nehmen."

Er stand auf. „Sie hören von mir."

* * *

Der Rest der Woche brachte nichts Neues, es lief für Batdorj die allgemeine Polizeiarbeit mit viel ungeliebter Bürokratie und Schreibkram. Die Interpol-Kollegin und Narantsetseg, die Dolmetscherin, waren verabschiedet worden und nach Ulan Bator zurück geflogen. Francoise hatte noch einen, wie es Batdorj schien, wehmütigen Blick auf ihn geworfen beim Einchecken und sofort hatte sich eine Art schlechtes Gewissen in ihm gemeldet, aber er erhielt Beifall von den anderen, als er sich von Narantsetseg in völlig eindeutiger Weise verabschiedet hatte. Was die Kollegen ja nicht wussten, war, dass sie in der letzten gemeinsam verbrachten Nacht besprochen hatten, dass sie, sobald es beruflich möglich war, zu ihm nach Chowd kommen würde. Bis dahin wollte sich Batdorj um eine Scheidung bemühen, und er konnte eigentlich keine Schwierigkeiten erkennen, seine Ex war ja wohl anderweitig untergebracht. Über Timur wollte er versuchen herauszubringen, ob in der Provinzregierung eine Dolmetscherin, die englisch, französisch und russisch sprach, einen Job bekommen konnte.

Solongo hatte ihn angesprochen, sie hatte von Sergej erfahren, dass seine Frau wieder in Chowd sei und wollte nun wissen, wie er sich denn die Zukunft vorstelle, Batdorj hatte ihr erklärt, dass er sie nicht mehr als seine Frau, sondern als seine Ex betrachte und sie auch gar nicht mehr hier wäre, dabei hatte er aber auch die Gelegenheit genutzt, ihr anzudeuten, dass wohl nichts aus ihnen beiden werde, allerdings eben nur angedeutet, Klartext zu reden schaffte er nicht und ärgerte sich danach, als er allein in seinem Büro saß, über diese Feigheit, na ja, vielleicht hatte Solongo verstanden.

Über eine Stunde saß er mit Tüti zusammen, die sich wieder gesund gemeldet hatte und über alles Dienstliche informiert werden wollte, was während ihrer Abwesenheit geschehen war.

Kubilay bekam aus der Hauptstadt die Meldung, dass der Fall Tsend Tunjin zur weiteren Ermittlung und Überwachung an den Inland-Geheimdienst abgegeben worden war, was ihn keineswegs störte, zumal ihm die Ministerin versprochen hatte, ihn sofort zu benachrichtigen, wenn Ergebnisse vorlägen und er ja außerdem jederzeit über Gökhan Näheres erfahren konnte.

Wie von Kubilay prophezeit, war Battulga natürlich offiziell völlig unschuldig, jeglichen Verdacht zerblies der Anwalt in Nichts. Er legte einen Mietvertrag für das Haus vor, in dem ein der Ordnungspolizei wohlbekannter

Kleinganove als Mieter eingetragen war, wo sich dieser Mann aufhielt, wusste im Moment niemand, auf alle Fälle war der ganz allein verantwortlich für alles, was in diesem alten Haus passierte. Auch die Transportpapiere, die Battulga unterzeichnet hatte, betrafen Aufträge, die dieser Mieter gegeben hatte, und als Inhalt war Volkskunst und Keramik angegeben. Ein Geschäftsführer einer Spedition ist doch nicht verpflichtet, ja sogar nicht einmal berechtigt, zu transportierende Kisten und Schachteln zu öffnen und auf deren Inhalt zu prüfen. Hier legte der Anwalt sogar die vom Zoll abgezeichneten Unterlagen über die Lieferungen nach China vor, und wenn die Grenzpolizei nichts zu beanstanden gehabt hatte, Schulterzucken und höhnisches Grinsen, was wolle man denn dann hier in der Polizei von Chowd dem ehrenwerten Herrn Battulga anhängen ?

Die erste Unruhe in diese eintönige, langweilige Woche brachte Gökhan, den man nur noch in Yeldas Begleitung sah.

„Kubilay, Batdorj," stieß er aufgeregt hervor, als die beiden zur Tür herein kamen, und wedelte mit ein paar Blättern in der Hand, „was Neues ! Und ich fürchte, nichts Gutes."

Der Geheimdienst hatte zwei Telefongespräche zwischen Battulga und einem Anrufer in China festgehalten. In beiden ging es darum, dass zwei Profis unterwegs seien, Waffen zu besorgen sei nicht notwendig, sie hätten alles dabei, was notwendig wäre. Um die Falle für den Kommissar, und hier wies Gökhan mit dem Finger extra darauf und sagte : „Da können nur Sie gemeint sein, Batdorj !", um die Falle aufbauen zu können, brauche man eine nahestehende Person als Köder sowie den möglichst idealen Platz, um alles ablaufen lassen zu können. Informationen über diese Person zu besorgen und den Ort zu überdenken, sei Sache von Battulga.

Kubilay blieb still und überlegte, und Yelda meinte : „Sie müssen sofort Schutzmaßnahmen für Ihre Familie treffen, Batdorj !"

Der blieb ebenfalls einen Moment ruhig, las sich alles noch einmal durch und trommelte dann mit den Fingerspitzen auf der Schreibtischplatte. Dann schüttelte er den Kopf.

„Ich kann mir nicht vorstellen, dass jemand aus meiner Familie in Gefahr sein könnte. Meine Exfrau, na ja, wir sind ja noch nicht geschieden und das weiß ja keiner, also meine Exfrau lebt in einer Jurte, nicht einmal ich weiß, wo sie gerade ist, ob dann jemand Fremdes das rausbringt ? Und mein älterer Sohn, der ist Polizist in Ulan Bator, da hab' ich mal keine Angst, der weiß sich zu helfen. Und der jüngere, der ist Ingenieur, und mit dem seiner Familie ist es nicht viel anders als bei meiner Ex, wo der im Moment im Boden rumgräbt oder in welchem See der bohrt, keine Ahnung, ich seh' die ganze Familie nicht zu oft."

„Trotzdem," drängte jetzt Kubilay, „Yelda hat vollkommen recht, Sie dürfen doch kein Risiko eingehen. Zwei, drei Anrufe, und wo's geht, da warnen Sie Ihre Familie. Besser die Teetasse umsonst eingewickelt als ihre Scherben zusammengekehrt."

Batdorj rief also den einzigen, den er sofort erreichen konnte, an und erklärte seinem Sohn in der Hauptstadt kurz und knapp, worum es ging, woraufhin dieser versprach, seinen Bruder ausfindig zu machen und mit ihm zu reden.

Der zweite Unruhe gelangte erst zweithand zu Batdorj. Drei Tage später war nämlich in der Früh der Empfangstisch in der Vorhalle unbesetzt, was die Polizisten im Aufenthaltsraum verwunderte, denn Solongo war noch nie krank gemeldet und hatte sich auch noch nie verspätet. Ein Anruf bei ihr nutzte nichts. Nach einer Stunde schickte der Chef der Ordnungspolizei einen Beamten zu ihrer Wohnung, aber niemand machte auf. Die neugierige Nachbarin, die sofort fragte, was er denn hier wolle, schüttelte den Kopf und meinte, sie habe genau gesehen, wie Solongo heute Morgen das Haus verlassen hatte, die junge Frau sei nämlich immer pünktlich und außerdem auch offensichtlich sehr solide, denn sie habe nur selten Männerbesuch, und das sei auch immer derselbe, ein etwas älterer, na vielleicht war's ja ihr Vater, ach nein, denn der blieb ja immer über Nacht, also das musste schon ihr Freund sein, aber .....

Der Polizist meldete dies, nicht die Geschichte von solide und Freund, aber dass Solongo das Haus pünktlich verlassen habe, und zunächst dachte man, sie wäre vielleicht zu einem Arzt oder ähnlich, man wartete also den Vormittag über ab.

Als Batdorj kurz das Haus verlassen hatte, registrierte er zwar aus den Augenwinkeln, dass der Empfang unbesetzt war, dachte sich aber nichts dabei. Als er dann nach einer Viertelstunde wiederkam, wunderte er sich doch und fragte im Aufenthaltsraum nach. Komisch, überlegte er, während er die Stufen zu seinem Büro hinaufstieg, komisch, das sieht gar nicht nach Solongo aus, wegbleiben ohne Bescheid zu geben.

Kaum saß er an seinem Schreibtisch, kam ein Anruf, kurz und bündig, ohne Gelegenheit zu antworten.

„Sind Sie Batdorj ? Ja ? Wir wollen ein Geschäft mit Ihnen. Wir haben Ihre Freundin. Sie allein, keine Kollegen, keine Fangschaltung, wir erfahren es, und dann .... ! Wir melden uns wieder." Aufgelegt.

Batdorj starrte Yelda, Kubilay und Gökhan an, die vor ihm auf einem neuen Klapptisch Akten durchsahen.

Kubilay sah auf. „Sie sind ganz blass, Batdorj, ist was passiert?"

Batdorj antwortete nicht, sondern zog sich seinen Block her und schrieb den Anruf, solange er ihn frisch im Kopf hatte, nieder. Dann schob er ihn zu Kubilay hinüber.

„Was ?" Yelda war entsetzt, als sie gelesen hatte. „Narantsetseg ?"

Batdorj verneinte. „Nein, nicht Narantsetseg. Solongo, das ist die junge Frau unten am Empfang. Ich bin mit ihr, also ich hab bisher mit ihr...."

„Schon klar," Gökhan unterbrach ihn, „die kennen wir." Dann grinste er wieder wie früher. „Die Vorgängerin von Narantsetseg."

„Jetzt sitzen wir schön blöd da," sagte Kubilay, „das ist die Falle, von der Gökhans Leute gehört haben. Jetzt heißt's in Ruhe und mit klarem Kopf überlegen."

„Warum sollten wir denn keine Fangschaltung legen lassen," erkundigte sich Yelda, „so was kann doch meines Wissens niemand am anderen Ende feststellen, oder ?"

„Ja," antwortete Kubilay, „aber Batdorjs Problem ist, dass er hier im Haus jemanden sitzen hat, der auf Battulgas Lohnliste steht, und wir wissen nicht, wer. Folgerichtig müssen wir uns gut überlegen, was wir unternehmen, wenn irgend möglich das, von dem nur wir vier wissen."

„Wer immer Battulga informiert hat," sinnierte Gökhan, „der wusste nichts von Ihrer Beziehung zu Narantsetseg, der ging davon aus, dass Sie mit dieser Solongo befreundet sind. Sagen Sie, Batdorj, weiß nicht doch jemand im Haus davon ? Sergej vielleicht ? Dann hätten wir nämlich immerin schon einen, den wir ausscheiden lassen könnten."

Alle sahen Batdorj an.

„Nein," er fuhr sich mit der Hand über die Stirn, „außer Ihnen hat das wohl nur Francoise mitbekommen, aber die steht wohl kaum in Battulgas Dienst und kann sich außerdem ohne Dolmetscherin nicht verständigen, also kann sie sich nicht einmal verplappert haben. Nein, Sie drei sind die einzigen, denen ich vertrauen kann." Er lächelte müde. „Das beweist ja eben die Tatsache, dass Sie von Narantsetseg wissen."

„Wir drei und Väterchen und seine Leute," Gökhan klang recht unternehungslustig, „mehr als wir gemeinsam bringt auch ein Sondereinsatzkomando nicht zustande."

Kubilay nickte. „Er hat recht, und, Batdorj, bevor sich die Entführer wieder melden, sollte Gökhan raus zu Väterchen fahren und ihn informieren. Wir müssen ab jetzt alle innerhalb kürzester Zeit startbereit sein und reagieren können. Im Moment ist unser einziger Vorteil, dass der Gegner nichts weiß von Ihrem Väterchen."

Batdorj schluckte und nickte dann.

„Und wir halten uns hier inzwischen ganz ruhig," fuhr Kubilay fort, „kein Wort zu irgend jemandem. Bitte alle vor Augen halten : Das Wort Falle bedeutet, dass die Batdorj wollen."

„Die ? Da genügt Einzahl, da handelt es sich um Battulga," fügte Gökhan hinzu, „damit kommt der nicht durch."

Batdorj seufzte laut. „Im Moment hat er aber die besseren Karten."

„Wie Kubilay schon gesagt hat," grinste Gökhan wieder mit seinem öligen Gesichtsausdruck, „ Battulga weiß nichts von, wie sagten Sie einmal, von der Leibgarde des Batdorj Khan. Auf diese Karte setzen wir !"

Am nächsten Vormittag kam der zweite Anruf.

„Keine Fangschaltung, keine Kollegen informiert, bis jetzt verhalten Sie sich richtig, Kommissar, und bis jetzt geht es deswegen Ihrer Freundin gut.

Bleiben Sie heute in Ihrem Büro, wir rufen an und teilen Ihnen die Details mit."
Wieder aufgelegt, bevor Batdorj etwas sagen konnte.

Eine Stunde später.
„Die drei Polizisten aus der Hauptstadt sollen in ihr weißes Auto steigen, zum Flughafen fahren und auf dem Parkplatz bleiben. Einer unserer Männer wird dort sein und sie beobachten. Wenn alles vorbei ist, können sie zurück fahren."

Wieder eine Stunde später, Batdorj saß nun allein im Büro. Kubilay, Yelda und Gökhan waren auf raffinierte Weise vollkommen ausgeschaltet worden, sie konnten ihm in keiner Weise nutzen.
„Nehmen Sie Ihr Handy mit, aber keine Waffe, denken Sie stets an die Gesundheit Ihrer Freundin ! Gehen Sie zu Fuß zum Parkplatz vor dem Tempel. Dort werden Sie angerufen."
Batdorj verstaute Pistole mitsamt Schulterhalfter in der Schreibtischschublade, schloss ab und nahm sein neues Handy.
„Gulnaz," flüsterte er, „Parkplatz vor dem Tempel." Jetzt konnte er nur noch auf die alten Helden hoffen. In die linke Jackentasche steckte er sein altes Handy, in die rechte sein neues.

Der Parkplatz war gerammelt voll mit Autos, und die Menschenmenge vor dem Tempel war so zahlreich, dass er sich mühsam einen Weg bahnen musste. Hätte Batdorj Zeitung gelesen, dann hätte er gewusst, was heute hier los war, so erfuhr er es erst, als er das riesige Transparent über dem Zugang zum Park las : *Heute Eröffnung des Nomadendorfes mit Musik und Vorführungen.*
Ach du dünne Kamelscheiße, Batdorjs Stimmung fiel auf einen Tiefpunkt. Wie hier etwas zu Solongos und hoffentlich auch zu seiner Rettung ablaufen können würde, das war ihm schleierhaft. Zumal er nichts von den alten Helden sehen konnte, und noch viel schlimmer, ob sie ihn denn sehen würden ? Moment, was war das, den Ton kannte er doch, das war doch .....
Fluchend riss er das alte Handy heraus und hielt es ans Ohr.
„Ja ?" brüllte er, denn er fürchtete, dass der Lärm um ihn herum lauter sein könnte als das, was der Anrufer sagen würde. Und annähernd war es auch so, mit Mühe und äußerster Konzentration konnte er etwas verstehen.
„Chhchhch, gehen Sie durch chchhch Zelte, beginnen chhhchhch mit dem weißen chhcchh," jetzt wurde der Empfang besser, „irgendwann werden Sie angesprochen. Verstanden ?"
„Nein," brüllte er, dass ihn die beiden Frauen neben ihm erschrocken ansahen, „die Verbindung ist schlecht. Und will ich wissen, wo Solongo ist."
„Sie haben überhaupt keine Forderung zu stellen." Offenbar hatte der Anrufer die Stelle gewechselt, denn jetzt klang alles klar. „Gehen Sie ins weiße Zelt, dort bekommen Sie weitere Anweisung." Ende der Verbindung.

Anweisung ? Anweisung zu was ? Eine Aufforderung zum Tanz war ja kaum zu erwarten, höchstens ein Tänzchen mit ein paar Gewehr- oder Pistolenkugeln. Verflucht noch mal, warum war er denn bloß nicht vorher noch zum Pinkeln gegangen. Zu aller Unruhe auch das noch. Wahrscheinlich würde er ganz automatisch in die Hose machen, wenn sie auf ihn schießen würden, und obwohl ihm sein Aussehen dann, wenn er tot wäre, doch eigentlich völlig egal sein könnte, ärgerte er sich schon jetzt darüber. Gulnaz, dachte er und war am Verzweifeln, Väterchen, hiermit hast du die Erlaubnis, Battulga abzuschießen, wann immer du willst. Oder kannst. Am besten jetzt gleich. Hörst du mich ?

Nach schwierigem Durchschlängeln und etlichem Gerempel stand er endlich vor der weißen Jurte. Schöner Anblick für Touristen, dachte er, jede Jurte eine andere Farbe, in echt würden die spätestens nach dem dritten Auf- und Abbau und Verladen alle hübsch gleich aussehen, aber so frisch, so neu wie jetzt, wirklich schön für die Touristen. Gelungen. Sollte man sich eigentlich länger in Ruhe anschauen. Vielleicht doch ein ganz netter Ort zum Abkratzen. Dann gab er sich einen Ruck und trat ein. Es wurde ein leichtes Stolpern daraus, denn hinter ihm drängten sich bereits die Nächsten heran. Die Jurte war innen mit geschickter Beleuchtung so hergerichtet, dass man sich fühlte wie spät abends. Oder wie beim Aufgang der Sonne.

Korrekt ausgedrückt eher wie Sonnenuntergang, dachte Batdorj, denn wenn's jetzt gleich aus ist mit mir, dann war Sonnenaufgang nicht gerade passend. Überhaupt, das musste er zugeben, einen besseren Ort und eine bessere Zeit hätten seine Gegner nicht finden können. Treffen am alten Hafen in einsamer Halle, wie in den Krimis immer vorgegaukelt wird ? So was war ja kinderleicht zu überwachen, jeder Flüchtige meilenweit zu sehen. Aber hier, im Gedränge, in dieser Lautstärke, was würde hier schon auffallen ? Der Knall eines Schusses ? Quack. Wie wollte man hier denn was überwachen ? Wie wollte man denn hier in diesem Gewoge und Geströme einen flüchtenden Mörder sehen, geschweige denn aufhalten ?

„Kommissar Batdorj ?" fragte da ein Mann dicht vor ihm, so dicht, dass er den Atem beim Sprechen spürte.

„Ja," antwortete Batdorj automatisch, und in dem Moment, in dem er sah, dass der Mann einen Revolver auf ihn richtete, hörte er den Knall des Schusses und schloss, blöd, als ob man sich damit schützen könnte, schloss die Augen.

Merkwürdig, dachte er noch, klingt wie Stereo, der Schuss, nicht ganz exaktes Stereo, links, oder war's rechts, da klang der Schuss einen Hauch früher als auf der anderen Seite.

Als er die Augen wieder aufmachte, stutzte er. Nicht er lag am Boden, sondern der Mann vor ihm. Und vor allem, was war er erleichtert, vor allem seine Blase hatte ihm in diesem sensiblen Augenblick nicht übel mitgespielt. Obwohl er sich dessen ziemlich sicher war, sah er doch schnell nach unten, nein, nichts.

139

„Was ist, Söhnchen," kicherte Gulnaz, „hast du Angst, du hast vor Schreck in die Hosen gepisst ? Nein ? Na prima, wär aber nicht so schlimm, ist schon ganz anderen passiert."

Die Pistole, mit der er geschossen hatte, war schon wieder in seinem zerschlissenen Mantel verschwunden, ebenso bei dem Alten links neben Batdorj.

Gulnaz kicherte wieder. „Jetzt bist du wieder der Chef, wie geht's weiter ?"

Batdorj sah sich kurz um, hatte denn niemand in dieser Menschenmenge mitbekommen, was passiert war ? Rasch bückte er sich zu dem Erschossenen, steckte dessen Revolver ein und suchte die Taschen durch. Er fand einen Geldbeutel und ein Handy, nahm beides zu sich und richtete sich wieder auf.

„Raus hier," befahl er, „hinter die Jurte, wo wir ungestört reden können."

Ungestört ? Na ja, es waren sicher weniger Leute hinter der Jurte als vor ihr, aber ungestört war nicht ganz der passende Ausdruck, zumindest aber war nicht zu befürchten, dass sich irgendjemand dafür interessieren würde, was sie besprachen.

„Die Frage ist jetzt," meinte Batdorj, „wie bringen wir raus, wo Solongo ist. Nachdem der Kerl drin nichts mehr sagen kann, wird es schwierig."

Gulnaz zeigte mit dem Zeigefinger zu dem Ende des Parks, das dem Tempel entgegengesetzt war, dort standen noch zwei fahrbare Bauhütten, ein kleiner Bagger und etliches an Gerät und Baumaterial.

„Gökhan sagt, sie muss in einem der Bauwägen sein, aber wie viele Leute zur Bewachung dort sind, hat er nicht rausgebracht."

„Gökhan ?" fragte Batdorj verblüfft. „Woher will der denn das wissen ? Der steckt doch am Flughafen fest."

„Keine Ahnung," Gulnaz kicherte, „davon haben wir nichts geredet am Telefon. Aber frag ihn doch selbst, er muss dort vorn irgendwo sein, da zwischen letzter Jurte und den Bauwägen."

Batdorj schüttelte den Kopf. „Versteh' ich nicht, also dann gehen ...."

Da klingelte das Handy, nicht seins, das von dem Erschossenen.

„Jaaa," murmelte er und „chchchh" machte es zunächst, die Verbindung war schlecht wie vorher, was aber jetzt günstig war, „chchh ist er erledigt ?"

„Jaaa," murmelte er wieder und nach „chchhh" schaltete er aus.

„Falls der mir das abgenommen hat, werden die sich sicher fühlen, aber wir müssen uns beeilen."

Als Batdorj hinten herum um die letzte Jurte bog, hielt ihn jemand am Arm fest - Gökhan. „Wie.." wollte er fragen, aber Gökhan schüttelte den Kopf.

„Erklär ich Ihnen später, Yelda und Kubilay und zwei von den Alten sind auf der anderen Seite und warten auf unser Zeichen."

Sie waren mit ihrem Auto zwar bis zum Flughafen-Parkplatz gefahren und hatten sich dort gut sichtbar hingestellt, aber Gökhan hatte die Ministerin alarmiert. Sie musste erst aus einer Konferenz herausgeholt werden, reagierte dann aber rasch. Die Flughafenpolizei und ebenso die Feuerwehr zur Verstärkung wurde angewiesen, den Parkplatz zu umstellen, langsam und unauffällig, und dann alle Personen, die in einem Auto saßen, heraus zu holen aus ihrem Wagen und zwar bevor sie telefonieren konnten. Dies traf nur auf fünf Autos zu und es waren drei Feuerwehrmänner, die Battulgas Mann aus dem Auto rissen, tatsächlich bevor er sein Handy nutzen konnte. Er wurde in einen Raum der Flughafen-Polizei gebracht und Gökhan, der ihn allein verhörte, hatte mit seinem Gesicht und einiger Drohungen leichtes Spiel, den Mann zum Reden zu bringen.

„Wir müssen beide Hütten gleichzeitig stürmen, egal, wo sie drin sind und wie viele, sie dürfen keine Zeit zum Denken haben," sagte Gökhan, nahm sein Handy und besprach sich mit Kubilay, „Sie nehmen den braunen, in Ordnung, wir den grauen, in exakt fünf Minuten, ja, von jetzt!"

Er wandte sich an Batdorj. „Alle bewaffnet? Ja? Was, Sie haben eine fremde? Ist sie geladen?"

„Davon gehe ich mal garantiert aus," antwortete dieser, sah aber sicherheitshalber nach.

Sie wanderten inmitten der auch hier zahlreichen Menschen bis in die Nähe des Bauwagens, Gökhan sah auf seine Uhr und gab das Zeichen. Im selben Moment, in dem er die Tür aufriss, zerschlugen auf den verschiedenen Seiten die beiden Alten mit ihrer Pistole je ein Fenster und zielten nach drinnen.

„Polizei," schrie Batdorj, der Gökhan dicht auf den Fersen war und richtete die Pistole auf die beiden Männer, die von der Bank, auf der sie gesessen waren, aufsprangen und auch Pistolen in den Händen hielten, „Polizei! Waffen weg und sofort auf den Boden legen!"

Der eine zögerte, der andere riss seine Waffe hoch, doch bevor er sie in der richtigen Höhe hatte, knallte vom Fenster her ein Schuss und warf ihn um. Daraufhin ließ der zweite seine Pistole sofort fallen und folgte Batdorjs Aufforderung. Gökhan riss ihm die Hände hinter dem Rücken zusammen und band den Mann mit einem Kabel, das er vom Tisch nahm. Da hörte Batdorj ein Brummen und Klopfen, es kam aus dem bis unters Dach reichenden Maschinenschrank. Darin fand er Solongo, angebunden an für die Maschinen gedachten Haken und mit verklebtem Mund, nur die Füße hatte sie frei und damit gegen das Holz getreten, als sie die Worte Polizei gehört hatte.

Es war wie eine kleine entschlossene Prozession, als sie sich, immer dicht beieinander bleibend und die alten Helden als Sicherung links und rechts marschierend, durch die Menge Richtung Parkplatz drängten, denn dort stand Gökhans Auto, mit dem sie Solongo zunächst einmal heim bringen wollten, Yelda sollte vorläufig bei ihr bleiben, darüber war Batdorj froh.

Und sie kamen genau im richtigen Moment dort an, denn gerade hatte auf einer kleinen, aber hohen Bühne der Mann, der mit seiner Spende die Grundlage für diese schöne Folklore-Idee des Nomadendorfes gelegt hatte, nämlich Battulga guaj, das Mikrofon ergriffen und als Vertreter des neuen Fremdenverkehrs-Vereins mit seiner Rede begonnen.

Dass Batdorj sich diese Rede nicht angehört hatte, machte gar nichts aus. Er konnte nämlich am nächsten Tag in der Zeitung, die ihm Sergej auf den Schreibtisch legte, es schwarz auf weiß nachlesen, welch guter Mensch dieser Battulga sei, edel von Gesinnung, stets bereit Geld zu spenden, wo es gebraucht wird und immer um das Wohl der Allgemeinheit bemüht. Wenn der Kommissar auch wütend vor sich hinschnaubte, es musste wohl so sein, denn das Verhör der an der Entführung beteiligten Männer hatte in Richtung Battulgas nichts, aber auch gar nichts erbracht. Einen Battulga ? Kannten sie nicht. Ihren Auftrag ? Den hatten sie per Telefon bekommen. Auf Entführung und Mordversuch steht Gefängnis ? Sie lächelten nur milde und benannten einen Rechtsanwalt namens Dschamts als ihren Beistand. Noch wütender als Batdorj war aber Väterchen. Gulnaz rollte mit den Augen und ballte die Fäuste, als ihm Batdorj berichtete, dass Battulga so gut wie sicher nicht belangt werden könne.

Batdorj hatte es in der nächsten Nacht, als ihn das Telefon aus dem Schlaf riss und Sergej ihm mitteilte, dass er dringend kommen müsse, Battulga sei erschossen worden, also da hatte er es nicht sonderlich eilig. Hätte ihn jemand gefragt, er hätte sofort auf Gewehr getippt, vermutlich Einschuss-loch mitten zwischen den Augen.
„Wahnsinn, unglaublich," Timur schüttelte aufgeregt den Kopf, als Batdorj ihm Bericht erstattete, „außer Ihnen, Batdorj, läuft hier noch jemand herum, der solch ein Meisterschütze ist. Das ist ja Wahnsinn ! Sie müssen den Mann finden, der muss aus dem Verkehr gezogen werden, ich habe volles Vertrauen in Sie, Mann, Sie werden den schon kriegen."
Doch dieses Mal wurde der Polizeipräsident enttäuscht. Batdorj rührte kei-nen Finger über das hinaus, was von der Bürokratie her notwendig war.

Kubilay, Yelda und Gökhan wurden von der Ministerin zurückbeordert, mit dem Tod Battulgas war diese Aktion beendet. Etwas wehmütig verabschie-deten sie sich voneinander und Kubilay sagte beim Einsteigen ins Auto : „Vergessen Sie uns nicht ganz, Batdorj, ich selber freue mich, dass wir zusammengearbeitet haben. Leben Sie wohl, wir werden uns wahrschein-lich nicht wiedersehen." Yelda und er winkten noch bis zur Kurve aus dem Auto, Gökhan hupte vier-, fünfmal, und Batdorj stand einsam und allein am Straßenrand neben seiner grauen Denkmauer.

Doch Kubilay irrte sich mit seiner Vorhersage. Als er der Ministerin Bericht erstattete und nichts, wirklich nichts verheimlichte dabei, ordnete sie an, dass Gökhan noch einmal nach Chowd müsste, diesmal mit dem Flugzeug und er bekam so viele Flugkarten mit, wie er für alle benötigen würde. Ojuncaral wollte mit Batdorj, mit Gulnaz und den alten Helden von Chowd-Aimag persönlich reden. Es kostete beide, Batdorj und Gökhan, etwas Mühe, die Alten zu überreden, aber schließlich saßen sie an einem Abend in einem Konferenzraum im Ministerium. Ojuncaral beeindruckte alle mit ihrer kompetenten, zwar kompromisslosen doch immer umgänglichen Art und sagte am Schluss energisch : „Batdorj, wenn ich nicht Ihre Antwort schon im Vorhinein kennen würde, dann würde ich versuchen, Sie für das Büro zu gewinnen, aber ich weiß schon, Sie gehören nach Chowd. Aber," sie wandte sich an Gulnaz, „Gulnaz, Sie und Ihre Männer, Sie werden nicht jünger. Solche Aktionen wie Leibgarde für Batdorj Khan spielen, das wird nicht mehr lange gehen. Aber Sie könnten ihre Fähigkeiten schon noch nutzbringend anwenden, allerdings nicht mehr in der Praxis. Was halten Sie von meinem Vorschlag : Sie bekommen alle Wohnung, Kost und eine kleine Rente hier im Heim für alleinstehende Offiziere und helfen dafür in der Militärschule ab und zu als Ausbilder für Spezialkommandos aus ? Sie können sicher sein, ich werde Sie nicht aus dem Auge verlieren, Sie und Ihre Männer gehen nicht im Alltagstrubel unter."

„Und wenn Ojuncaral das sagt, dann meint sie das auch," beide, Yelda und Gökhan, hatten wieder gleichzeitig gesprochen und lösten damit ein allgemeines Lachen aus.

„Was meinst du, Söhnchen," fragte Gulnaz Batdorj, „das wär doch was für uns, oder ?" Batdorj nickte und Gulnaz setzte hinzu : „Dann musst du natürlich unsern, sagen wir mal, Hausstand auflösen." Batdorj nickte wieder, dann fiel ihm etwas ein. „Wenn ihr hier in Ulan Bator bleibt, dann komme ich ab und zu euch besuchen, erstens ist mein älterer Sohn ja hier und dann hat doch Narantsetseg auch ihre Verwandschaft hier, also Grund genug herzukommen."

„Wunderbar," freute sich Ojuncaral und erhob sich als Zeichen, dass der Abend beendet wäre, „alle glücklich oder gibt es noch was ?"

Kubilay fasste sich ein Herz, eines wollte er schon noch erfahren.

„Sagen Sie, woher wussten Sie im Vorhinein, dass Gökhan zuverlässig ist, nur weil er im Inland-Geheimdienst arbeitet, muss das ja nicht gewährleistet sein ?"

Gökhan, der Händchen hielt mit Yelda, grinste wieder so ölig und die Ministerin lachte. „Ja, da war ich mir sicher. Gökhan ist nämlich der Sohn meines Bruders, und ich kenne ihn durch und durch, er ist klug, mutig und kann schauspielern, also der ideale Mann für mich beim Geheimdienst. So, und jetzt wünsche ich allen eine Gute Nacht und Ihnen, Batdorj, kommen Sie gut heim. Wer weiß, vielleicht hören wir wieder voneinander."


Batdorj flog aber nicht gleich zurück nach Chowd, er ließ sich von Gökhan zur Wohnung von Narantsetseg fahren, na, und beim Sohn wollte er dann morgen auch noch vorbeischauen, klar.


Inzwischen rieb sich in Chowd in einem Haus, das noch nicht so exklusiv aussah und ausgestattet war wie Herrn Battulgas Villa, einer seiner ehemaligen ‚Geschäftspartner' die Hände. Alles, was Battulga aufgebaut hatte an Beziehungen und Geschäftswegen, na, da wusste er eigentlich Bescheid, das zu übernehmen durfte nicht viel mehr als ein Kinderspiel wer-

den, ja, etwas Disziplin, je nach Sachlage, etwas Härte, falls Widerstand, aber sonst.....
Und vor allem, die Information über jegliche Polizeiarbeit, die war ja wichtig, und er wusste, wie viel dieses Weib in der Zentrale, wie hieß sie, ja, Tüti, er wusste, was die verlangte. So viel konnte er jetzt schon locker zahlen und das würde sich rentieren. Gute Zukunftsaussichten.

\* \* \* \* \* \* \* \* \* \* \* \* \* \* \* \* \* \* \* \* \* \* \* \* \* \* \* \* \* \*

span nungpur und anatol dienstbier sind die pseudonyme des autors volker lindner. weitere bücher von ihm in diesem verlag :

„denn mein ist die gerechtigkeit der rache"          isbn 9783837084030

„und hüte dich vor den mönchen"          isbn 9783837086157

„der janitschar von salzburg"          isbn 9783837086164

„feme-gericht im inntal"          isbn 9783837034493

„der thör vom samerberg"          isbn 9783839116777

„der schwarze mann von rosenheim"          isbn 9783842354081

„fiasko in rom"          isbn 9873839106266

„sieben leichen auf der rosenheimer bowlingbahn"   isbn 9783837088229

„rettet das vaterland ! oder wenigstens das dörflein au."   9783844818109

kinderbücher :

„der geerbte troll"          isbn 3865483968

„geteilter troll ist doppelte freundschaft"          isbn 978387021776

„lauter kleine geschichten für lauter kleine leute"          isbn 978387084122


im buchhandel erhältlich
oder portofrei bestellen bei ‚bücher.de'